俠
古龍

上官鼎與武俠小說

在武俠小說發展過程中，家人同心，戮力於武俠創作的拍檔，頗不乏其人，父子後先創作的，有柳殘陽及其父親單于紅；兄弟檔的有蕭逸、古如風及上官鼎，可以說都是武壇佳話。相較於柳氏父子、蕭家兄弟的各別創作，上官鼎兄弟三人合力共創同部作品，而又能水乳交融、難以釐劃的例子，則是迄今武壇上相當罕見的。

三兄弟協力，鼎取三足之意

上官鼎之名，為兆藜、兆玄、兆凱三兄弟協力共創小說的筆名，鼎取三足之意，大凡故事劇情、人物設定、重要情節，皆三兄弟於課餘閒暇商量討論而定，然後各負責其中章節，大抵兆玄擅於思想、結構，兆藜長於寫男女情感交流，兆凱則優於武打橋段，各有所長。

從少年英豪到調和鼎鼐

上官鼎之名，「上官」複姓源自於武俠說部無論是作者或書中角色刻意「摹古」的傳統；「鼎」字則取「三足鼎立」之意，暗示作品實由劉家三兄弟協力完成的。劉家三兄弟，主其事者為排行第五的劉兆玄。

劉兆玄和大多數的武俠作家一樣，
他喜愛武俠文學，
也投入武俠創作的行列，
或者，他只是將武俠視為他的「少年英雄夢」，
而成長之後，還有更重要的夢想該去達成。
上官鼎的「鼎」，尚有「調和鼎鼐」的功能，
與他之後所擔任的職務，或可密合無間了。

林保淳

鐵騎令

（一）

上官鼎武俠經典復刻版5

上官鼎——著

【導讀推薦】

上官鼎與鐵騎令

——浩氣英風掩不住情仇糾結

知名文化評論家、《聯合報》主筆

陳曉林

一、獨特的作品

《鐵騎令》是上官鼎作品中相當奇特的一部，因爲這部作品寫的是兩代人的故事，而上一代所佔的份量，無論在情節比例或象徵寓意上，都不比年青一代爲少。

通常，武俠小說當然以抒寫少年英俠的成長經驗爲主，如此才能盡情馳騁想像，寫出瑰奇絢爛的「成人童話」；但這部「鐵騎令」雖也有年青世代在進入江湖後一連串的奇遇、啓蒙、淬練、爭鬥、慕情、暗戀、突變、成長的故事，然而相形之下，上一代人爲了名譽或義氣、野心或偏執而展開的對決，卻更有令人心動神馳的魅力。

「雲無心以出岫」，曾經叱吒風雲的蓋世高手岳多謙早已偕老妻及四個兒子退隱終南山，然而平生至交「散手神拳」范立亭受傷慘死，臨終前掙扎趕到岳家隱居之所。而岳多謙赫然發現他竟是爲了追尋岳家失落的信物「鐵騎令」而不惜浴血捨身，激動之餘，決定重出江湖，探尋兇手，爲好友討回公道。

在岳多謙離去後，家中忽起猝變，終於迫使全體家人也涉足武林紛爭。隨父學過武功的三個兒子芷青、一方、卓方同行禦敵，固然有步步驚魂的遭遇，對武學全無興趣的幼子君青陪同老母一路出奔，更是迭有奇遇，終也成長爲一代英俠。凡此，都是武俠小說常見的敘事模式。不過，四個少年在江湖上目擊身經的諸般詭奇事故，竟率皆與前一代人的情變或情孽密切相關，而一方、卓方同時暗戀途中搭救的少女白冰，白冰毫無所覺，卻對他們的長兄芷青情有獨鍾，以致形成了複雜而又傷神的情愁糾結，則是隱含特殊寓意的「成長故事」。是否與上官鼎家中諸兄弟戀愛經驗有著某些暗合，殊堪玩味。

二、高手的對決

「金戈鐵馬摩蒼穹，雷公劍神震關中，龍池百步飛霹靂，凌空步虛爭神風」，這詩抒寫的是武林七奇的名銜，他們是上一代絕頂高手。岳多謙即是七奇中的「鐵馬」。范立亭傷在「青蝠劍客」手下，岳多謙認爲「青蝠劍客」即是七奇中的「劍神」胡笠，故而孤身長征，要向胡笠挑戰，恰逢霹靂神拳班焯向雷公挑戰，於是發展成武林七奇中四人對決的局面。但此時「青蝠劍客」竟出面邀戰，以一人獨挑七奇，事關各人名譽，頓時掀起武林中莫大的風波，山雨欲來，張力十足。

一波未平，一波又起。岳家新一代發現：攸關家族榮辱的「鐵騎令」竟被扣在七奇中排名首位的「金戈」艾長一手中。故而，岳多謙與艾長一的對決，亦屬勢所難免。

但正在風雲激盪的時刻，劍神居然伺機含淚跪求鐵馬對「青蝠劍客」的邀戰網開一面。而在決戰擂台上，劍神自己率先對青蝠認敗，致使岳多謙也只得在緊要關頭手下留情，形式上竟反而是鐵馬敗在青蝠手下。岳多謙的摯友、同屬七奇的「靈台步虛」姜慈航為維護岳的尊嚴，隨之亦不戰而向青蝠認輸；正如劍神的摯友雷公也為了同一原因，黯然退出與青蝠的戰局。結果，金戈一擊而敗青蝠，等於向整個武林證明七奇之首名不虛傳，相形之下，排名第二的鐵馬更顯得黯然無光。

三、人生的幽谷

鐵馬與劍神雖惺惺相惜，畢竟只有點頭之交，爲了顧及後者的請求，以及這請求背後所透顯的苦衷，竟在武林群雄面前毅然信守千金一諾，不惜爲之身敗名裂，這是何等沉重的情節，又是何等蒼涼的境界？而在岳多謙獨立於孤峰上承擔這份難言的蒼涼之際，下一代對他的信心與體諒，成爲支撐他屹立不移的情感力量。將父子親情刻畫得感人甚深的武俠作品不在少數，但「鐵騎令」抒寫出絕頂高手落敗後，父子相互扶持以度過人生幽谷的情節，確有其戛戛獨絕的況味。

除了用鮮明輕快的筆調抒寫下一代的遇合，而用蒼涼沈鬱的筆調抒寫上一代的恩仇，從而交互推進下一代的成長和上一代的滄桑外，藉由江湖人物的恩怨故事來側寫宋金爭鬥的歷史秘辛，則是「鐵騎令」另一個值得玩味的敘事技巧。

四、歷史的奇詭

作者將七奇中的「百步凌空」秦允設定爲秦檜的胞兄，寫他意圖布局暗殺屢破金兵攻勢、矢志直搗黃龍的岳飛，卻被鐵馬子弟與青蝠劍客聯手破局，情節撲朔迷離，不失爲名家手筆。由此引伸出有關「正邪」分野未必清晰的反省：青蝠爲爭江湖令譬而不擇手段，有他邪惡的一面，但目睹國族危亡的時局，卻不惜在自身難保的情況下挺身與當權勢力抗爭；然則，他究竟是正是邪，顯然無法以單一的道德標準來判斷。而秦允最終竟被秦檜鴆殺，則廟堂權貴還比武林梟雄狠毒無情，自是不言而喻。

在本書中，岳飛的悲劇命運係以暗筆勾勒，卻沉雄頓挫，張力十足。而直至秦檜登場，先前有關正邪雙方爭奪少林寺「萬佛令牌」的種種伏筆，其寓意才告顯豁，諸般乍看似嫌紛亂的情節，也便彰示出「草蛇灰線，伏延千里」的氣脈，從而凸顯了貫穿全書的主調。

「英雄已死嗟何及，天下中分遂不支」。岳鐵馬一家援救岳飛不及，是因當時他必須了斷自己所涉的江湖恩仇。岳多謙再邀青蝠、金戈二大高手決戰，終以雄霸天下的「岳家三環」分別擊敗了他們；然而，正在此時卻得悉岳飛蒙冤入獄，生死繫於一髮。岳家兩代人千里奔波馳救，終仍遲到一步。此時驀然回首，江湖浮名又豈值得掛懷？

五、江湖的魅力

但江湖自有江湖的魅力。岳多謙雖在擊敗青蝠及金戈後再次退隱，岳家下一代又成為衛護武林正氣的中堅，遊俠天下，打抱不平，儼然仍是當年鐵馬縱橫神州大地的那種雄風。然而，岳一方因為無法忘懷心中永恆的戀人，書空咄咄，成為落拓江湖的浪子；岳君青因緣際會，眾望所繫，終日奔波天涯，為武林各派排難解紛；而岳芷青身為長子，必須承擔家族榮辱的責任。

當青蝠劍客苦心培養的第二代奇才出道江湖，要重新挑戰「岳家三環」的時候，岳芷青絕無第二種選擇，只能全力求勝；於是，歷史儼然又重演了：一環一劍，在蒼茫的天穹下對決……

因此，「鐵騎令」雖然著重抒寫了以岳家兩代為主的江湖人物有所不為、亦有所必為的豪情與俠氣，卻總以一股像是閱盡人世悲歡、歷史興亡的蒼茫情懷來籠罩全書；就當初作者撰寫時的年歲不過二十出頭而言，實不能不說是相當「早慧」的。

本書以「鐵騎令」爲情節推展的樞紐，但「鐵騎令」何以成爲岳家的榮譽所繫，交代得有些語焉不詳；爲使此一樞紐得以發揮呼應全局的作用，此次出版時特由編者設法補入一段有關「鐵騎令」來龍去脈的情節敘述，庶幾全書的歷史感和江湖感得以有所薈萃。

鐵騎令（一）

目錄

【導讀推薦】上官鼎與鐵騎令……003
楔子……013
一　步步為營……017
二　南山之廬……037
三　桃源生變……051
四　螳臂當車……081
五　石破天驚……093
六　重披征甲……113

七 佛地因緣 141
八 十三十四 177
九 定陽眞經 209
十 廢瓦頹垣 237
十一 水底之宮 259
十二 旗鼓相當 275
十三 風雲變色 299
十四 卿雲四式 325

楔子

黑夜。

竊竊私語。

「喂，老九，我瞧這廝倒像是個練家子，咱們在這樑上盯他，不知會不會被發覺？」

「算了吧，這廝身上掛了彩，耳朵上全都是厚紗布，怎麼會發現？倒是你老兄說話的聲音可不可以低一點兒！」

「若是我老眼不花，這廝懷中之物必是無價之寶，咱們索性多瞧一會，既然來踩盤子（黑道探路）就踩個清楚。」

「誰說你老眼花啦？咱們『綠林十三奇』一向是三年不作案，作案吃三年，就憑你『火眼狻猊』和我『萬里秋毫』的眼光，還會有錯麼！」

「噓，輕聲點，瞧那廝把那珠兒又掏出來啦——」

「這傢伙盡把珠兒對著燈瞧個什麼勁？嗯，果是無價之寶——」

「老九，說實話，這等大明珠我『火眼狻猊』還是頭一遭見得呢！」

「我瞧價值總在百兩黃金之上，嗯——」

「嗯——」

沉默。

「咦，老九，你瞧，那廝在幹什麼？」

「他把珠兒握在手中用勁捏，難道想捏碎寶珠不成？」

「聽，聽他口中在說什麼？」

「唉，若不是我受了重傷，這珠兒雖硬，豈放在我姓范的眼中，唉，只好尋到岳老哥再說了——」是樑下那人的聲音。

「老九——」

「嗯——」

「他幹麼要捏碎這寶珠？」

「不知道呀——咦，你瞧桌子上！」

「呀，那桌子上寸深的拳印難道是這廝方才靠在桌上用力捏珠時弄上的？」

「啊，我想起來了——快，快退，到那旁梧桐樹上我告訴你！」

梧桐樹上。

「你緊張些什麼？」

「老九，憑良心說，方才你我瞧見那珠子時都沒講話——咱們兄弟無話不談——實在都有不告訴老大吞爲己有的意思，你說對不？」

「照哇，咱們兄弟不必隱瞞，我方才確是在打這個算盤。」

「可是現在不成啦，咱們非去報告老大不可。」

「怎麼？」

「這廝自說姓范，又是這等功力，你說他是誰？」

「啊，范立亭，你是說范立亭？」

「嘿，不是他是誰？是他的話，咱們兩人成麼？」

「嗯——」

「只好去報告老大啦！」

「好，咱們走！」

……黑夜。

一　步步為營

豐原城西郊的「謝家墓地」乃是倚著一個不大不小的林子，荒涼地倘佯在山麓之下。由於樹林生得極密，是以天光很難透過，墓地裡益發顯得陰森森的，淒涼得緊。

這塊「謝家墓地」乃是前朝一個大富翁謝某的葬身之地，已有近百年的歷史，以幾十畝的墓地，只埋著一個人，由此可想見這人生前的富有了。

近幾十年來，謝家的子孫衰敗了下去，十幾年來，這墓地都沒有人來過問，墓上雜草蔓生，竟然成了一片野地，一些貧苦人民無力購地葬祖的都葬到這塊空地來，不到三年，這墓地就成了一個亂葬墳場。

黑沉沉的天邊，漸漸露出一線魚肚色的淡白天光，黎明了……

密織如網的樹枝把那一絲微弱得可憐的天光阻擋得更是微弱，樹枝孔中稍稍透進些許亮光，枝影被拖得長長的，像一個個厲鬼的影子在張臂舞爪。

「沙」，「沙」，樹枝動了動，是風？

不，這會兒根本沒有風，草尖兒都不曾動一動。

「咕」，「咕」！

墓地裡，這一陣令人刺骨寒心的聲響傳了過來，真有說不出的刺耳難聽，就如女鬼夜泣，冤魂不散，替這淒涼可怖的墳場上，增加了幾分陰森的氣氛。

難道真是幽魂出現？

「沙」，「沙」，樹葉簌簌散開，光線登時透了進來，一個修長的影子緩緩映進林子，這影子緩緩移了一點兒，「咕咕」怪聲又起，於是影子陡然停了下來。

隨著影兒前移，樹枝一陣暴響，進來了一個「人」！

這聲亂響方歇，忽聞「咕」的一聲，一團黑影「噗」地升了起來。

「嘿！該死的貓頭鷹……」這是從心底裡叫出的，並沒有傳出聲波，黑黑的墳場仍是一片寂靜。

這個人穿著白色的衣衫，在黑暗中仍能辨得清楚，高大的身材，頭上卻厚厚地纏著一大捆白紗布。

他揚首望著那曾令他緊張半天的貓頭鷹，自嘲地苦笑了一下。

四周陰陰森森，仗著一絲弱光，隱約可見一坯坯的墓堆，亂七八糟的碑碣，還有一絲絲綠色的燐火。

他指了指鼻尖上的冷汗，心中忖道：「古人說風聲鶴唳，草木皆兵，真是一點也不錯，唉，想不到我范立亭也有今天——」

「哼，當年在『鬼牙谷』大戰『笑鎭天南』，那形勢比這鬼墳場可不知險惡幾百倍，我范立亭何曾皺過一下眉，現在被這貓頭鷹一唬，也毛骨聳然，哼，范立亭，你是老了……」

「但是這顆明珠非同小可，我捨了命也得上終南山告知岳老哥——」

想到這裡，他邁步前行，在墳堆累累中匆匆而過。

驀然——

「刷」的一聲，一排箭矢釘射在范立亭的腳前，他剛踏出去的一步登時縮了回來。

他左右一瞟，一共是十三隻箭矢，青竿白羽，整整地一字立在腳前，箭尾還在左右晃動，也不知道是從什麼方向射來的！

「嘿！十三支！綠林十三奇！」

雖然他立刻做出一個不屑的冷嗤，但是心中仍免不了一震。

只因綠林十三奇乃是當今綠林中最具勢力的一大霸，十三個人個個有出類拔萃的工夫，若十三人一致行動，更加威不可當，華中一帶綠林作了案，都要將三成利潤無條件奉獻給綠林十三奇，正派劍俠好幾次想剷除這十三人，但卻始終沒有機會。

范立亭見綠林十三奇找上了自己，心中不禁盤算：「我姓范的和這十三個強盜可沒什麼過節啊，哼，要是平常碰上了，好歹把這十三個壞坯全給宰了，怎奈我現下身受重傷——」

他知道按綠林十三奇的規矩，只要不越過這一排箭，自認吃癟，調頭走路的話，十三奇就不再追迫，當然如果十三奇立定要取這人之命，他就算是調頭走路，不出百步，必然再逢箭阻！

范立亭哼了一聲，一踏步就要越箭而入，但是，他又停了下來。

他伸手摸了摸頭上的紗布，又探了探囊中的事物，他忽然沉吟起來：「這珠兒事關非小，定要交到岳老哥的手中，我若拚著重傷和這十三個兔崽子打一架，自信闖將得過——」

「但是……但是，萬一有個三長兩短，這珠兒就到不了岳老哥手上啦——」

想到這裡，他不禁冷汗直冒，他暗暗低呼：「范立亭，范立亭，你這個大老粗一生只知道往前衝就是，可從來沒有遭到過什麼難以決定的事，可是現在你可得好好抉擇一下啊——」

他一用腦神，腦門隱隱脹痛，他拳頭緊捏，下了平生最大的決心，自我安慰地道：「我范某和綠林十三奇沒有什麼樑子，也許是他們在前面有什麼秘密勾當才攔阻我的，我——我就做一次瘟生吧！」

他毅然轉身繞道而行，在他眼中，那十三支白羽箭尾似乎有著令人難堪的刺目。

他走出不到百步，忽然，「嚓」地一響，勁風忽起，帶著破空的刺耳聲，他不必揚目，已知是怎麼一回事！

范立亭心中好似被人打了一錘，猛然一緊，目光如炬，瞥眼之下，十三支令箭整整齊齊排在足前。

「看來，這十三個傢伙是有意要留住我范立亭了——」

他可不明白人家爲什麼要留著他。

他左右一陣張望，黑密密的森林，死一般的靜，甚至連這箭矢是從何發出的也不得而知。

怒火慢慢上湧，血脈賁張，他冷冷一哼，忖道：「今日我姓范的自認吃癟，你們仍不放手，我范立亭昔日威名何在！況且我和你們無怨無仇，難道我范立亭就怕你十三條漢子的挑釁……」

他心中念頭一閃而過，豪氣疾發，伸出的右足有力的落在地上，右足順勢一步，剛正地踏過那一排箭矢。

忽然，黑暗中有人冷冷說道：「哼，散手神拳果是英雄！」

敢情范立亭的萬兒正是「散手神拳」。

范立亭低沉有力的應了一聲：「過獎！」

這一聲好不雄渾，登時把那黑暗中冷冷的話聲逼了下去。

范立亭魁梧的身軀昂正地走了前去，一絲沒有遲疑，大踏步的順著雜草叢生的小徑前進。

時間一刻一刻的過去，對方並沒有發動，范立亭也沒有出聲，這密沉的森林立刻陷入一種極端的沉寂，正象徵著這一場暴風雨來的前兆。

愈行愈前，來到一個土堆的前面。

散手神拳何等人物，江湖上的伎倆哪會不知？料定對手必定有人埋伏在土堆之後！

范立亭帶著驕傲的冷笑，毫不停留踏步走上土堆。

這土堆乃是一個墓土，堆前歪歪立了一塊石碑，范立亭來到堆前，目光如電，一掃之下，但見那石碑上歪歪扭扭的刻著幾個大字：「散手神拳之塚」。

范立亭哈哈狂笑，心中怒極，雙足一點，身形便踏上土堆。

說時遲，那時快，呼的一聲，果然不出所料，土堆後風聲疾響，兩股兵器橫掃而至。

范立亭動作有如閃電，左足一抬，猛踩下去，這一腳怕有千斤力道，端端正正踏在掃向他左側的一根兵刃上，那暗襲者何能敵得此般神力，「噹」的一聲，兵刃脫手被范立亭一腳踏得深深陷入土中。

幾乎在同一時間中，右面一柄朴刀已疾襲而至，范立亭右足一立，足尖上翹，正好抵在對方的刀身上，他這一挑之力好大，把對方的猛砍之力完全消去，左足不停，順著刀鋒斜踩而下，「奪」的一聲，正踢在對方刀柄上，哪能吃住這千斤之力，朴刀斜手脫手而飛。

范立亭心中怒火上升，毫不留情，雙足齊飛，一式「鎖骨連環腿」一齊踢在左右兩邊的兩個敵人身上，登時昏死過去。

一個照面，散手神拳上盤都沒有動一下，便擊破對方第一道防線，他的功力可見一斑。

說時遲，那時快，范立亭身形尚未站穩，忽然見暗處有人低低的吼一聲「打！」登時暗器劃空之聲大作。

范立亭心中一凜，凝神以待，聽那破空之聲，已知飛來暗器大大小小可有十來宗，他可不把這些破銅爛鐵放在心上，冷冷一笑。

黑暗中施放暗器的乃是綠林十三奇中坐第十把椅位的千手閻羅陶元一，暗器工夫稱霸一方。

他放出這許多暗器，但見范立亭不屑的站在土堆上，不由心中大喜，原來他這許多暗器卻包括了一件他生平最爲厲害的殺手：「破空針」。

這種暗器細小無比，而且放出，絲毫沒有風聲，對方一個托大，非死即傷。

他一生浸淫此道，手法更是奇特，「破空針」夾在各種暗器中施放，端的令人防不勝防。

皆因范立亭十分托大，似乎自恃有「聽風辨器」的功力，不把這批暗青子放在眼內，非上這個大當不可，是以陶元一心中狂喜。

黑暗中，陶元一卻看得分明，暗器打到范立亭身邊，范立亭仍是不動，陶元一暗罵一聲道：「姓范的，你今日可是該死啦！」

說時遲，那時快，范立亭驀然哈哈大笑道：「千手閻羅承讓！」

「嗤」的一聲，范立亭出手如風，只自撕下一幅衣襟，運氣略一舞動。

圓。

這一舞之下，勁道好不奇特，衣襟被內力灌注得有如硬的東西，筆直的在長空劃一個半圓。

這一掄乃是范立亭功力所集，所有飛來的暗器都有如石沉大海，完全被衣襟吸附其上。

原來范立亭早在陶元一剛一出手之際，已自明白對方的陰謀，而且也由這獨門暗器而知道放發者必是千手閻羅無疑，心念一動，凝神以待，裝出沒有發覺的模樣，等到暗器凌空，才突然發動，用功力破去這種歹毒的暗器。

范立亭心恨陶元一歹毒，衣襟一震，宏聲道：「來而不往非禮也，姓陶的接招！」

一震之下，所有附在衣襟上的暗器一齊飛奔而至陶元一停身之地，登時破空之聲大作，而且好似比陶元一適才發出時還要強勁！

陶元一正自狂喜，不料對方早有所備，反擊回來，措手不及，慘叫一聲，竟自死在自己的暗器下。

范立亭頭都沒有回一下，大踏步走向前去。

走不了數步，驀然人影一閃，兩個人迎路而立。

范立亭默然瞅著兩人，只見左面一個人冷冷報名道：「火眼狻猊。」

右面一個啞聲接口道：「萬里秋毫！」

范立亭點點首，冷冷道：「久仰！不知兩位在十三奇中坐第幾把金椅？」

火眼狻猊仍是冷冷答道：「八、九！」

范立亭暗暗打算：「這兩個傢伙是第八，第九，照這樣看來，那陶元一乃是第十位。加上最先頭的那兩人，一共是五個了，唉！還有八個高手在這附近虎視眈眈……」

想到這裡，心中不由一凜，腦上包紮紗布之處，又是一陣刺痛，竟有一種功力不繼的感覺。

原來范立亭幾天前曾和一個高手動手，不幸身受重傷，雖經數天療養，內力仍有不繼，尤其是先前以衣襟用上乘氣功破去那陶元一「破空針」的時候，再又動了真氣，這時心中不適，不由大急，忖道：「看來再不快快下手，只怕雖然輸不了但也會傷發而死哩！嘿，這珠兒！」

想到懷中的明珠，不由更加心急如焚，雙手一搓，冷冷道：「借光？」

萬里秋毫搖了搖首，微微笑道：「咱們瓢把子命令下來的！」

范立亭疾聲道：「好，走著瞧。」

身隨話起，已發動攻勢。

他可不知道這火眼狻猊和萬里秋毫兩人功夫雖不算太強，但一身輕身功夫，可是一等一的，他身形才動，兩人已左右一分一合，四隻手掌一起攻向范立亭身後。

范立亭左右一蕩，避開攻勢，身形一長，破空而起，哪知他快，火眼狻猊和萬里秋毫更快，兩人身形有若滑魚，一溜而走。

范立亭身形有若天馬行空，一閃而至，身形在空中一停，覷得清切，「散手神拳」陡展，虛空往火眼狻猊和萬里秋毫背後一按。

這一手輕功乃是他生平絕技，喚作「天馬行空」，身形在空中一劃，可以停得一停，而且速度又快，是以火眼狻猊和萬里秋毫雖著名滑溜，亦逃不開去。

說時遲，那時快，范立亭身子在空中一停，猛吸一口真氣，驀然他感到一種真氣渙散的感覺，心知內傷復發，大吃一驚，身子登時墜了下來。

「嘿」，萬里秋毫陡覺勁風襲體，吐氣開聲叫了一響，反手一掌擊出，范立亭真力才散，敵人掌風已及身體，大叱一聲，勉力凝神用左手肘部微微一曲，硬接了萬里秋毫一掌，身子不由一震，好容易才站在地上，搖動一下右手，已是轉動不靈。

萬里秋毫和火眼狻猊驚疑不定，怔在一邊。

范立亭猛吸一口真氣，調勻不定的血氣，左右手齊發，一式「散手神拳」中的「守株待兔」猛打而出。

火眼狻猊和萬里秋毫兩人驚疑才消，范立亭雙掌已打到身旁，兩人大吃一驚，足跟墊地，向前一聳，便想溜開，范立亭長嘯一聲，雙掌陡然暴長，掌心外吐，「嗤」「嗤」兩聲，火眼狻猊和萬里秋毫兩人身形已動，胸骨已被震斷，昏死在地上。

范立亭跨前一步，馬步一沉，牢牢釘立，高聲道：「領教！」

乘說話之際，緩緩調息，努力寧下心神。

半晌，黑暗中又有一個沙啞的口音接道：「三支金鏢申淑拜賜高招——」

隨著話聲，一個高大的漢子緩步走出。

范立亭心頭一震，沉聲道：「申大俠豈和這般人物爲伍？」

原來這申淑乃是一代俠盜，平日和范立亭倒有一段交情，這時申淑竟是綠林十三奇中人物，可真出乎范立亭的意料之外。

申淑沙聲道：「范大俠不必多言，這就領教絕學！」

說著探手一揚。

范立亭心中一凜，忖道：「這三支金鏢昔年以金鏢絕技打遍大江南北，暗器上能勝得此人的可說極少，今日反友爲敵，倒是勝負尚未可知！」

正沉吟間，申淑右手一揚，金光一閃處，第一隻金鏢脫手而飛，但見金光亂閃，聲勢好不驚人。

范立亭凝神以待，身形陡然一矮，呼的一聲，金鏢越頭而過，正起身間，背後勁風大作，好個三支金鏢，這等沉重的暗器竟被他練成這種巧妙的打法。

范立亭身形猛往前頭一折，頭部重向地上，呼的一響，好不容易躲過此鏢，申淑右手再抬，第二隻金鏢也脫手而飛，范立亭身形尚未立直，逼不得已，右足猛向上抬，點向那迎面襲來的金鏢。

哪知申淑何等手法，金鏢才到附近，驀然一旋，滴溜溜地在空中打個圈兒，猛往下襲。

范立亭一腳撩空，身形不停，左右一幌，勉強閃過金鏢，但衣衫也被金鏢劃破一道口子。

他臉上一紅，身形如風向左虛點一步，猛向右方橫跨一步，說時遲，那時快，申淑沉聲叫道：「著！」

但見一縷金光破空而飛，呼呼發出破空之聲。

這一鏢是申淑的絕技，鏢子才一出手，身形同時一震，敢情他打完這一鏢後，功力已是大減。

范立亭深知這鏢的厲害，不知多少英雄豪傑失敗在這一鏢上，哪敢絲毫大意，疾叱聲，雙掌齊揚。

那鏢兒帶有風雷之聲，「呼」的一響，飛了過來。

驀然，金鏢在空中一窒，范立亭有過經驗，身形又動，果見那鏢兒一沉，范立亭雙掌齊推而去，掌上力重如山，呼嘯之聲大作。

哪知那支金鏢一沉之下，忽又向上激射，范立亭雙掌走空，身形一傾，招式已老，來不及撤掌，大吃一驚，「嘿」然大吼一聲，右手骨節猛力一轉，「嗤」的一聲，硬生生給他撤了回來，閃電般一擋。

他內力高強，金鏢擊在手心上，只一縮，便化去來勢，僥倖逃過一關。

但覺這一鏢手勁好大，右手一震，差一點握之不住，心中暗驚這申淑的內力，緩緩吸一口氣，長聲道：「承讓！」

申淑面色大變，拱一拱手，范立亭恨他投暗，面色一沉，大踏步從他身邊走過！

申淑見人家根本不把自己放在眼內，不由一陣慚愧，瞥那范立亭一眼，但見他正氣凜然，威風凜凜，大踏步走過身邊，心中一陣羞愧，自己以前行俠仗義的情形，和目前搶掠殺人的情景，呈現腦際，歎道：「罷了！」

舉手一掌擊在天靈蓋上。

范立亭頭不回視，心中卻浩歎道：「姓申的總算是條好漢！」

走不了數步，右手震痲的感覺仍然未見好轉，連忙定下神來，打通穴脈，心中暗暗忖道：「看來對方防守者一道比一道強硬，范立亭啊，今日可是你生平最險的一次！千萬不可大意。」

他到現在始終不知「綠林十三奇」為什麼要阻攔自己，但他生性倔強，絕不肯出口相問，只因這一出口，便有畏戰示弱的企圖。

正沉吟間，驀然眼前一花，一條人影有如鬼魅般挺立在墓場之中，不言不語，陰森森的。定眼一看，心中識得，原來是十三奇中的第六位，喚叫作「震山手」陸宗，這個人物范立亭早在十多年前見過一面，只因此人長像十分奇特，是以至今仍然記得。

這「震山手」陸宗的掌上造詣可是出奇的高強，范立亭也早有耳聞，是以這時以疲乏之身對他，心中一絲把握都沒有。

陸宗冷冷站在面前一聲不出，范立亭吸一口氣，狠聲道：「姓陸的，不讓開嗎？」

陸宗嘿然一哼，並不答話，右拳突的一揚，作一個打鬥的姿勢。

范立亭退後兩步，右手一立，右拳猛搗而出。

范立亭知道敵人的斤兩，哪敢分毫大意，一掌打出，已用了八成以上的內家功力。

陸宗身影一沉，也是撫面一拳打來。

「拍」的一聲，兩人身形動也不動，倒像是勢均力敵的模樣。

范立亭冷然道：「好功夫！」

真氣飛快運轉，一連用全力擊出兩掌。

陸宗仍是一聲不發，架擋范立亭這兩式神拳，身形絲毫沒有被震動。

范立亭心中一驚，忖道：「雖說我現下身受內傷，但我這三掌一發，天下能擋得住的，倒也沒有幾人，這震山手竟有如此功夫……」

心中盤算，猛一橫心，長吸一口氣，雙掌各自劃一個半圓，準備合擊而出。這一式乃是「散手神拳」中的「雷動萬物」，威力之強，無可匹敵。

真氣陡然提至十成，一揮而下。

只見他面色凝重，想是內力已運到極點。

驀然，胸口想是被人打了一拳，悶了一下，心中一凜，功力全散，雙手軟軟的打將出去。這一驚非同小可，他知陸宗掌力奇重，自己這無力的一擊，一定會遭嚴重的反震，情急之下，雙手勉力往外一吐，全身功力只運出二成不到。

陸宗呆立不動，范立亭拳勁及體，只一觸之下，撲地後仰，摔在地上。范立亭驚咦一聲自語道：「什麼？這陸宗竟會如此不濟？」

俯身一探，一片冷涼，顯然死去多時。

原來震山手素以掌力自負，和范立亭連對三掌，勉力抵住，不讓自己移動分毫，但范立亭三掌劈完，他全身勁力虛脫，但一股堅強意志仍使他挺立在地上，是以范立亭最後一掌劈下，雖然只有二成力道，陸宗也吃不住跌仆。

范立亭長歎一聲，瞧瞧這硬朗的漢子，突然體內真氣透往上衝，心神一亂，只感喉頭一甜，「哇」的吐出一大口鮮血。

「散手神拳」何等英雄，伸手抹去嘴角的血漬，大踏步往前繼續闖去。

才行得兩步，左方頭上勁風急嘶，范立亭大吃一驚，強壓下翻騰的血氣，辨到那風聲，已知是一種極為沉重的兵刃發出，怕不有上千斤的力道。

勁風嘶嘶然中，黑暗裡一人微微叫道：「大力神君領教……」

范立亭腦中一震，他早就聽過這大力神君的萬兒，雙臂有千斤之力，用一柄行者棒威名甚大。

要是在平日，范立亭可以用招數變化的精妙來制住這個大力神君，但是目前范立亭馬步不穩，身形不靈，勁風臨頂，閃躲不及，一急之下，冷汗直冒，心中一橫，暗暗祝禱道：「老天有眼，讓我內傷遲發片刻——」

說時遲，那時快，大叱一聲，左手一招，已用出他生平威震天下的「寒砧摧木掌力」來。「噹」的一聲，行者棒和范立亭的手臂相接，竟然發出金石相擊之聲，范立亭心神一震，不敢怠慢，吐氣開聲，「寒砧摧木掌力」發出，「噹」地又是一響，行者棒吃不住這普天之下最爲剛硬的掌力，脫手飛去，范立亭反手一掌打在敵人腹上。

從背面看來，微弱的晨曦下，范立亭踉蹌的背影，左手一揮，大力神君行者棒脫手而飛，但范立亭也力乏欲倒。

須知這寒砧摧木掌施出之時，內力消耗之大，令人咋舌，范立亭在重傷之後，劇戰之時，勉力使出，雖然一舉擊敗敵人，但真力劇減，身形欲倒。

驀然，人影紛亂，刀光閃閃，原來是綠林十三奇另一道防線又出動攔截。范立亭站定身來，仔細一看，這一道防線是三個人把守，默默一算，當是排行第二、第三、第四的三人了。

范立亭冷冷看著三人，心中下決心道：「除去這三人，十三奇中僅有瓢把子一人了，不行，非得速戰速決不可，否則真力一散，非被活活累死不可。」

心念一定，猛吸真氣，鬚髮齊舉，「寒砧摧木掌」陡使，和三個敵人拚鬥起來。

謝家墓地中，一片愁雲慘霧，黑密密的森林，由於晨曦漸強，已緩緩透入光線來，冷森森的婆娑樹影，有如一叢叢張牙舞爪的厲鬼，倘佯在乾泥土地上。

過了片刻，三聲慘叫傳來，使得這靜寂的墓地增了幾分鬼一樣的恐怖，然後，一切都安靜了……

一會兒，叢木後轉出一個疲累的身形，他一步一步拖地挨著前進，漸漸走過了。他那高大魁梧的背影表現出一種大無畏的精神——儘管他那身形已顛仆得有如醉漢。

他頭上的白紗布已散開，雙眼血絲充得通紅，他雙肩上都是鮮血，大腿上也割破了一大塊，四肢只剩下一隻右腿是完好的。他腦中昏昏的，也不知痛苦，只不斷反覆地低呼著：「還有一個……范立亭，你千萬不能死……還有一個……」

他勉強撐行過去，叢林中只剩下三個血肉模糊的屍身——綠林十三奇中的老二老三老四一同結束了他們罪惡的一生。

范立亭撐出不到三十步，忽然天色更暗，一大片烏雲籠罩當空，剛亮的天又黑暗了下去！

他仰首望了望，停住腳，低頭之際忽然一個身形出現眼前！

他定目一看，只見一個獨腳壯漢撐著一支枴杖如厲鬼般立在眼前，他想都不用想就知正是綠林十三奇的老大——「獨腳天王」方珉！

他深吸一口氣，努力把身子挺直，斜睨著獨腳天王。

方珉瞧見范立亭的狼狽像，獰笑一聲道：「姓范的，嘿！好狠的角色，嘿！」

范立亭雙手和左腳動都不能動，心中暗道：「這方珉在十三奇中雖是老大，但武功遠不及『大力神君』和『震山手』，不過以我現下這副模樣，怎能是他對手？唉！不料我范立亭今日糊里糊塗送命在這廝手中。」

方珉陰惻惻地笑道：「姓范的，你心中一定在奇怪我姓方的爲什麼不放過你是吧？嘿，告訴你也不妨，你那懷中珠兒……」

范立亭一聞此語，如雷轟頂，大叫一聲，舉起右腳踢出。

方珉欺他左腳受傷，一定立不穩，大笑道：「我姓方的喚作獨腳天王，你就試試我的獨腳！」

一撐枴杖，揚腳對踢過來。

「砰」一聲，兩隻腳在空中猛碰，范立亭右腳立刻彈回，左腳一個不穩，險些跌在地上，他拚命定住身形，舉腳再度踢出。

方珉獰笑一聲，也是一腳踢出，碰一聲，又是各自彈回。

范立亭搖晃著，喘氣著，嘴唇被咬得鮮血直流，但再也施不出一點力氣。

忽然，空中一個大雷，一滴豆大雨點打在范立亭鼻尖上，他心中有如觸電一般，登時感到一陣異樣的清醒，他勉強伸手摸了摸懷中的珠兒，猛然提氣，鼓足全身之力再一腳掃出！

方琨獨腳才起，忽然感到萬斤巨力襲上小腹，他只慘叫一聲，偌大的身軀就飛將出去——

「撲」一聲，范立亭再也支持不住，跌倒地上！

嘩啦啦，傾盆大雨——

大雨中，墓地上忽然一個人影掙扎著爬了起來，他勉強站直了寬大的身軀，俯身拾起一塊巨木，他面帶豪氣地哼了一聲，忽然伸指爲戟，在木塊上一陣刻鏤，然後奮力把木塊牢牢插入地中。

他的雙手彎在空中好半天才收回，像是痠疼不堪的樣子，他的臉上雖然疲累無比，但這時卻流露出一股奮發之色，斜睨著木牌上的字：

「綠林十三奇之塚

散手神拳范立亭」

大雨中，一個踉蹌的身形漸漸消失。

二　南山之廬

終南山上。

黃昏，冬日的夕陽真如一個衰弱的老翁，儘管西天仍是紅雲一片，但是卻沒有絲毫熱意。幾棵合抱的老松，在寒光朔氣之中巍然挺立，好一派蒼勁之氣，松濤似海，北風如刀，那些許陽光更談不上絲毫暖意了。

然而山麓邊，清溪叢木之後，卻露出一角茅屋來。

屋前一塊平場，一個少年在揮拳踢腿地練拳招，另一個少年卻坐在屋旁大石上讀書。

讀書的少年約十七八歲，生得劍眉星目，唇朱齒皓，端的是個俊美絕世的佳公子，只見他捧著一卷書，神色悠然地朗吟道：「雨橫風狂三月暮，門掩黃昏，無計留春住。淚眼問花花不語，亂紅飛過秋千去！喂，大哥，你瞧這半闕詞如何？『淚眼問花花不語，亂紅飛過秋千去』，馮延巳端的是絕代驚才——」

那正在練招的少年約廿五六，也是額廣準隆，和讀書的少年甚是相似，只是身高膀闊，益見英氣勃然。他聞讀書少年招呼，停下身手笑道：「瞧你這書呆子，這種故弄呻吟的文句有什麼了不得，春天去便去就是，還要什麼『無計留春住』，什麼『淚眼問花』，真是——」

吟詞的少年朗笑道：「得啦！大哥是英雄人物，自然不喜這等風花雪月，我看要叫個關西大漢，彈銅琵琶，執鐵綽板，高唱『大江東去』，方才對你的勁呢！」

「大哥」聞言微笑，更不答話，突然猛吸一口真氣，左掌虛虛往上一探，立刻收回，然後跑前到丈多外一棵大松前仔細察看，只見松幹上赫然現著一個掌印，這分明是「百步神拳」一類的絕世神功，但少年面上卻似仍有不滿足之色。

正在這時，茅屋門呀然打開，走出一個年約六旬的老者，老者後面緊跟著兩個廿左右的少年。

這老者滿頭白髮，頷下銀髯數縷，面色都紅潤得緊，而且目光奕奕，絲毫不見老弱之態。老者走到溪旁，並不從竹橋上走過，只見他輕輕一步走出，身形陡然就到了四五丈外的對岸，姿勢安穩得就像平常走一步路一般。

後面兩個少年也是一蹤而過，姿勢美妙無比，落地宛如柳絮綿蘆！

但是若在行家高手眼中看來，這兩少年的輕功固是一等一的，而老者那份「縮地神功」已是一代宗師的功力了。

那老者呵呵大笑道：「你們這一對寶貝又在爭鬧什麼啊？」

他身後的兩個少年也學著老者的聲調齊聲道：「你們這一對寶貝又在爭鬧什麼啊？」

那正在練武的少年轉身叫道：「爸，我這招『雷動萬物』怎麼樣也沒有爸爸那麼氣勢磅礡——」

老者笑道：「都像你這樣學法，巴不得一躍而蹴，江湖上還有老一輩混的份兒麼？」

老者身後的一對少年齊聲道：「是啊。」

老者橫了他們一眼，對簷下看書的少年道：「君兒，你在看什麼書？」

少年答道：「爸，我在看五代的詞選，南唐君臣的詞真好極啦！」

老者身後的一個少年道：「君弟一天到晚只曉得捧書卷兒，到現在連一招一式也不曾練過，將來人家說爸爸的兒子這麼膿包，我們都不好意思呢。」

老者笑叱道：「一方就是這樣口齒傷人，人各有志，練武的就一定怎麼了不起麼？」

正在這時，忽然一個女子的聲音從屋中傳出：「老頭子，吃飯啦——」

老者掀著鬍子笑道：「你媽媽真是囉嗦。」

竹門開處，一個四五十歲的婦人走了出來道：「誰說我囉嗦？」

這婦人面如滿月，慈藹可親，雖是板著臉孔，但是掩不住她本來的慈祥面目。

老者笑嘻嘻地嚥了一把口水，低聲道：「我還沒說完呢，我是說，你媽真是囉嗦得可愛。」

婦人忍不住噗嗤笑了出來，團團的臉有如一朵盛開的牡丹。

老人自以爲答得十分得體，得意地呵呵大笑。

婦人叫道：「喂！青兒你們快進屋洗手，飯菜都擺在桌上啦！」

四兄弟應了一聲，一起進屋，老夫妻看著四個生龍活虎般的孩兒，個個有如玉樹臨風，不禁浮上一個安慰的笑容。

天色漸暗，兩人也緩緩走回茅屋，到了屋門口，老者卻停了下來，面帶笑容地凝視一方橫額，額上寫著斗大的字：

「出岫無心」。

旁邊的落款是「乙未新春岳多謙自署」。

字跡龍飛鳳舞，筆力蒼勁有力，老人看得出神。

婦人笑道：「自己寫的字有什麼好看，一天到晚不停地看！」

老人笑而不答，雙雙進屋。

桌上菜蔬雖全是素菜，但是香氣四溢，熱氣騰騰，老夫婦坐在上首，對面是老大芷青及老二一方，橫邊就是老三卓方和最小的君青了。

孩子們狼吞虎嚥地吃了三碗飯，就一齊停下碗筷，母親許氏道：「你們怎麼儘吃飯不吃菜呵？」

於是兄弟們又各倒了一大碗菜，三口兩口地吃了下去。

吃完飯，岳多謙坐在竹椅上，兄弟們習慣地圍在爸爸身旁，許氏一面收拾碗盤，一面對老三道：「卓兒，去替爸爸倒杯茶。」

卓方懶洋洋地應了一聲，卻躺在椅上沒有動，只把眼睛瞟向小弟君青。

一方笑道：「三弟出了名的懶骨頭，吃完飯更是只想懶睡，我們要原諒他，君弟你就替他倒一回吧。」

君青笑了笑，起身去打茶，卓方只懶懶地說了聲：「君弟，多謝你。」

岳多謙從君青手中接過茶，一連呷了三口，打了一個呃，仍是動也不動，一方忍不住提醒道：「爸！講故事啦。」

岳多謙笑了笑反問道：「從哪裡開始啊？」

芷青道：「爸昨天講到『青蝠劍客』。」

岳多謙拖長了聲音呵了一聲，開口道：「對了，我說過那時我還很年輕吧？」

他看見孩子們都聚精會神地點了點頭，他突然停住了下面的話，嘴角掛著慈祥的笑容，雙目凝視在少年的臉上——

老人家又沉湎在如煙的往事中了，是的，那時他真年輕，就像面前這幾個少年一樣，於是，老人家在孩子的臉上找到了那些失去的青春——

——幾許歡樂的往事，多少英雄的偉蹟！

孩子們聽到父親談往年英雄事跡，都是興高采烈，只有最小的君青，卻是生來厭惡武技，打鬥的事更是不感興趣，以前岳多謙也曾試著要他學武，但他總是不願，後來岳多謙只好把內功口訣傳了給他，哄他說是練氣修養之術。君青自練這內功以來，自覺對心身涵養方面頗多益處，以爲真是古人所說的「養氣」，有時心情不好，一運功之下，立時心平氣和，心想難怪古人說：「我善養吾浩然之氣」，這養氣端的益處極大，於是專心修練，是以他雖厭惡武技，但是這玄門正宗的神妙內功卻是不知不覺地移入了他體內。

岳多謙收回了浩渺的思維，忽然道：「那是一個深秋的夜裡，月色朦朧，秋風有一點肅殺之感——」

幾個孩子都不由自主地一震，一種激奮的心情自然地襲入少年的心上。

岳多謙接著說：「那時候我正從蘇州寒山寺和老方丈談完出來——你們知道寒山寺的方丈清蓮禪師和我原是老友，嘿，我剛走出不到一里，一個蒙面的漢子忽然從路旁竄了出來。」

「他開口問我：『閣下可是岳多謙岳大俠？』」

「我奇怪地點了點頭，正要問他貴姓，他忽然刷地拔出一柄長劍對我道：「在下喚著青蝠劍客，聽說岳大俠碎玉雙環天下無雙，特來請教幾招！」

「我見他形跡詭異，也不由心頭有火，聽他『青蝠劍客』四個字陌生的緊，心想必是這廝自己胡造的，哼！這廝明知我的名頭，卻指名索戰，我縱橫天下二十多年還是頭一遭碰著哩！」

一方聽得高興，回望卓方一眼，只見卓方懶洋洋地躺著，並沒理他，他又回頭看大哥一眼，只見芷青臉上神采飛揚，二人相對一笑。

岳多謙續道：「我那時年輕氣盛，三言兩語就和他動上了手，哪知『青蝠劍客』冷笑一聲道：『你不亮兵刃不是我敵手！』」

芷青、一方想到父親拳上功夫的了得，不禁輕嗤一聲。

岳多謙道：「哪知那廝劍法俊極啦，我一生還沒有見過比他劍法更好的，我空手和他鬥了百招，也抖出碎玉雙環！」

「誰知道那廝劍法大變，招招神妙無比，我平生對敵用雙環從來沒有施出二十招的，但這下我和他鬥了千招依然勝敗不分。」

聽到這裡，卓方也忍不住直坐起來，瞠目傾聽！

岳多謙平淡地道：「最後我施出七十二路碎玉雙環的最後十二招！」

這七十二路雙環絕技，三兄弟都熟悉得緊，三人憧憬著爸爸神姿英發，雙環殺手施出，威風凜凜，不由心神馳逸。

岳多謙停了停道：「十二招一過，竟是仍然半斤八兩！」

芷青驚道：「爸，青蝠劍客施的什麼劍招，竟有這麼厲害？」

岳多謙沉吟道：「以我的眼光竟看不出來，不過這些年來我仔細一琢磨，總是和華山神劍有點關連——」

一方皺眉道：「大哥，你別插嘴行不行？」他心中暗自嘀咕為什麼一提到武學，大哥就要追問不休。

岳多謙淡淡一笑，卻沒有說下去。

一方和卓方同時問道：「爸，後來怎樣？」

岳多謙雙目忽然精光暴射，但隨即淡然道：「最後我打出了『岳家三環』！」

芷青一方卓方三人同時驚叫出口，靜坐在一旁的君青也瞪大了眼！

岳多謙低聲道：「我當時瞧他劍法通神，又蒙面匿名，心中動了疑，心想除了武林七奇中，別人有這麼高功力麼？武林七奇中除了劍神胡笠外，別人有這麼好的劍術麼？想到這裡不由雄心奮發，心道：『好啊！原來是胡笠你這小子來尋我的碴兒了。』一怒之下打了『岳家三環』！」

須知當今天下無人不知武林七奇的名頭，有道是：「金戈鐵馬摩蒼穹，雷公劍神震關中，龍池百步飛霹靂，凌空步虛爭神風。」

第一句中的金戈乃是「金戈艾長一」。鐵馬正是岳多謙。

第二句中的雷公乃是奔雷手程暻然。

劍神乃是「穿腸神劍」胡笠。

龍池「百步飛霹靂」乃是指霹靂神拳斑焯。

凌空是指「百步凌空」秦允。

步虛乃是「靈台步虛」姜慈航。

這七人都是當今武林最負盛名者，七人各在一方，一生都未見過面，有時湊巧碰上都各自避而不見，以免盛名之下，難免引起糾紛，其中只有岳多謙和靈台步虛姜慈航稍有交情。

也難怪岳多謙想到青蝠劍客乃是劍神胡笠後就怒發「岳家三環」，名之爲物慾，世上又有幾人能免？

岳多謙續道：「當時我認定他是劍神胡笠，所以決心要用這岳家絕技折服他，這是我出道以來第一次用這三環，而且以後我也沒有再用過。」

他伸出右手的中指，修長的中指上套著三個極狹顏色不同的玉環，外面的一個是黃色，中間的一個是綠色，最裡面的一個是白色。

「我揚起套在手中的三個玉環兒對他道：『你有種試一試麼？』」

「他傲然點了點頭，於是我的第一個黃環兒已如飛打出，結果，竟被他硬用內力從劍尖逼出劍氣破去，只劃開了他一點衣衫！」

四兄弟同時驚叫起來，君青雖然不諳武學，但是他也知道「岳家三環」乃是父親平生絕技，武林中只傳說這三環有神鬼莫測之神妙，但是從沒有人看見過，若是三環齊發，普天之下，只怕無人能免一死！

一方叫道：「他竟躲過了?那麼——」

岳多謙平靜地道：「我愣了一愣，叫了聲：『你再接一招！』第二個綠色環兒又出了手！」

四兄弟幾乎同時叫道：「第二環他怎麼了?」

岳多謙沒有回答，吸了一口氣似乎盡量平靜著聲調道：「這一下他想躲也躲不了！」

他雖然壓著嗓子，但那一個極微的聲量卻震得屋宇簌然！

芷青和一方相對輕鬆地噓了一口氣，他們再看父親時，只見岳多謙仰首凝目望著屋頂，左手雙指捏著右手指上環兒，轉了兩轉，輕聲道：「就算他躲得了第二環，我還有第三個白環兒哩——」

芷青直聽得熱血沸騰，心中想到父親當天縱橫湖海的雄姿，不由雄心萬丈！

但是忽然一個陰影掠過他的心頭，他暗道：「當年祖父以『鐵騎令』打遍南北，從此『鐵騎令』成了江湖正義的標幟，『鐵馬』也成了岳家的信符，可是天下人都不知道『鐵騎令』早已離奇失蹤，而岳家人到現在還不曾查出是怎麼一回事哩！」

芷青一向以身為岳家長子為榮，他暗下決心，一定要設法把「鐵騎令」下落查明，尋得之後，憑岳家絕藝把「鐵騎令」重揚江湖！

想到這裡，他不禁豪氣干雲地輕哼一聲，右掌不自覺地緩緩推出。

他這一掌緩緩推出，一股柔和之勁隨掌而動，丈外油燈的火焰竟緩緩低暗下去，眼看兩寸長的燈心漸漸趨於熄滅！

隔空掌滅燈火原非難事，但像芷青這種緩緩令焰火低落的工夫，至少得有一甲子的功力，但芷青年紀輕輕竟然臻此！

岳多謙望著他微微含笑，單掌一立，也是一股柔勁打出，那將熄的火焰竟又緩緩升起！

岳芷青仍似不覺，右掌依然推出，那火焰又低落一些。

岳多謙暗暗將真力加至八成，才把燈心抬到兩寸長的原來形勢，他一收勁，站在身旁的芷青忽然一個踉蹌，他陡然驚覺，漲紅著臉呆望著父親。

岳多謙呵呵大笑，心中對芷青的功力真有說不出的安慰，心想：「芷青嗜武若狂，若是到了我這把年紀，只怕功力要在我之上哩。」

方才父子這一較勁，君青雖是懵懵然，一方和卓方卻是相顧赫然，心想大哥的功力著實了得！

耳邊那溫柔的聲音又響起：「看你們談得多入神，茶都涼了。」

許氏含笑從廚房走入，停在君青的背後。

一方突然道：「爸，我有一事不明白。」

岳多謙答道：「什麼？」

一方道：「以范叔叔的武功，為什麼還算不了武林七奇？」

岳多謙呵了一聲道：「你范叔叔外號『散手神拳』，那身武功著實了得，江湖上提起范立亭的萬兒來，什麼人都得翹拇指讚聲好──」

敢情范立亭和岳多謙乃是平生至交，岳多謙隱居在此只有范立亭知曉。

芷青插嘴道：「是啊，那年他傳我們的那套『寒砧摧木掌』真是妙極啦！」

岳多謙也道：「你們哪知道范叔叔這套掌法端的是武林一絕，若是練到十成時，論『精奇』兩字，只怕雷公程暻然和霹靂神拳斑焯親臨也得讚不絕口哩──」

一方道：「所以為什麼范叔叔仍算不上武林七奇呢？」

岳多謙終於道：「我們武林七奇雖然沒有碰過頭，但那靈台步虛姜慈航我可認得，他的功力就絕不在我之下，由此推測，立亭弟雖然武藝高強，但是和我們七人比起來，只怕仍要略遜一些兒。」

說到這裡他又道：「嗯，對了，范叔叔傳你們那『寒砧摧木掌』，你們可得加緊多練練，當年你范叔叔在居庸關上獨戰燕雲十八騎，百招之內連斃七人，用的就是這套掌法呢！」

許氏也插口道：「范叔叔有好久不曾來了。」

接著芷青一方卓方就圍著父親談起武林掌故來，什麼仇殺火拚，談得不亦樂乎。

君青皺了皺眉，悄悄把椅子移遠了些，他總覺這種殺伐爭鬥有違聖賢大道，偷眼一看，三個哥哥都正興高采烈，就連爸爸也白髯飄飄，豪情畢露。

許氏微笑看著這幼子，笑道：「君兒，你那篇荀子勸學篇讀熟沒有？」

君青答道：「媽，早背熟啦！」

耳邊忽然傳來爸爸的聲音：「咱們練武的人雖然武學第一，但是尤其重要的還是爲人，假如一個人學了天下第一的武功，但他的爲人不好，儘管他功力蓋世，天下人也不會認他是天下第一的。你們讀書，看歷史上多少英雄豪傑，你們要學著像誰啊？」

芷青道：「我要像爸。」他說得一本正經，絲毫不帶玩笑。

岳多謙一怔道：「像爸有什麼好啊？」

一方嘻嘻笑地道：「爸自然是好的。」

岳多謙白了他一眼，正要說話，許氏已笑道：「你們若是學得像你爸這般老糊塗，我都要不容哩。好啦，好啦，君兒來背書吧。」

立刻大家都安靜下來，只聽君青悅耳的書聲如行雲流水般熟稔地背下去——

三　桃源生變

茅屋雞聲方鳴——

剛過完年，大雪紛飛不止，破曉，總算停了下來。

天上兩朵烏雲算是各自閃開了一些，露出中間一條光明的天光，連續下了七八天的雪，總算開了晴。

終南山上。

南山之廬蒼勁地挺立孤峰上，白皚皚的雪花在茅草覆蓋了一層，偶而從雪花縫中露出一兩線枯黃的草色，在雪地裡益發顯得醒目！

小徑上，一個中年婦人正在忙碌著，她雙手持著一柄竹帚，使勁地掃拂著積至地上厚厚的雪花片兒。

只一刻，便掃出一條小徑通到茅廬門口。

許氏直立起腰身來，挺一挺彎久的身子，伸手拂開幾絲垂落下來的頭髮，呼了一口氣。

忽然她的目光瞥見那枯黃的屋頂，自言自語道：「哦！這屋頂的蘆草又得換了——」

驀然，一個蒼勁的聲音答道：「是啊，今兒是年初七了，市上也應開業了，等會下山去買一些物品來吧！咦，一大清早，又才過完年，你怎麼就這麼勤快？」

許氏循聲轉首一看，正是自己丈夫，信口道：「雪已有五天沒有掃了，積得都有尺把厚，不打掃打掃還行嗎？」

岳多謙呵呵笑道：「我是好心啊。」

在談笑間，遠處忽然有人高叫道：「爸！今天總該恢復授招了？」

兩夫婦回首一看，原來正是芷青和一方奔來。

岳多謙哈哈道：「看芷兒，仍是老性子，真是嗜武如命！」

邊說邊迎向前去，口中道：「好好！卓兒君兒哪裡去了？」

芷青一方兩兄弟來得近了，一方搶著道：「君弟一大早便上左邊平台上去讀書了，叫他也來試著練習新的招式，他卻說那一本楚辭已有八九天沒有溫習哪，連卓方也被他拉去相陪哩！」

岳多謙大聲道：「很好，君兒一心向學，生性厭鬥，倒是很少見的人才哩！一方，你和他比較相投，應好好注意弟弟的性子，不要譏笑他！唉，咱們也不要再閒談了，就上對面廣場去吧。」

芷青早已迫不及待，歡聲道：「快去，快去。」

說著身形一起一落，便領先奔去。

許氏正一旁見他們父子三人又要去對河拆招對掌，傳授工夫，大聲叫道：「喂！喂！快點回來啊！還別忘記捉那隻黑母雞到市集去賣掉變換銀兩，順便帶一兩束新鮮硬扎的茅草來……」

話未說完，父子三人早已去遠了，只是岳多謙信手揮了一揮，也不知聽真沒有！

「唉，這老兒！」許氏無奈的一歎，重新打掃雪地。

芷青早已跨過那條小溪，回身相候，一方也隨著跳過去，岳多謙不慌不忙，緩緩而行，速度可並不慢，虛虛一跨便是七八丈遠，敢情已使出「凌空虛渡」的功夫了。

驀然，一陣朗朗的讀書聲傳來，讀曰：「……出不入兮往不返，平原忽兮路超遠，帶長劍兮挾秦弓，首身離兮心不懲……」

正是楚辭中「國殤篇」中最精采的一段。

書聲入耳便知，正是君青的聲音。

岳多謙心念一動，停下身來仔細一聽，但聞君青接著朗朗吟道：「——誠既勇兮又以武，剛強終兮不可凌，身既死兮神以靈，子魂魄兮爲鬼雄……」聲調朗然，挫頓分明。

岳多謙聽後不由一笑，忖道：「君兒雖是生性厭武，但我傳他的幾手氣功要訣，卻不知不覺間領悟了去，可見他用心不二，學起事來真是事倍功半，一日千里哩！瞧他剛才讀書的聲音，中氣充沛，內力大有根基，尤其是最後的那句，不但聲調鏗鏘，而且有力低沉已極，可見他對這辭句的了解實是深刻！這處處顯示他內力的修爲，已非一般武林人士可比，可笑這個書呆子自己還矇在鼓裡哩！」

須知君青讀書的地方，乃是在這一彎清淺的頂上頭一塊孤單突出的大岩石上，岳家管它叫作「天台」。距這茅廬，可有一段不近的距離，而君青的讀書聲仍清晰破空而來，可見他中氣充沛。

正沉吟間，芷青、一方再也等不及，一齊道：「爹！快一點，不要再停滯了！」

岳多謙呵呵頷首道：「好，好，這就來了。」

話聲方落，一步已虛空跨出，這一步走得好遠，一落步間，便到了清溪對岸，芷青一方雖是多見不怪，但心中仍有一同的感想：「什麼時候才能練到爸爸這等功夫！」

到得廣場上，岳多謙也不再多言，撫撫白鬚道：「今天該傳授什麼？」

芷青、一方齊道：「今兒是年初七，是授拳術和暗器！」

原來岳多謙給芷青他們規定，每逢單日便傳拳術和暗器，每逢雙日則授以兵刃的用法及一些江湖見識，有時也多授些四書五經之類。

岳多謙點了點頭：「不錯，好吧，去年年底所傳的那一套『秋月拳招』忘掉沒有？」

一方搶著答道：「我們日夜無時無刻都潛心思索，怎麼會忘掉！」

岳多謙點首道：「好，那麼青兒，你就用這拳法和一方過招，我看倒是使正確了沒有——」

話聲方落，芷青、一方各自身法一展，登時掌風虎虎，身形飄忽，已自戰在一起。

這「秋月拳法」雖然招式並不多，但變化卻很是複雜，岳多謙當日傳給他們兄弟這拳招時，曾警告他們這拳法中的每一招都有它特殊的用意，一絲也使錯不得，否則威力全失，實是易學難精。

岳多謙笑咪咪的看那一對兄弟拆招，同時也凝神留心看他們到底有沒有錯誤！

兩兄弟的功力都有相當深的造詣，但見拳影飄忽，兩人迅刻便已拆了將近有二十餘招！

岳多謙心中有數，若論精靈，當是一方伶俐已極，但在武學一路上，芷青都是學不厭倦，功力之深，實是岳多謙最認為安慰者。

眼看「秋月舉招」已使到最後三路：「玄烏劃沙」，「霧失樓台」及「旋風掃落葉」三式。

芷青果是不凡，雙腿牢併，立定如釘，右拳一圈而收，右掌卻從右拳圈兒中一掉而出，中指、食指、無名三指並立為「品」字形，一劃而下，身形欲弧形往後一退，準備再行出招。

這一式「玄烏劃沙」很是困難，一方以前便一直使不正確，這時見芷青使出，攻勢奇猛，心中不由一慌。

他本來正使一招喚著「伏地打虎」，心神一疏，竟然不敢使全，身形暴退，堪堪避過。

岳芷青身形好快，拳足一晃，「霧失樓台」已然使出。

說時遲，那時快，芷青心知一方必然會向左方閃避，掌中式子變實爲虛，雙腿齊抬，用「連環腿」配合「旋風掃落葉」之式猛然踢出。

一方身形不定，眼看閃避不開，但他機警伶俐，驀然平身一臥，一掌向地上拍出，身形卻借一拍之力，飛也似乘芷青雙腿交錯之時，從胯間鑽竄過去，不是芷青收招快，臀上差點吃了一記！

岳多謙呵呵大笑道：「住手！住手！」

芷青、一方停下手來。

岳多謙道：「若論拳術，芷青真是穩極，方兒決非敵手，但方兒最後臨危不亂，並出奇兵平反敗局，這種機智，也實爲可取的——」岳多謙正色說著，言語之間，自具威儀，兩兄弟互望一眼，相對一笑！

老頭子又道：「很好！很好！兩兄弟都沒有忘掉。不過，青兒，武學不可拘泥，剛才你若在『玄烏劃沙』之後，不必依招式之先後發出『霧失樓台』，只要用一式『伏地打虎』，斜打而下，方兒非敗不可——」

芷青絕頂聰明，一點即透。

岳多謙轉而又對一方道：「方兒，你這套拳法用得還不算太熟，在危急時那一式『伏地打虎』不敢使全竟棄式而退，這若遇上內力高強的人，來一記『雙雷灌耳』，從下方反撩上來，偷襲你的下盤，再快的輕功也來不及閃躲。」

兩兄弟洗耳聆聽，各自暗記心頭。

岳多謙指出兩人缺點，又勉勵了一番，然後才道：「今天要傳授你們的雖只有一招。不過，假若能把這一招學會了，就是一些武林前輩也不見得擋得住——」

岳多謙說到這裡，陡然停住，頓了頓才緩緩道：「尤其是方兒，學會了千萬不能任意使用。」

一方早已不服道：「爸！您既然教會了這一招，怎麼又不准咱們使用——」

岳多謙微微一笑道：「這個原本有一層道理的，今日不說也罷——」

一方還想再問，芷青連忙止住。岳多謙也不再說話，思索一回，驀然上前一步，虛虛拉了一個架式。兩兄弟目不轉睛，仔細觀看，但見他左手橫至胸前，右手彎曲，手撐向外，五指微張作蘭花形，放至左肘下方，和左臂成垂直角度。

一面說道：「注意了！」

芷青、一方全神灌注，岳多謙驀然左臂上臂不動，下臂自肘向外虛虛一捽。

這一捽，看起來毫無勁道，但在行家眼中，卻知是暗藏「小天星」內家掌力，但見岳多謙大袍袖子飄飄震起千百條波紋，可見內力之猛。

驀地裡，岳多謙左臂自肘劃了一個半圓，右手原式不動，從左臂下閃電擊出。這一式好生奇幻，威力之大，實是驚人，假若要把這式傳出武林，包管無人相信。

芷青和一方齊聲大喝：「好妙！」

岳多謙微微一笑，忽地改變身形。他的下盤本來是不丁不八，驀然緊隨右手擊出後上踏一步，成爲暗含子午的姿態。

一方並不在意，連聲叫妙，芷青卻凝神沉思了好一會，驀地裡嚷道：「好！好！」

一方詫異的望他一眼，奇怪他怎麼隔了好一會又忽地喝句采？岳多謙卻微笑道：「青兒，你可知道好在哪裡？」

芷青飛快答道：「爸上盤的招式已可稱得上妙絕人寰，尤其是那右手從右肘下翻起出擊，真令人防不勝防，但我認爲最妙的便是下盤所跨的一步——」

岳多謙呵呵大笑道：「好孩子！好孩子！方兒，你的功力可不如你大哥——」

一方仍然不解，茫然望著芷青，芷青道：「爸剛才右手那一式，雖然威力大絕，但如是遇到絕頂高手卻不見得一定可以傷人。而爸出擊的地方正是敵方前胸，敵人要想閃躲，必須身形後仰——」

一方霍然而悟，接口道：「那豈不是剛好湊上爸下盤由不丁不八變爲暗含子午形式而踏出的那一腿——」芷青用力點了點頭，表情十分欣喜。

岳老爺子呵呵大笑：「這一招喚作『雲槌』，雖說是一招，卻包含有三個式子，一方的內力造詣雖還不能暗藏『小天星』內家工夫，但只要使得對，威力之大，真要爲你們所料不及的哩！」

說著頓了一頓，又道：「時間已不多了，快些授你們暗器上的工夫，這式『雲槌』回來要好好練習——」

說到這裡，忽見芷青嘴唇一動，微笑道：「青兒，有什麼話儘管說吧。」

芷青吶吶道：「爸！我覺得您的絕技是在於暗器上——」

說到這裡，岳多謙已知他意，揮揮手道：「青兒，你的意見很對。不過，你要知道，爸的平生絕技雖在於這『岳家三環』，但是爸爸一生的研究武學也全針對這三環，是以至今我仍不能將三環絕技授予你們，這是由於三環打法時時皆有改進，你們一時不可能領悟的原故。爸打這三環，需要以平生內力灌注，假若三環齊發，爸的內力也會損耗過半——」

說到這裡，芷青、一方都不由「啊」了一聲。

岳多謙又道：「爸每打出一枚玉環，內力灌注，幾乎可以達到能夠操縱這玉環去勢的地步，是以，這三環已不能算是暗器，可以把它歸入『內家氣功』或『兵刃』一類。」

「但是江湖人士並不作如此想，再加上爸拳腳工夫也是鮮有敵手，是以從來不動用——」

「以青蝠劍客的功力，練到已能在劍招上發出劍氣的地步，也僅能躲開第一枚，假若三環齊出，你們可以自己想一想——」

說到這裡，岳多謙想是觸動雄心，蒼蒼白鬚無風自動，引吭長嘯一聲，但覺嘯聲深沉異常，聲波在空中激盪衝散，真可稱上「虎嘯龍吟」！

芷青不料自己一語激起爸如此豪性，怔在一旁。

岳老爺子半晌才道：「今天閒話說得太多了，趕快練武吧。」

芷青、一方應諾一聲，岳多謙又道：「你們平日吵著要學那『飛雷』暗器手法，我總是以你們內力不夠為憂，適才看你倆過招，內勁好似已夠，大概可以學了。」芷青、一方都不禁大喜。

岳多謙又道：「這『飛雷』手法說來也是靠一股真力灌注，爸爸可以舉個實例給你們看看——」

說著隨手摘了一片樹葉道：「你們留神這葉兒的去勢。」

驀地右手一震，那片葉兒竟似箭般飛出。

這一手內力造詣，芷青和一方是多見不怪，奇的是那葉兒去勢雖勁，但始終好像有一樣東西托著它似的，平衡穩健異常。

葉兒飛了約莫五六丈，驀地炸了開來——最奇怪的是，那葉兒炸開後也好像有什麼東西把它托著，仍是平穩已極。

芷青、一方一時還不知其中奧妙。

岳老爺子道：「你們可看出這葉兒可像是有人用手托到那兒，握著把它炸開的樣子？」芷青、一方一起點首。

岳多謙道：「這豈不是和你們操縱一件兵刃一樣？需知要使葉兒炸開不難，最難的便是一口真氣灌注葉上，到了你需要它炸開的時候，再發另一支勁道去擊炸它。這樣便有如持一件兵器，領著它到什麼地方，攻敵時便能炸開傷人。」

芷青、一方似懂非懂，默然不語。

岳鐵馬又道：「以一方目前的功力，大概只能作到炸開一枚制錢的樣子，至於花朵綠葉，卻是不可能，芷青大概能成。」

芷青、一方卻是一怔，忖道：「聽爸爸的口氣是認為我們的功力不夠，不能炸開綠葉，但他卻說反能炸開一枚堅硬的制錢？」

岳多謙笑著解釋道：「要知要使一件暗器炸開，必須用一股陰柔的勁道灌注其上，再用陽剛的力道去發射，到一定時候，把陰柔勁道吐出，和陽剛勁道互逼，則可使它立刻炸開。」

「現下你們的陽剛力道已夠，陰柔力道卻是不成，是以只能擊炸那些脆硬的東西，譬如說銅板之類。但比較柔韌一點的，如樹葉這種不易著力的東西則不易成功。」

岳多謙細心解釋一遍，芷青、一方二人也都能了悟，心中暗暗佩服爸爸的這一門天下僅有的絕學。

岳多謙又道：「今後你們務必要多培養些陰柔的內功，若能到了能使飛花落葉隨心所欲的炸開的地方，則這些東西在手中也不啻是厲害的暗器，照樣可制人於死地。」

芷青、一方都知道「飛雷」手法威力之大，實是不可思議，爸雖說它沒有「三環絕技」厲害，但卻也是江湖上鮮見的暗器手法，一起潛心思索爸爸剛才那一番話。

岳多謙笑瞇瞇的拈著鬍子，站在一旁。

驀地裡，一縷晨風襲來，隱約傳來一陣急促的腳步聲，岳多謙奇怪的咦了一聲，循聲望去。

果然，有一條人影出現在百丈外，由於天色陰沉，但雪地裡水霧迷漫，以岳多謙的眼力也看不清切。

辨一下方向，那來者意向要走到「終南之廬」這一方面來哩。岳多謙不由暗暗奇怪。原來岳多謙當年擇地隱居，因不願外人打擾，特別選一個孤嶺，和終南山其他各峰都毫無關連，僅在東面用了一卷籐索造成一座索橋，以為交通之道。

橋下便是萬丈深崖，若是失足，是有死沒活的。繩橋雖然十分牢固，但長達十五六丈，終日隨風搖蕩，沒有絕頂功夫的，根本走都不敢走。

就是三四年前，四兄弟也都不敢走。但那來人好像正直奔「終南之廬」而來，那麼也必須經過那繩橋——岳家管它叫作「一線天」——如果不是有上乘輕功的人，怎麼可能飛渡而過？

岳多謙心中一動，身形已如箭般向前一掠。

芷青和一方也都發現有人趕來，但以父親的眼力也看不真切，他兄弟兩人僅瞥見一線灰線。

兩人見爸爸向前，同是一樣心念，也是斜掠跟上。

來得近了，果然不出所料，岳多謙已看清那來人的面容了，正待喚他一聲，陡然全身一震，噤不敢言。

芷青、一方看得好生奇怪，在水霧中，隱約可辨來人似是受了重傷，身形踉蹌，這時已走上了那危險已極的「一線天」索橋。

他身形左右搖擺，再加上山風狂吹，繩橋振幅愈來愈大，那人隨時都有跌下深谷的可能。

芷青和一方不明事理，想上前看個真切，不約而同向前竄出十丈左右。

距離縮短了一大截，芷青和一方都已清切的看到來人的面目，齊聲歡叫道：「范叔叔！」

陡覺身後風聲一響，二人話尚未出聲，便覺脅下一麻，便被人制住了穴道。定神一看，卻是自己父親。

二人一怔，同時醒悟，敢情范叔叔此刻受了極重的傷，全靠一絲心神完全灌注才能飛渡索橋，若然出言相擾，他心神一疏，不立刻跌落下去才怪呢！

兩人心中又驚又急，眼看范叔叔危如累卵，卻連發聲都不能夠，只得眼見危局，兩人都是至情性格，不禁都流下淚來。

轉目望見自己父親，也是緊張已極，雙拳緊捏，白鬚顫動，卻是一聲也不敢出。

那十五六丈橋本是不算太遠，但在這時看來，好像是一條極長極長的道路一樣。范叔叔的功夫實在高極，身形如此不穩，但仍能步步前行。

驀然一陣山風吹來，索橋蕩起好高，范叔叔踉蹌的身形幾乎和地面成平行，但仍牢牢立在上面。

以范叔叔的功夫，慢說這橋，就是比這橋再險十倍，再長十倍，范叔叔還不是如履平地。但目前范叔叔重傷在身，連舉步都感艱難，實在危險的緊。

岳老爺子和范立亭乃生死之交，心中緊張之極，空有一身神功，卻不能去救助，忖道：「范賢弟受那麼重的傷，還冒奇險過來，必是有什麼極爲重要的事相告，天祐他能渡過難關——」

山風頻吹，尤其是在兩片高物的中間，風勢更勁，更發出絲絲的銳響——

驀地裡，范叔叔想是重傷突發，「哇」的吐出一口鮮血來，身形一俯，滑足跌下——

岳多謙從心底裡大叫一聲，說時遲，那時快，范叔叔驀地左足閃電一勾，隨著一蕩。

他一勾正搭在繩上，一蕩之下，身形蕩起，再度立在索橋上，倒是這邊三人的一顆心都險些跳出口腔！

岳多謙不想范立亭在這等危急時分用此怪招得救，心中暗暗讚歎，忖道：「范賢弟這等功夫，就是我和他拆招也必要千招以上才可以勝他，又有誰能如此傷他？」

正沉吟間，范立亭已渡過了十三四丈。

岳多謙再也忍不住，一掠上前，運氣大叫道：「范賢弟，『平沙落雁』！」

范立亭一見是他，心中一喜，心神微疏。驀然岳多謙喝聲傳來，他用的是「獅子吼」的內功，范立亭心神一震，神志大清，努力提氣縱向崖上。

岳多謙不待他落地，便一把抱起。

岳多謙在如此冷天，雙手冷汗沁得全濕，他緊張的程度便可見一斑。

岳多謙心中暗歎，忖道：「還好自己見機得宜，否則早先喝叫，就算用獅子吼的工夫，范賢弟也難一縱上崖——」

范立亭躺在岳老爺子的懷中，心中緊懸的一絲心神一懈，登時昏了過去，眼見他氣若游絲，已是奄奄一息。

岳多謙抱著他飛快的走到芷青和一方身前，拍開兩人穴道，一起走向那片廣場，把范立亭放在地上。

岳多謙微一把脈，已知范立亭不能活了，不由長歎一聲，淚如雨下。正在這時，范立亭卻悠悠醒來。

岳多謙不敢待慢，忙道：「立亭，有什麼事嗎？」

范立亭苦笑一下，微弱的道：「這顆……這顆珠兒……我震不開……重要……」

說到這裡已是喘氣連連，但仍勉力揚一揚緊握的手，示意那珠兒正在手心中。

岳多謙點點首，剛想問他下手者是誰，范立亭又道：「那鐵騎令……的頂兒和這珠子可能有關……下手者是一個蒙面人……這珠兒……」

驀地他抽搐一下，又昏死過去。

須知他重傷之後，全仗一口真氣和一絲心神支持，此時心神一鬆，真氣一散，自是非死不可了。

岳多謙急聲喚道：「立亭，立亭……」不見回答。

一按脈息，竟已死去。

岳多謙有若雷轟，呆立在一旁，直起身來，目光一片鈍遲，他覺得淚水已注滿了眼眶。

岳多謙長吸一口氣，忍住將掉下的淚水，默默忖道：「下手者是蒙面人？立亭弟，好好安息吧，我做大哥的這就立刻下山，踏遍天下也要替你復仇……」

散手神拳范立亭和鐵馬岳多謙多年老友，兩個蓋世奇人不能長久並存，這豈不是一件極悲痛的事嗎？

寒冷的山風依然肆勁……

這些對岳多謙都沒有關係了，他不必再擔心范立亭會跌落下橋了。他呆呆立著，腦海中是一片空白。

低頭瞥見范立亭安詳地臥在地上，那面容呈現出一種安慰鬆弛的表情，似乎他把一切已交到岳多謙的手上，他可以無憂無慮地去了。

多少重要的事要辦啊，但是岳多謙卻想不到這些，他腦海中陡然充滿了那些瑣碎的往事——是那一年的事了，也是這麼寒冷的冬天，岳多謙——那時他還年輕——和范立亭午夜立在武漢黃鶴樓上，一面欣賞著如畫夜色，一面談著自己的豪傑事跡，范立亭用刀背敲著當地一個大惡霸的骷髏骨，縱聲高歌，那歌聲、歌詞他都還記得。

「夫天地爲爐兮，萬物爲工；賊爲魚肉兮，刀宰是吾！」

往事真清楚啊，一絲一毫不漏地閃過岳多謙的腦海，他本是至性的人，他喃喃自語道：

「立亭是天下第一個妒惡如仇的人，爲了天下正義，他在我隱居的時刻裡，真不知爲江湖做了多少人心大快的好事，然而他畢竟死了，連兇手是誰都不知道，難道世上好人都該死麼？是誰殺了我的立亭弟？是誰殺了我的立亭弟？」

最後兩句已由喃喃自語變爲仰首疾呼，他仰向蒼天，聲音淒厲之極。

天穹寒氣茫茫，了無聲息——

陣陣哭聲傳出，原來芷青和一方早已在撫屍痛哭了。

岳多謙用袖角揩了揩臉上縱橫老淚，耳邊卻傳來芷青哽咽的聲音：「爸，別傷心了，范叔叔手中握有一顆明珠哩——」

說著他也拭好眼淚，握住范叔叔的手，準備扳開，握手之際，已是一片冷涼，芷青的淚水又忍不住撲撲而下。

他抬起頭，用詢問的眼光望了爸爸一眼，岳多謙點了點頭，於是他用力扳開范叔叔緊捏住的手。

范叔叔的手捏得極緊，芷青用盡了力才扳開三個手指，一方連忙伸手掏了出來。芷青手一放，范叔叔的手指又緊握回去，可見他生前必是拚全力緊捏著這珠兒。

范叔叔臨死的話仍強烈地在芷青腦海中：「這……珠兒……我震……不開……重要……」

一方將那珠子放在手中猛用全力一捏，卻是絲毫未損，他默默遞給芷青。

芷青心想連范叔叔如此神功也不能震開，自己更是無望，但轉念想到可能范叔叔內傷太重，震不開來，自己倒可以一試。於是按過合在手心，默用神功，只見他猛吸一口氣，慢慢額上見汗，青筋突出，然後又徐徐呼出那口氣，寂然不動！

一方急問道：「怎麼啦？」

芷青默默攤開手來，那明珠仍好端端地放在手心中。

岳多謙跨前一步，從芷青手中接過小珠，他只覺珠兒有點兒沉手，心中不由大奇，低頭仔細觀看。

雪地裡，反映出絲絲光輝，那明珠精瑩透亮，好似有一潭清水包在其中。岳多謙反覆略一轉動，驀然明珠中精光暴長，突出怪事。

芷青、一方在一旁看得分明，原來這珠兒一經雪光反照，竟在珠中出現了一條張牙舞爪的龍來，那條龍好不生動，在那明瑩的珠中，有如一條嬉水之龍，栩栩欲生。

兩兄弟看得奇怪，都不由驚呼一聲。

岳多謙再一轉動珠子，精光頓斂，其中飛龍亦不復在，想是非要光線入射那某一個角度，龍兒才會出現。

有了這個發現，岳多謙心中大震，忖道：「看來這顆明珠定是稀世之物了，立亭弟方才說：『那……鐵騎令……旗頂……』，嘿，莫非果然如此，怪不得立亭弟緊急如此了——」

沉吟間，長吸一口氣，方透掌心，猛力向那珠兒捏去。

忽然，他臉上神色大變，但隨即恢復常色，只是臉上顯出一種潛心思索的神情，寂然無語。

好半天，一方實在忍不住了，才開口道：「爸，究竟是怎麼回事啊？」

岳多謙默然不語，攤開手心……

芷青和一方只見那明珠仍好端端的放在爸爸的手心中，不由驚異的問道：「怎麼啦？」

岳多謙面寒如冰，右手一顫，套在中指上的「岳家三環」跳了下來，他冷冷一哼，持著一枚玉環，小心翼翼地放在明珠上一陣子比劃，這一下芷青和一方都看明白了。

原來那顆大明珠上，竟不知讓什麼東西打出一道口子來，微微向下凹進去，然後最令人不可思議的是那凹下去的口子竟然和岳家三環有完全符合的跡象。

岳多謙仔細一比較，那小玉環端端正正的卡入那口子，沒有一絲一毫勉強！

他一生浸淫在岳家三環上，對這三環是熟悉無比。是以先前一觸那明珠，即摸出那道痕跡。

心中暗暗忖道：「三環絕技我生平只用過一次，就是對付那青蝠劍客，那次好像打中他頭上一件事物，而這明珠上出現這玉環的痕跡，難道這明珠竟是青蝠劍客之物？」

心中猶疑不決，思潮起伏，潛心思索卅年前的情形，卻始終不得頭緒。

「假若這明珠確是青蝠劍客所有，那麼立亭的對手一定是他了——」這乃因爲他玉環絕技一生只向青蝠一人施過。

「難道是立亭弟爲了搶這明珠才受傷的？這也難怪，立亭準以爲這顆明珠乃是我岳家不世之寶——鐵騎令上的事物，啊！立亭呀，你爲了我岳多謙家中的事，竟犧牲生命！」想到這裡，不覺又是悲從中來，忖道：「方才我也以爲這珠兒果然是那鐵騎令上的事物，但一觸那痕跡便知這其中曲折必定多奧，可惜立亭弟不能在瞑目前把事情真相說出來，憑空的推想卻是不可置信的。」

「立亭弟功力何等深厚，竟被人一傷至死，而且身上傷痕累累，那人的功力可想而知定是武林七奇中的人物了。七奇之中，哪個不是聲名震天動地，依立亭弟說傷他者是一個蒙面人，而七奇之中，有誰是見不得人的？除了那青蝠劍客以外，決不會再有第二人了。青蝠劍客的劍法通神，普天之下恐無人出其右，不是那劍神又是誰？……」

想到這裡，不由怒火膺胸，一陣衝動在胸中升起，幾乎想立刻衝下山去找那胡笠拚命。

芷青望了望父親，問道：「爹，范叔叔提到的鐵騎令旗頂，是什麼意思啊？」

岳多謙嘆道：「這鐵騎令的來龍去脈，說來話長。百年前，我朝與遼國契丹人交兵。楊老令公率軍屢戰皆捷，威震一時，但遼人以重金買通宋朝高官及一批將領，當老令公孤軍深入誘敵時，故意遲遲不派出原計畫中準備配合作戰的大軍，致使老令公矢盡援絕，血染征袍，終於撞碑自戕。

消息傳回後方，朝廷大爲震驚。而當時武林各派及江湖英豪，無論黑白兩道，基於衛國熱忱，均願支持楊老令公的後嗣楊六郎，先肅清朝中奸人，再與遼國鐵騎決一死戰。大家公推少林派出面召集武林大會，商議此事。但其時人多嘴雜，互不服氣，還未商量出個名堂，自家夥裡倒先打了個不亦樂乎。結果，不得不決定比武來產生盟主，由盟主統一節制各方英豪的進退行止。

由於大家都對楊家將的英勇事跡非常欽佩，故由楊六郎提供楊家將的旗令作爲盟主信物，號爲『鐵騎令』，旗令所至，只要是有關抗遼軍、禦外侮之事，武林各門派皆須奉令遵行，若有抗命即爲武林公敵。十天輪番比武下來，你們的高祖浩然公技壓群雄，遂得到這面鐵騎令，他帶領中原群雄，協助楊家將外抗強敵，內除國賊，功成後不受朝廷封賞，悄悄退隱在野，並封存鐵騎令，言明若外敵不再爲患，便永不再以鐵騎令差遣任何門派。

各大門派無不感念他的功蹟與風範，因此，鐵騎令雖不再問世，仍被尊爲岳家威鎮武林的象徵。當楊家將公告天下，要以鐵騎令爲武林盟主信物之時，皇帝老兒爲表示支持楊家將的意思，也特頒龍珠一對給楊六郎，由他自行決定致贈給有功人士。後來楊六郎將其中一顆龍珠鑲崁在鐵騎令的旗頂上，以使旗令能在外觀上就顯得輝煌。另一顆，據傳是贈予作戰時立功最多的一名將領，但日久天長，詳情已難以究詰了。」

芷青追問道：「那麼現在這顆明珠，反而是當年那位將領手中之物？」

岳多謙悵然撫髯道：「看來是了。」

芷青再問：「後來浩然公傳下的鐵騎令，又怎麼失落了的？」

岳老爺子顧左右而言他，續道：「當時除了鐵騎令的歸屬之外，另一個影響重大的事件，就是少林寺忽然出現『萬佛令牌』的爭奪戰。原來當初楊家將求援時，少林寺主持方丈心燈大師已行將涅槃，他心懷故國安危，決心派出一批寺內高手參加禦敵戰事；但寺內居然有人反對。火工頭陀出身的天凡禪師提出質疑，力稱出家人應遊心方外，不可介入武林紛爭。由於天凡潛修高深武功有成，在寺內的威望不低；心燈大師眼見少林可能分裂，不得已之下使出斷然手段。

他宣稱自己掌管的『萬佛令牌』是達摩祖師之嫡傳弟子慧可禪師的傳法信物，見牌如見祖師，持牌人凡有所命，寺內弟子一概不得違抗。然後，他命令寺內武功最高的弟子天源，出手與天凡爭奪此牌，勝者得牌，敗者唯有聽命。原來是因心燈大師深知天源素性平和，不願與人相爭，生怕他在與天凡動武時未肯出盡全力，才故意強調萬佛令牌的重要性，激使天源全力以赴。結果，天源果然獲勝，火工頭陀一系人含忿出走，萬佛令牌則仍留在少林寺。」

芷青恍然道：「難怪從前范叔叔每提到少林寺的萬佛令牌，總說它和我們家的鐵騎令同爲懾服武林風潮、號召有志之士的重要信物。」

這時，三個人都默默的沉思著，空曠的山地上寂靜極了——

忽然一聲驚叫劃破這寂靜的空間，芷青、一方齊齊轉身奔去，大叫道：「媽媽，怎麼你也來了？」

來人正是岳老太太許氏。

許氏一見地上的范立亭，嚇得臉色蒼白，大叫道：「喲，這是范叔叔啊，范叔叔他怎麼啦？」

岳多謙默不答言，一方哭著道：「范叔叔死……了！」

許氏啊地驚呼一聲，呆若木雞。

她絕不相信生龍活虎的范叔叔——她是跟著孩子稱呼的——而且又具有一身上乘的武功，會死在地上，無聲無息地死在地上！

不知過了多久，岳多謙緩緩道：「青兒，方兒，你們扶媽媽回去——」

一方仰首道：「爸，你呢？」

岳多謙緩緩搖了搖頭，又補了一句道：「我——我還和你范叔叔聊一聊——」

一方聰明絕頂，他知道父親要多看幾遍范叔叔的遺面，要多想想范叔叔的往事。

於是兄弟倆扶著母親走回家去。

空場上，只剩下了岳多謙——不，還有他的老友散手神拳范立亭，靜靜地睡在地上。

岳多謙悄悄彎下身，蹲在范立亭的身軀旁，他輕聲地道：「立亭，是我害了你，我為了個人的閒逸，偷懶躲在山上，卻讓你一個人在江湖上冒風險，是我害了你，不過我一定要為你復仇，為你復仇——」

「立亭，聽得見我的聲音嗎？你還記得過去那些痛快的往事嗎……有一次你和陝北的惡霸賭鬥，你讓他雙手不許參戰，只用一雙腳要三招之內勝他，結果，哈哈，那毛鬍子老兒真被你在第三招上踢得屁股朝天，氣得他，哈哈，氣得他哭了起來……」

岳多謙的淚光中似乎看見了立亭也在得意地大笑，於是他也縱聲大笑起來，笑聲隨著深厚的內功傳出老遠，在山谷裡陣陣迴響，然而這笑聲是代表歡樂嗎？

朔風怒號，天色更昏，岳多謙暗下決心道：「說不得我只好自破誓言了！」敢情他曾發誓不再涉足武林。

雪花又飛舞起來，寒氣更濃，尤其是在這山頂的地方，岳多謙的背上、肩上、頭上，全都蒙了一層厚厚的白色——

茅屋裡，一盞破舊的皮紙燈放出昏暗的光芒，但在這黑寒的山頂又顯得格外耀眼了。

卓方和君青兩人聽到和藹的范叔叔竟然死去，真是不敢相信，可憐兩個少年從生下來就從來沒有想到什麼是悲傷，尤其是君青，聽到了范立亭的死訊，不由當場暈倒過去，一家人都是嗚咽啜泣爲著這個令人欽敬的范叔叔憑弔。

飯桌上，大家都是食不知味的樣子，尤其是岳多謙，臉色如冰，瞬息間變化了幾回顏色，芷青年紀大了，他知道爸爸的心事，但是，如果是他，他會怎麼辦哩？

一方、卓方和君青三兄弟年紀尚幼小，只知道嗚咽啜泣，飯桌上，一片愁雲慘霧，是誰來破壞了這個世外桃源……

飯後，岳多謙忽然正色地叫四個孩子到面前，沉吟了好一會，開口道：「青兒，你知道你范叔叔是怎麼死的麼？」

芷青尚未開腔，岳多謙又道：「如果我猜測得不錯，那打傷范叔叔的必是青蝠劍客無疑——」

兄弟四人都點點頭，他們見了那明珠上的痕跡後，早也想到了這一層上來。

岳多謙又道：「卅年前，爸歸隱時，范叔叔曾跑來力勸我不能退隱，他曾以大義相責，我當時立誓不再管江湖事，並勸他也該休息享幾年清福。哪知他說：『你我一退隱，武林七奇中其他的人多半是各自打掃門前雪，那麼江湖上的正義誰來維持？』結果他仍縱橫湖海，仗義天下，但今日卻不幸送了命。卓兒、君兒，爸平日教你們爲人當以義爲先，說不得我只好自破誓言下山去尋那殺害范叔叔的兇手了。」

芷青和一方等聽到此言，都是大吃一驚，忖道：「爸要下山？那麼他必是要尋那青蝠劍客——不，即是劍神胡笠的了——」想到這裡，都覺萬分緊張。

岳多謙從懷中取出一卷舊黃的皮紙，鄭重地遞給芷青道：「我岳家的全部絕學都詳細記載其中，爸若是這一去——爸這一去總得要好多日子才能回來，從此芷青你就是一家中的主要份子了，你要好好聽媽媽的話，帶著弟弟們練武，莫要墜了岳家的威風。」

接著又對君青道：「君兒，古書上說：『長兄代父』，芷青就要代替我的地位，你凡事都要聽從他的話啊——」

芷青聽父親忽然不再叫自己青兒，而叫自己芷青，心中有了一種已長大成人的感覺，但也有一種掮上重擔的感覺，他分不出是喜是悲，恭敬地接過那卷東西。

許氏忽然從後面轉了出來，她抽泣著道：「謙哥，你這麼大的年紀了，怎能還去和人家拚鬥呢？君兒還只有十七——」她說到這裡已是淚如雨下——

岳多謙強忍住悲憾，他朗聲道：「我岳多謙的妻子怎能效世俗兒女之態？易水瀟瀟西風冷，正壯士悲歌來歇，這是何等氣概，何況我去鬥那胡笠難道就一定會敗麼？那太笑話了——」

他原是忍憾而言，到最後一句時卻是觸動豪氣，聲震屋瓦。

許氏果然收淚，眼中流露出一種難以形容的眼光注視著岳多謙，岳老爺只覺心頭一震，淚珠險些奪眶而出。

他吸了一口氣，望著芷青，然後眼光移到一方、卓方臉上，最後注視著最幼的孩子君青，良久，他轉身對許氏一揖到地：「娘子，我這一去不知——不知何時歸來，孩子們都還年幼。以後教養的擔子都要偏勞了，娘子你先受我一拜——」

許氏忙還揖道：「我一個女人家不省得什麼，只知道希望你們父子安好，你替范叔叔報了仇，就趕快回來，我和青兒他們天天都會倚門而望——」說到這裡又是哽咽不能竟語。

岳多謙點點答應，喚道：「青兒方兒，去替我收拾一個簡單行囊——」

許氏和孩子才知道爸爸連夜就要動身，他們心想今夜走和明早走還不是一樣的，於是應聲去收拾爸爸的行李，許氏也進去幫著打點行囊。

過了一會，兄弟倆拿了一個布包出來，從外形看，裡面似乎儘是些棉皮厚衣。

岳多謙轉身從牆上取下一個布袋，打開之後，將那威震武林的碎玉雙環拿了出來，燈光下只見雙環非金非玉，直徑寬約兩尺，奇怪的是兩隻環上，在同一地位，都有著三個對穿的孔，岳多謙一手提著一隻，目光凝視著。似乎從這對環兒上看到了無數的英雄往事——

他忽然雙手一揮，叮然一聲，雙環互撞了一下，發出一陣老龍清吟般的聲響，久久不絕。

兩個孩子上來準備接過環兒，爲爸爸收入布袋，哪知一接過手，兩人都「喲」的叫出了聲，那環兒好生沉重，竟險些脫手跌下，兩人連忙雙臂用力才緊緊抓住，不禁驚奇地互望了一眼。

老爺子把行囊背在背上，提起布袋兒，對芷青道：「芷青，爸走了，家中的事好生照料——」說完大踏步走出房門，許氏提著小燈跟出門口。

他走到門口，忽然停下了步，他反身仰首看了看門楣上的橫額，昏黃的燈光下，那「出岫無心」四個字益發顯得龍蛇飛舞，但在岳多謙眼中卻覺得那四字宛如四個嘲笑的面容俯視著他，他不禁發出了一個無可奈何的苦笑！暗中忖道：「雲無心以出岫，烏倦飛而知還，岳多謙，你又要重入湖海了……」

他揮了揮手，一步跨出，已到了小溪的對岸，幾個起落就只剩下一點小黑影了。

許氏提著燈，和芷青一方五人擠在門口，一直看到岳多謙的背影消失在黑暗中仍不願回屋。

在「一線天」的另一岸，在他們看不到的地方，岳多謙也停在樹下，從疏枝之間回看那昏黃燈光，那茅屋，小溪，他在這曾度過了三十年的快樂光陰。

然而范立亭的容貌又浮上心頭，他一轉身，施展開絕世輕功，幾個起落，身形已是渺然……

四　螳臂當車

黑沉沉的天邊，終於露出一絲曙光，茅屋後的雄雞喔喔啼了一小聲，就停了下來，山廬仍是一片寂靜……

芷青在床上翻了一個側，他睜著眼睛瞪著帳頂，昨夜，他整夜沒有合眼，二十幾年來這還是第一次嘗到失眠的滋味。

父親臨走時那一幕幕情景清晰地浮在眼前，他摸了摸枕頭底下那本秘笈，爸爸那凜然的面目從他腦中閃過，他不知怎的，忽然感到一陣心酸。

他伸首望了望對面床上的三弟卓方，這生性疏懶，像是冷漠淡泊的少年，昨夜居然也是徹夜未眠，現在，他沉沉入睡。

「喔喔」，雄雞又啼了一聲。

芷青輕輕爬下床，披上一件外衫，推門外出。門外一口涼風吹進來，他的精神不覺一振，一躍身飛過小溪。

走了幾步，他忖道：「他們還沒起來，我且到那邊去採些松子回來煮茶吃。」

只見他微微一撈衣衫，身形一飄數丈，落地無聲，速度卻快得驚人。

跑上「天台」，只見對面一大叢松林，他正要躍將過去，忽然左面傳出一陣咻咻怪聲。

芷青不禁大奇止步，他循聲一望，但見左面枯草叢中一陣簌動，卻不見什麼東西。

他一步跨過去，仔細一看，幾乎驚叫出聲！

原來那枯草叢中竟盤著一條腕粗大蛇，那蛇皮色與枯草一模一樣，是以遠看竟分辨不出，試想這等大冬天，百蟲蟄伏，竟有這條大蛇出現，如何不奇？

那蛇又發覺芷青走近，竟是昂然不懼，抬起一個三角形的小頭，裂嘴吹了兩口氣。

芷青見那蛇身粗頭細，雙目發綠，口邊兩顆毒牙露在外面，模樣十分可厭，不禁想回身拾條棒子來打死牠。

哪知他方一回頭，忽覺背後腥風大起，一股聞之欲嘔的臭氣直噴過來，他不禁大驚沉身一蹲，往左滴溜溜一轉，果然黃光一閃，那條大蛇竟如一隻箭一般從頭上射了過去。

他心中暗道：「這大蛇好快的動作。」

「刷」的一聲，那蛇一擊不中，才落地立刻一盤捲起，昂起蛇頭瞪著芷青。

芷青瞧牠那神態，大是討厭，拾起一塊小石呼地對準蛇首打去。

那蛇見石飛來，往旁一閃，哪知那石子飛到面前忽然停得一停，「拍」的一聲炸了開來，化作四五塊碎片，一齊打在蛇身。

這幾片碎石力道好大，竟然片片陷入蛇肉，那蛇痛得滾了兩滾，咻咻噴氣，紅信亂閃。

芷青暗道：「我這『飛雷』手法功候還差把勁，方才我原想把碎石炸牠眼睛，卻炸歪了一些。」

忽然那大蛇尾巴一豎，尾尖在地上一點，蛇身竟如一根筆直的竹竿一般射了過來，速度之快，出人意料。

芷青暗叫一聲不好，猛提一口真氣，右掌虛空打出一掌，身形卻如行雲流水般倒退丈餘。

只聽「轟」一悶響，那大蛇衝了一半忽然「噗」地躍在地上，丈長的身軀已成了四段，灑了一地腥血。

芷青暗笑道：「這畜生倒逼得我施出『少林神拳』——呀，不好——」

他一想到「少林」兩字，陡然想起一樁事來，也顧不得去採松子和打掃那堆蛇肉，連忙如飛趕回家去。

才跑到溪邊，遠遠望見一方正在門口掃雪，他大叫道：「一方，一方——」

一方回頭道：「你一大早跑到哪兒去了？」

芷青道：「今天是什麼日子？」

一方一怔道：「什麼？今天是正月初八，你問這幹麼？」

芷青道：「你忘了嗎？少林寺的『開府大會』。」

一方一聽，也叫道：「哎呀，只剩下七天了，怕來不及了。」

芷青道：「媽起來沒有？咱們快去和她說。」

竹門咿呀一聲，許氏端著一盆水出來道：「什麼事？吵吵鬧鬧的？」

芷青道：「媽，上次范叔叔來的時候，不是說少林寺的百虹方丈邀請爸爸和我們兄弟去參加他們正月十五的『開府大會』麼？現在已是正月初八啦。」

許氏也是一驚道：「啊，我們全忘了，你爸爸已經走了，這怎麼辦？若是不去那實在太不好意思了，人家老和尚已經九十九歲啦，還巴巴的請你爸爸去觀禮——」

一方也道：「是啊，范叔叔說這『開府大會』是少林寺第一盛會，人家百虹禪師外賓中一共只請我們一家，如果不去——」

許氏道：「方兒說得是，我看只好你們三兄弟去一趟，向大和尚說明你爸爸不能參加的原委——就是不知道還趕得及不？」

芷青道：「現在立刻動身，大約還來得及。」

許氏道：「那麼你們快打點行李。」

芷青道：「媽，你呢？」

許氏笑道：「我和君兒住在山上又不愁米又不愁衣，怕什麼？」

不一會三兄弟行裝都檢點好，許氏親自檢查了一遍，對這三個從未離家的大孩子再三叮嚀，又在每個行囊中多塞了一件棉襖，道：「你們快去吧，完了就馬上回家，免我掛念。」

芷青道：「至多十天半月就回來。」

君青和母親站在門口，望見三人的背影消失才關門進屋，昨夜裡送別爸爸的情景又浮上君青的心頭。

許氏揉了揉眼睛，輕歎了一聲，轉身走進廚房……

福建蒲田少林寺乃是佛門聖地，又是當代武學大宗，自達摩祖師創教以來，每代均有能人弟子，是以少林寺武學在武林中數百年來總是盛而不衰。

清晨，古剎中傳出陣陣肅穆的鐘聲，噹噹之聲在山谷中迴盪，令人聞之肅然，所謂「暮鼓晨鐘，發人深省」，一點也不錯。

這鐘聲例外地連打了九十九下才停，餘音裊裊，不絕於耳。

山徑轉處，走來三個少年。

這三個少年長得甚是相似，一看就知是三兄弟，三人都是英俊不凡，神采飛揚，步伐之間，輕捷中帶著一些穩重，顯然都是一身上乘內功。

這三人正是芷青、一方和卓方。

三人見少林開府大會即將舉行，連忙快步上前，忽然間，前面叢林中走出一個人，端端攔在小徑當中。

那小徑十分狹窄，那人年約五旬，生得又高又大，攔在路中宛如羅漢金剛般，身上穿著一襲百結褸襤的布衣，完全是一副乞丐的打扮，奇的是左手卻抱著一隻大木魚。

芷青三人見這老乞丐大有攔路之意，不禁心生奇怪，走上兩步道：「老伯，借光——」

那乞丐雙目一翻，理也不理。

芷青上前和聲道：「請問——請問老伯敢情有什麼事嗎？」

那老叫化冷冷瞅他一眼，不言不語。

三兄弟不禁有一點摸不著頭，呆呆的望著那個高大的叫化子。

那叫化子仍然不言不語，索性盤腿而坐。

卓方和芷青倒沒有怎麼樣，一方可耐不住了，大叫道：「喂，讓開一點好嗎？」

那叫化子冷然不語，瞧他的樣子是在潛心思索的模樣，三兄弟從無行道江湖的經驗，一時也怔在一邊。

片刻，那化子才開口道：「小哥可是一路從安徽省份趕來的——」

芷青微微搖首，和聲答道：「咱們可不是……」

他話聲未完，那化子驀然大叱一聲道：「放屁，你們還想隱瞞——」

芷青話未說完，就爲那可惡的化子喝斷，不由臉上一紅，但他脾氣較爲溫厚，一時沒有發作出來。

那高大的化子又冷冷道：「盧老頭這樣不夠朋友，打發你們三個小鬼出來，以爲就可以瞞過咱們嗎？嘿，光棍眼中不揉沙子……」

他滔滔不絕的說了這麼多話，三兄弟從他話中已隱約可知是一個誤會了，那叫化子仍然不停的說下去，三兄弟都甚感不耐。

一直沒開口的卓方忽然雙眉一皺，舌綻春雷的一吼：「放屁，你給我停下口來。」

他生平寡言，而且天性疏懶，實在是忍不住那口惡氣才含憤而發作，才一吼完，雙眼一翻，一付毫不在意的樣子。

那化子正說得痛快，被他一喝，驚了一下子，停下口來，想到自己剛才喝斷那眉目清秀的少年的話頭的情形，不由臉上一紅，翻目一瞧，三個少年人除了那出言喝止自己的那個以外，其他兩個人都似笑非笑的望著自己。

不由更感羞愧，冷冷一哼道：「好，好，有膽量……」

說著目光一轉，狠毒的盯著卓方。

岳卓方好大威風，瞧也不瞧他一眼，嘴角上掛了一個不屑的笑容。

惡叫化愈怒，目光如炬，轉盯向立在中間的一方。

一方心頭火起，怒哼一聲，目光如電，反睨那惡丐一眼。

那叫化心中一動，冷冷看著一方，一方只覺對方目光有一種特殊的力量，好像是要攝著自己的心神似地，心中不由一蕩。

一旁芷青感到奇怪，仔細看看那化子，只覺他眼中似有無限攝力，心頭一震忖道：「是了，是了，這就是爸爸平日說的所謂的攝魂目力了！果然是旁門左道，妖人所爲。」

心中一悟，提足真氣，大聲喝道：「方弟——」

這一聲乃是他內力所發，聲波之強，有若雷鳴，不但站在一邊的卓方嚇了一跳，就是那五丈以外的叫化也大吃一驚。

一方被他一喚，心中一震，已知是怎麼回事，怒火上膺，冷然呼道：「原來是攝魂丐何尙何前輩——」

他平日聽父親說到這一門「攝心目力」的旁門怪法時，爸爸說目前有攝魂丐何尙一人最擅此道。

果然不出所料，那化子冷冷道：「是又怎樣？」

一方怨聲答道：「適才領教『攝心目力』，不過如此而已。」

何尙大怒道：「那你再試試這一掌如何？」

說著猛然劈出一掌。

一方冷笑一聲，雙手一立，虛空一拱，神拳陡發，驀然他瞥見那惡丐目光中殺氣騰騰，他到底絲毫江湖經驗也沒有，不由為之一慌，掌力只用出七成。

兩股勁風一觸之下，一方掌力沒有使純，身子不由搖動一下，那何尙卻是釘立如山。

芷青一旁輕聲說道：「方弟，讓我來。」

回頭對那何尙叫道：「前輩好俊的掌力——」

說著雙手一併，虛空劈出一拳。

他方才見弟弟失利，一心以為對方功力甚高，是以這一掌打出，已用了十成的力道。

好個岳芷青，神拳才發，風雷之聲頓時「呼」的一聲，拳風早已捲起立在五丈以外何尙的衣帶。

何尙但覺利風撲面，有如刀割，心中一沉，驚得話都說不出來，他怎麼也想不到這個少年的功力竟是如此高強，估計一下，決非自己所能抵擋，情急智生，猛然伸手移動放在左側的那一尊巨大的鐵製木魚，當胸而立。

「噹」的一響，芷青好大拳勁，打在木魚上，發出一響。

那惡丐但覺雙手一震，他怎樣也料不到這少年的掌力中尙夾有陰柔之勁，透過鐵木魚，有若萬馬奔騰般直襲而來，不由雙臂一麻，又是「噹」的一聲，鐵木魚脫手落地，身形也立不穩，倒退好幾步。

他怔了一怔，自知內傷甚重，念頭一轉，返身飛奔而去。

三兄弟也怔在一邊，沒有去追趕。

半晌，芷青才說道：「這惡丐對我們大概是有什麼誤會，咱們糊里糊塗便將他打傷，這卻如何是好？」

一方也是怔然不語。

芷青又道：「瞧他那臨去的身形，看是受傷不輕……」

一方插口道：「聽他的口氣，好像是等一個姓盧的三個兄弟，卻誤會了咱們，唉，他雖是可惡，但是……」

幾個入世不深的少年，失手打傷陌生的人，都有惶然之感。

芷青心中甚感難過，問道：「卓弟，你怎麼老不開口，禍是咱們闖的，你也出出主意呀！」

卓方淡然一笑，斬釘截鐵地說：「活該！」

芷青和一方都是一怔，他們知道卓方平日沉默寡言，但判斷力甚強，他既如此說，必有一番道理。

正在這時，驀然山道左側一個冰冷的口音道：「好厲害的小娃子……」

三兄弟一怔，驀然——

五　石破天驚

芷青他們走了之後，終南山上又靜得有如一潭死水，家中只剩下君青和媽，每天君青除了幫媽媽做些雜事之外，就靜靜地一個人看書，倒也自得其樂。

春風從山谷後面吹來，帶來山峰上冰雪的寒氣，但是也帶來一絲春的氣息。

君青坐在門前一個小鞦韆上，一面看著書，一面搖盪著，這鞦韆架是他兒時大哥替他建的，現在他已長得太大，如果站在板上，頭頂就會碰著上面的橫欄了。

他手中書乃是太史公的史記，他正翻閱「信陵君列傳」，看到「平原君門下聞之，半去平原君而歸公子，天下士復往歸公子，公子傾平君客。」不禁停書暗讚，心想信陵公子風流倜儻，虛懷若谷，進退揖讓，兵破強秦，不覺悠然神往。

這時山嵐蒸起，春暉斜照，谷中一片枯黃上加了一層嫩綠的帽子，幾枝野花零零落落從土裡鑽出來，隨風擺晃，君青看得心曠神怡，停下書來欣賞一番。

「颼」一聲，一隻野兔從草叢中鑽了出來，瞪著紅眼向君青望了兩眼，大膽地走近兩步，又偏著頭想了想，忽地轉身跑了。

君青瞧得有趣，從鞦韆上下來，伸了個懶腰，深吸兩口新鮮空氣。

這死一樣的寧靜，有誰料到竟是天崩地裂的前奏呢？

君青走到谷邊，忽然看見一縷白煙從對面緩緩升起，初時尚以爲是山谷中嵐霧之氣，也不加注意，過一會只見那縷白煙愈來愈粗，竟成了濃濃的一個煙柱。

君青不由大奇，仔細一看，那煙柱中似乎雜有一絲黃色氣體，漸漸隨風吹過來，他聞到一股極濃的硫黃味，正奇怪間，忽然轟然一聲巨響，對面山谷上一大片岩石突然飛上天空，霎時裂成千萬碎石，高達百丈！

君青不禁大驚失色，正回頭，忽聞轟隆之聲不絕，原來那些碎石雖說碎，至少仍有斗大，這時紛紛落將下來，打得隆隆不絕。

茅屋內許氏大叫道：「君兒，怎麼回事啊？打雷麼？」

君青正待拔步回告，忽然腳下感到一股極大的力道往上一湧，他只叫得「哎呀」一聲，就被拋起丈餘，跌落在草叢中。

君青只覺天旋地轉，他尚以爲是自己跌昏了頭，哪知忽覺愈轉愈快，胃中直想嘔吐，他陡然想起一事，剛叫出：「地震！」兩字，轟然又是一聲巨響，震得他耳膜欲裂！

他正想抬頭觀看，驟然一片黑沉的東西迎面壓到，他嚇得連忙臥倒，但聞嘩啦之聲不絕，不知是什麼。

好半天他爬起來一看，原來遍地都鋪了一層灰沙，他伸手在臉上一抹，也抹了一手黑，回首一望，頓時嚇了一跳——

原來對谷山峰從半腰起斷為兩截，煙霧瀰漫之間，依稀可看出斷處岩漿泊泊，硫礦熏天。

忽然間，煙塵中出現一個慌張的人形，那人不斷地叫著：「君兒！君兒！」

君青大叫道：「媽，我在這裡！」

許氏蓬頭垢面地一把將君青抱住，一時說不出話來。

君青感到媽媽的雙手在不斷地抖顫著，可見方才受驚過度，他心中一酸，有如一個三歲娃娃般盡情地躺在母親的懷抱中。

轟隆之聲依然不絕，巨大的岩石不時被衝上天空，母子倆人緊抱著，宛如不覺。

直到腳下又是一陣猛震，君青才一躍而起，環目一看，只見對面「一線天」的兩座孤峰都已塌毀，整個山谷像是陷落地心！

兩崖之間岩石亂崩，谷底陷落，深不知底，莫說君青不會武功，就是身懷絕世輕功，也無法飛渡。

腳下又是一陣震動，似乎這邊山崖也將爆裂，君青見此情形，心中一涼，暗叫一聲「完了」，接著就是一片空白，什麼都想不著。

只要此山一崩，他們前路阻絕，就得坐以待斃。

他心中並不是害怕，只是一種難以形容的亂，他什麼也不能想，只呆呆望著母親。

許氏也看清了周圍情勢，她擁著愛子，竟似不知恐懼，只平靜地反覆道：「君兒，不要怕，君兒，不要怕。」

轟隆，砰碰，岩石橫飛。

嘩啦啦，飛石墜地，漫空都是碎石飛砂。

硫磺味也愈來愈濃，令人窒息。

「轟」——

君青陡然被震起，他和母親一起滾落一個斜坡。

他頭腦陡然清醒，大叫道：「媽，不是後山還有一條出路麼？」

許氏苦笑道：「那路口早被你爸爸用千斤巨石堵死啦，我們兩人怎麼弄得開呢？如果你大哥在，或許……」

當年岳多謙隱居之時，發現這絕谷前後各有一道通口，於是他用千斤巨石把後山的通口堵死，只留下前面的「一線天」，當時搬移巨石時，連岳多謙都很花了一番功夫，就算芷青他們在此，也未見得移得開吧。

君青長歎一聲，坐在地上。

轟，又一聲——

一塊飛石呼地橫飛過來，許氏驚叫一聲，和身撲在君青身上，那飛石擦著她的背飛落谷底。

君青爬起來，發覺母親臉上毫無懼色，雙眼慈藹而鎮定地望著自己，忽然他驚叫起來：「媽，你背上流血了！」

許氏搖了搖頭，柔聲道：「不妨事的，嗯，這真是山崩地裂，那年我和你爸在廣西也碰到過一次，卻沒有這麼厲害……」

君青聽媽在這時忽然說起往事來，不禁大奇。

君青忽道：「媽，若是大哥在家的話，他一定能設法逃出去是嗎？」

許氏道：「嗯，你大哥功力極高，也許能移開那巨石。」

君青道：「除了推開那巨石，我們就只有等死了麼？」

許氏道：「是啊，君兒，不要怕，媽和你死在一塊……」

君青忽然覺得熱血上湧，不知為什麼，他覺得他應該能夠保護母親，一種莫名的信心從他心底中直湧上來，他大聲道：「媽，我們去收拾一點重要的東西——」

許氏驚道：「什麼？你說什麼——」

轟一聲，又是一角山崖崩落，大地狂震。

君青在沙塵中大聲叫道：「媽，咱們到後山去試一試，我要弄開那石塊。」

許氏雙目含著眼淚，顫聲道：「君兒，你沒有武技，怎麼成啊？」

君青忽然堅決地道：「我自己也說不上爲什麼，剛才我忽然覺得我們不應該在這裡等死，冥冥中我總覺得我有法子把巨石移開，媽，別遲疑啦，我們快走——」

許氏道：「可是你手無縛雞之力啊——」

君青大叫道：「我——我已經十七歲了，我不再是一個孩子，我要有大丈夫男子漢的氣慨，像爸，像大哥，我好像覺得我不是去推那大石頭，而是去保護媽，這樣我就覺得一定能成，爲什麼大哥能保護媽，我就不能？」

許氏驚奇地站了起來，她眸中裡閃動著晶亮的淚水，她發覺她的幼子像是突然間長大了，這個漂亮的公子型的孩子除了不懂武技之外，他爸爸那一身豪情壯氣全傳給了他，她不由自主地隨著他跑向茅屋。

許氏慌慌張張抓了幾錠金銀，然後從箱中取出一串明珠，粒粒有龍眼大，瑩亮潤滑，她把串珠掛在君青頸上，道：「這珠兒是岳家傳家之寶，據說大有來歷，你掛著避避邪也是好的。」

君青催道：「媽，快些。」

許氏抓抓這樣，摸摸那樣，不知道該帶那一件好，這一木一物對她都有極深厚的情感。

君青走出房門，只見山崩愈來愈烈，而且漸漸崩塌到這邊來，他大叫道：「媽，快啊！」

許氏應了一聲，慌慌張張走出來，手上除了一個小包裹，什麼都沒拿，懷中卻抱著一隻小花貓。

君青笑道：「媽，看你，還抱小花幹什麼？」

許氏道：「小花嚇得渾身直抖，怪可憐的。」

君青接過包裹，拉著媽媽的手向山後跑去。

轟，隆，嘩啦……

轟，隆，嘩啦……

繞過三個山彎，到了後山出口，一塊千斤巨石峨然矗立。

許氏雙眉緊皺，她跟著君青跑來，一直匆匆忙忙，原來沒有細想，這時巨石攔前，不禁為之一呆。

君青卻滿面肅穆，他放下包裹，對著巨石凝視片刻。

忽然他反首道：「媽，若是弄它不開——」

許氏搶著道：「你別發癡啦，這麼重的巨石你怎麼成呢？」

他瞧見母親蓬亂的髮絲在山風中飄拂，臉上露出一派慈祥而溫柔的神色——

「蓬」一聲，大地猛烈震動，他們腳前不及百步之處忽然裂開一道巨縫！

君青猛然回首，仰望蒼穹，只見灰砂蔽日，昏若日暮。他暗暗禱道：「古人說精誠所至，金石為開。我雖不懂武藝，但是我心如鋼，區區頑石豈能阻我——」

忽然，他好像瞧見百神從煙塵中緩緩下降，他猛吸一口真氣，不知不覺間用上了爸爸傳授的「養氣」之法，暗道：「天神祐我！」

猛然往右雙掌推出！

轟然一聲，奇蹟出現，千斤巨石竟然右移三尺！

君青狂喜躍起，拉著媽媽，拾起包袱，閃身進入石後地道！

眼前一亮，已出山口，兩人慌忙爬上一坡居高下望。但聞震天價一聲巨響，山崖陷落，「南山之廬」霎時煙飛灰滅！

半個時辰之後，天空的黑灰才緩緩落下，替大地添上一層黑衣！

黃昏，霞光四射，倦鳥知返，好一幅「落霞與孤鶩齊飛」的景象。

青草離離，幾個廢墳靜靜地躺在那兒。

羊腸小道轉角處，走來一個少年和一個四五十歲的婦人。

少年牽著婦人的手，行得很慢，他仰首看了看西方，霞光照在他的臉上，只見他面如美玉，朱唇皓齒，端的宛如子都再世。

婦人手中抱著一隻小花貓，她望了望四周的墳墓，微微蹙眉。少年道：「媽，乘著天沒黑走過這段墓地，前面大約就有店家了。」

婦人點了點頭。

行不到十步，那少年忽然驚叫起來：「媽，你瞧，這是什麼！」

婦人聽他大叫，嚇了一跳，忙道：「君兒，什麼？」

隨著少年手指一看，只見路旁立著一塊木牌，上面刻著一行字：「綠林十三奇之塚」，下面卻刻著「散手神拳范立亭」幾個字。

婦人也驚叫道：「啊，范叔叔！」

母子兩人相對駭然，走不出幾步，竟發覺草叢中臥著一具死屍！那死屍好生古怪，左腿自大腿處斷去，手旁還有一枝枴杖！

兩人嚇得連忙掩鼻而過。

不用說，這母子倆必是劫後餘生的許氏和岳君青了。

兩人行不得幾步，又是幾具屍身，死態各各不一，從膚色上看來，這些屍體死了頂多十來天。

天色漸暗，夕陽西落，墳林中頓時幽暗下來，許氏望著前面黑陰陰的，不禁心寒。

君青心中也是惴惴然，但他仍然拉著許氏的手向前而行。

「咕咕」，夜梟怪啼，宛如鬼叫。

君青腳前一絆，他低頭一看，竟然又是一具怪屍，他不敢張聲，牽著母親的手，疾行而過。

每行幾步，總是發現一兩具怪屍，死狀至慘，有如厲鬼，兩人提心吊膽挨著前進，好容易走完這林子，抬頭一看，明月在天，藉著月光，只見樹下石碑上刻著「謝家墓地」四個大字。

君青陡然記起一事，心中一動，暗道：「方才林中死屍共是一十三具，定是什麼『綠林十三奇』的了，看來這十三人都是被范叔叔幹掉的，啊，瞧這些死屍死去最多十來天，而范叔叔也是十天前死的，莫非范叔叔的死與這十三人有關？」

許氏見他臉上陰晴不定，問道：「君兒，你在想什麼啊？」

君青含糊應了一聲，拉著媽媽的手跨步前行。

果然走不出多久，就有一家客店，母子二人要了一套房間歇了。兩人日間逢此大變，方才又是一場緊張，身心疲累不堪，一上床就呼呼入睡。

次日清晨，母子二人商量好暫時到「七犁」去尋「清河莊」，清河莊莊主盧老英雄與岳多謙頗有交情，兩人打算暫時去住一會再說。

一路上，君青回想終南山天崩地裂的情景，猶有餘悸，暗道：「古人云精誠所至，金石為開，果真是一點兒不錯，試想我毫無武技，竟然推開千斤巨石，這豈非奇蹟？」

他哪裡會想到，他自幼所學的「修心養氣」之方，乃是玄門正宗的最上乘內功秘訣。

許氏忽然道：「君兒，我發覺有點兒不對……」

君青道：「什麼？」

許氏低聲道：「我好像覺得有人在盯我們……跟了好幾里了。」

君青把衣包跌落，裝著去拾，向後頭打量了一會，什麼也沒有。

他對母親道：「媽，什麼都沒有。」

許氏沉吟了一下道：「嗯，我看是不太對勁。」

忽然，馬蹄聲驟起，從後面直響過來，君青拉著許氏走到路邊，只見灰塵揚處，過來兩騎，那馬奔得迅速，但經過兩人時，馬上騎士陡然一勒馬韁，那兩匹馬長嘶一聲，人立起來，停了下來。

馬上兩人，一個虬髯大漢，一個獨眼瘦子，全是寶藍色衫子，腰間卻纏著一根紅帶兒，兩人都是目光精亮，獨眼瘦子尤其太陽穴高高隆起。

兩人打量了君青母子倆一會，就牢牢盯在君青臉上，君青自小住在山中，從來沒有見過世面，這時被兩人一盯，心中不禁一慌。

那瘦子突然道：「七弟，走吧！」

兩人一抖馬韁，踢起一片黃塵，如飛而去，那獨眼瘦子臨走時還狠狠盯了君青一眼。

君青好半天才道：「媽，是怎麼回事？」

許氏沒有回答，只嗯了一聲。過了一會道：「我們走快些，早點趕到清河莊吧。」

不出半里，背後馬聲得得，匆匆又是兩騎上來，馬上兩人一個是花甲老叟，另一個卻是個妙齡少女，兩人也是寶藍外衫，腰纏紅帶。那老者劍眉鷹眼，目光如電，斜睨了君青母子一眼匆匆而過，那少女生得面如畫眉，婀娜多姿，嘴角帶俏地盯了君青兩眼，馬過後又是回眸一笑。

君青不由臉上一紅，暗想：「這姑娘怎麼這等沒有閨秀風範，不知是什麼路子。」

兩騎才過，背後蹄聲又起，又是兩人兩騎，馬上一個和尚，一個道士，卻仍是藍衫紅帶，也是看了君青一眼匆匆而過。

一連六騎，一模一樣的打扮，每人都盯著君青，君青不由大窘。

走不到三里，已有五對十騎這等打扮的人物過去，君青暗中納悶，忽然記起一事：「是了！是了！爸不是說過，江湖上幫派中有一種隆重典禮叫做『羅漢請觀音』，乃是幫中有要事接龍頭老大出馬的儀式，一共要出九對十八人，現在已經過了五對，只怕還有四對。」

又行出三里，果然又過了三對，君青料定自己猜得不錯，便向許氏道：「媽，這些人不干我們事的，他們是『羅漢請觀音』，請他們的瓢把子出馬——」

許氏皺眉道：「你怎麼知道？」

君青笑道：「我聽爸說的，一共要出動九對，現在已過了八對，只怕後面還有一對。」敢情他雖然不喜聽這些武打之事，但每晚岳多謙談這武林掌故、江湖規矩時，他仍聽進不少。

話聲方了，蹄聲已起，果然又是一對過去！

君青道：「怎樣，我猜得沒錯罷。」

忽然他又想起爸爸說過這「羅漢請觀音」除了請新龍頭上任之外，就是請幫主出馬幹大案，想到這裡不禁暗道：「他們每個人都打量我們一眼，難道做大案子的對象是我們？不，不可能的，我身上一角錢都沒，他們打什麼主意？」

果然，直到天黑一點事故都沒有發生，母子倆投了店，心想再有一天腳程就能到清河莊了，清河莊莊主盧炎風老爺子威震武林，住在他那兒是再保險沒有的了。

黑夜來臨，客店裡兩個疲勞的人平靜地入了夢鄉。

十里外有一個「鄭家祠」，祠堂頗爲宏偉，只是多年失修，瓦牆損落，這時卻是燭火輝煌，裡面黑壓壓地坐了十幾個漢子。

坐在前面的是一個面色白淨的中年秀士，下面卻老老少少，高高矮矮坐了十八個，其中卻夾有一個妙齡少女。

這一十九人全是藍衫紅帶，那中年秀士紅帶上還插著一個白玉雕成的豹子頭。

只見那秀士開口道：「眾位兄弟，那小子頸上掛的確是那『白蓮子』麼？咱們這次傾幫而出，可千萬不能弄錯，鬧出笑話來！」

眾人都道：「沒錯，沒錯。」

其中一個大和尚叫道：「要是洒家看走了眼，瓢把子把洒家招子廢了得啦。」

那中年秀士道：「既是各位這般說，那是千真萬確的了，那麼這小子必是岳多謙的兒子啦。」

眾人道：「正是！」

中年秀士道：「姓岳的三十年不見蹤影，這下子他兒子突然出現，還有前幾天『綠林十三奇』在謝家墳場全讓散手神拳給宰啦，各位哥哥想一下，姓岳的和姓范的是出了名的老交情，這兩樁事連起來只怕大有苗頭。」

眾人都點首稱是，中年秀士又道：「不是我長他人威風，滅自己志氣，姓范的不好惹，姓岳的咱們更惹不起，可是，嘿，既是『白蓮子』出現了——」

他雙眉一揚，斬釘截鐵地道：「天皇老子來了咱們也得惹一惹！」

眾人齊聲叫好，掌聲如雷。

秀士道：「兄弟，咱們先拜『天豹老祖』！」說著恭恭敬敬捧著一方檀木神位，領著眾人跪拜下去。

拜完後，上了一把香，霎時祠內煙斜霧橫，裊裊不散。

祠外簷上忽然飛起一條黑影，如飛而去！

翌晨，天剛亮，客棧裡一個小二拿著一個瓦缽，裡面一些飯，一點碎魚，不停拌著，口中不斷罵道：「媽的，真是怪事，我老王當了十多年店小二還是頭一遭碰見這種客倌，出門還帶著貓的，該我老王倒楣，服侍了人還要服侍貓。」

說著把缽子往地上放，對桌下一隻花貓道：「畜生，來吃啦！」

咿呀一聲，房門打開，君青走了出來，拿著一把制錢塞在小二手中道：「小二哥，辛苦你啦。」

老王連忙堆上笑臉道：「啊，謝少爺賞，少爺這隻貓真漂亮極啦，我老王當了十多年店小二還是頭一遭碰見——碰見，嘿，碰見這麼好的貓，嘿……」

君青忍住笑，揮手道：「麻煩你去帳房替咱們結一下帳。」

老王連忙應了走出去。

不一會，許氏和君青付了帳匆匆走出客棧。

天色還不甚亮，太陽光都是紅紅的，這母子兩人的影子長長拖在地上。

漸漸又入了山區，路也愈來愈崎嶇，君青扶著許氏慢慢前進。

入山愈來愈深，也愈來愈涼爽，山中晨風吹得人有點刺骨之感。

一轉過山彎，忽然一個宏亮的聲音：「天豹幫總舵主白公哲率領眾兄弟在此恭候岳公子大駕！」

那聲音好不驚人，直震得山谷齊鳴。

君青嚇了一跳，定眼一看，只見五十丈外站著一大夥人，爲首發話的是個中年秀士，他身後的一夥竟全是路上碰過的那些人物，心中不禁一緊，回首道：「媽，果然是衝著咱們來的。」

那秀士見他不回答，又說了一遍！

君青心中原來害怕無比，但一見媽媽臉色蒼白，搖搖欲墜，登時熱血上衝，沉聲道：「媽，別怕！」

那秀士的聲音又傳到：「怎麼岳公子不屑回答麼？」

君青心想：「這廝既知我姓岳，必然知道爸的名頭，說出來也嚇不倒他，倒不如不說的好，嗯！這廝武功定然極好，這麼遠他的聲音竟然宏亮如斯，我回答他只怕他聽都聽不清哩。」

當下提氣大叫道：「小可岳君青，不知何事有勞各位英雄？」

他這提氣大叫，聲音竟如有形之物，較之方才秀士之聲仍要宏亮得多。君青自己還不覺得，對面眾人卻是大大吃驚，個個耳膜被震得嗡嗡欲裂，中年秀士白公哲暗中皺眉道：「姓岳的是神仙不成，這小子這麼小的年紀倒像有幾十年內功修為一樣，不知姓岳的怎麼調教出來的？」

但口中仍朗笑道：「在下等在此相候，實有一事相求。」

君青奇道：「什麼？」

白公哲道：「吾等欲取公子頸上之物一觀！」

君青可會錯了意，心中暗道：「爸說過，江湖上說『頸上之物』乃是指腦袋，不好，這廝與我無冤無仇竟要殺我，我且三十六計走為先！」

他左右一打量，瞧見左邊有一條幽徑，似乎另有出路，當下決計已定，口中卻敷衍道：「小可不明兄台之意——」

這時他心中另有所思，是以這句話隨口而出，聲音甚是微弱，那對面秀士沒有聽真，問道：「什麼？你說什麼？」

他陡然一驚，大叫道：「小可不明兄台之意。」

說完一把拉住許氏，往左就跑。

白公哲等人呆得一呆，猛然醒悟，大叫一聲，追將過來。

君青無暇顧及其他，只知抱著許氏沒命的跑，他自己絲毫不覺，但若被別人瞧見，一定大為驚奇，只因他這一陣狂奔，姿勢雖是極不美妙，但速度之快，絕不下於任何武林高手！

哪知跑到盡頭，無路可走，只有山邊一道深縫，君青叫聲苦，不知所措。

忽然靈機一動，閃身進入山縫，心想：「且躲他一躲，就算被發現，也只好認命了。」

那山縫看似極狹，哪知擠著走了七八步仍不到底，雖然愈走愈窄，但隱隱似乎仍未到底。

君青不禁大奇，索性側過身來擠著前進，竟然走了十幾步之深，而且像是逐漸寬闊了一些。

他心一橫，冒險再往裡走，竟是深不知底，一連走了百來步，居然豁然開朗。

君青暗道：「原來這石縫是沒底的，竟通著一個石室裡。」

這石室中竟然微微有光，君青方才進來，一時看不見情況。

懷中許氏忽道：「君兒，放我下來。」

君青忙把母親放下，坐在地上，過了一會兒，眼睛習慣黑暗，只見腳前立著一塊大碑。

他湊近一看，上面刻著：

「青城派門下法體證道之室」

下首刻著：

「第十三代弟子清淨子恭立」

他環目四顧，果然隱約看見暗中一具具盤坐著的枯骨，心想：「聽爸爸說青城派一向是一脈單傳，每代只有一個弟子，百年前傳到十三代清淨子，他所收的弟子竟然背叛師門，後來被清淨子親手殺了，從此青城就絕了傳。原來他們歷代弟子的屍身都藏在這裡。」

這時忽然「咪咪」貓叫，原來小花竟也跟了進來。

許氏正要說話，忽聞陣陣吆喝聲近，君青道：「他們追到了。」心中不由一陣緊張。

過了一會，並無人過來，卻聽到陣陣兵器相交的聲音，倒像是有大夥人在外面拚鬥，君青不由大奇，但又不敢出去看，只好悶在一旁。

暗處那一具具枯骨不時發出一兩星磷光，綠綠的，頗爲可怖。

忽然君青想起一樁事來，他忍不住大叫道：

「奇了！奇了——」

六　重披征甲

咸陽古道上，風雪漫天飛舞。

是絕早時分，官道上白茫茫一片，雖說已經破曉，但天空黑沉沉的，看來頂多只有四更天的模樣。

遠地裡，官道直直地蜿蜒而去，傍山畔水，氣勢威然，一片古城故都的氣象。

寂靜。

這樣的天氣，又在這一大早時光，整個官道的兩側幾乎找不出一絲聲音，你可以從這一頭清晰而不受阻蔽的望到頂那頭，只要你目力夠好的話。

驀然——

一陣馬蹄聲奇特的響了起來，由於寂靜的原故，是以雖然有很遙遠的一段路程，蹄聲仍舊清晰傳來。

的得，的得，脆生生的聲音，打破周遭的沉靜。

是誰在這時刻裡趕著路？

幾乎可以分辨得出，也許是馬匹太倦了，馬蹄著地的聲音很為沉重，雖然還隔了一層厚厚的雪花，仍然低沉而有規律的響著……

天寒地凍，絕早時分，這一切都足可證明這趕路人的心情是何等的焦急！

來得近了，原來是一人一騎。

天氣實是寒冷，馬匹不斷吐出熱哈哈的白氣，馬上的騎士直挺挺的坐在鞍上，雙手並沒有持韁，僅不時推推馬頭或是夾夾馬身，作為指示馬行方向的信號！

漸漸地，雪地反映出每一絲入射的光線，馬上的人的面貌，藉此可以辨別得出來，原來是一個清癯的老人。但見他年約六旬，白髮白鬚，雖是靜靜地坐在馬上，但舉止之間，卻自然流露出一種令人心折的氣度。

老人正是當年叱吒一時，而今又重披征甲的武林七奇之——鐵馬岳多謙！

岳多謙面孔上慈祥的表情一掃而光，代替的是極端嚴肅的模樣，兩道稀疏的眉兒斜斜軒飛，嘴角微微向下作弧垂，臉色也微微泛青，眉目之中隱含殺機！

范立亭的死，對岳多謙來說，可是一個太大的打擊了。隨著馬蹄規律的踢動，岳多謙思潮起伏不定，掛在馬鞍後的一個布包，不時觸著岳多謙的身子，這使得岳多謙奮發雄心。

敢情那布包中正是岳多謙昔年仗以打遍天下的獨門兵刃：「碎玉雙環」。

岳多謙不禁隔著布包摸一摸三十多年未動的環兒，豪氣干雲地沉哼一下。

天色永遠隨時間而改變它的顏色，光線一點一點的明亮起來！岳多謙加緊一扣馬腹，往前奔去。

這次到關中來，乃是抱著和劍神拚一下的雄心，劍神胡笠所世居的胡家花園可並不難找，正在咸陽城內。

來到城近處，但見城郭宛然，積雪溶溶，好一片王城重鎮之象。

岳多謙可來得正逢時候，鼓聲動處，城門開啓，岳多謙拍馬馳入城中。

趕得這久的路，岳老爺子內功精湛，雖不在乎，但座下馬匹可是吃不住了，是以找著一家店兒打了尖。

天色已經大亮，街道上人聲漸漸嘈雜起來，忙著趕車的，忙著打掃街道的，岳多謙幽居荒僻之地卅年，雖然一路上對這些已見了很多，但這故都的一切，倒仍是有一種久違闊別的感覺。

走入店中，隨意要了一角酒，這天氣大清早飲酒驅寒倒也多見不怪，岳多謙緩緩的呷啜著酒，心中沉思不決。

照理說，以岳多謙的意思，本是親臨拜柬，請教胡笠，但是他卻又改變這個打算，乃因是劍神胡笠在關中一帶名頭太大，一旦動起手來，免不了驚世駭俗，這樣就是范立亭並非胡笠所傷，胡笠當著這麼多關中人士必不會示弱解釋，岳多謙是何等人物，豈能作這等冒失的事？

正在沉吟不決間，忽然又有人投店。

岳多謙抬頭一看，來者原來是一個年約四十出頭的漢子，依稀有點面善。要知岳多謙幽隱將近卅年，早年的一些武林朋友，雖然都沒有忘記，但一些不太熟悉的人物，卻已太半忘去。這時見來者面熟得緊，不由苦思這人倒底是何等人物。

且說那中年漢子走入店來，似乎懷有什麼心事，沉吟不決，隨身坐在一張椅子上，也不叫吃的東西。

岳多謙見他滿懷心事，店中夥計卻也不去理會他，不由心奇，轉念忖道：「是了，是了——」原來來人身著破棉衣，打扮十分窮寒，無怪這些長狗眼的夥計沒有去理會他。

那人想了一會心事，驀然抬頭對店伙冷冷瞪了一眼，說道：「店家，來一份麵食成不成？」

店伙不屑的漫應一聲，回頭去準備了，口中卻是嘮嘮叨叨的抱怨，那人看在眼內，冷冷一哼。

說來奇怪，他這一哼，聲音雖小，但卻清清楚楚的傳出來，店伙聽得身形一震，好比被巨鐘震了一下。

岳多謙何等人物，心知這漢子竟身懷如此高深內功，不由大奇，驀然一個念頭一閃而過，心頭雪亮，已知這中年漢子原來是江湖上頂尖的人物。

過得半晌，那漢子吃完一份麵食，大聲道：「店家，看帳！」

店伙遲得一遲，才慢吞吞走過來。

那漢子冷冷問道：「多少？」

店伙上下打量他一番，才慢慢道：「雖然是幾分錢的價錢，但是本店萬望客倌……」

那漢子「嗯」了一聲，揮揮手作一個停止店伙說話的手式，驀然探手入懷，摸出一錠花花銀兩，拍的一聲放在桌上，冷然道：「夠了嗎？」

店伙大吃一驚，馬上堆上一付笑臉道：「客倌哪裡的話，哪要這許多錢？……」

一面說話，一面伸手便想去摸那銀兩。

那中年漢子冷冷不語，有意無意又把那銀兩拿在手裡，那店伙見人家又把銀子收回去，一雙已拿出的手不好收回，弄得面紅耳赤。

那漢子微微一笑緩緩道：「嗯，在江湖上混的人可得要有一對亮照子，嗯，這店兒乃是人物最雜的地方，照子不明，不但招惹不起客人，性命不保也是常事……」

他一面說話，一面手上用勁，暗中把銀子已捏成粉碎的銀片兒，口中接著又道：「像老弟這樣子的一對照子，今日可看走眼哪，嘿嘿，下次再是這樣子的狗眼看人，當心有人把你的一對照子也給廢掉！」他這一番話講得好不嚴厲，那店伙被說得冷汗直冒，不敢出聲。

「拿去！」

那漢子伸手一翻，一掌擊在桌上，碎銀盡數被震得深深嵌入桌面。那漢子撥開夥計收也不是，伸也不是的手，大踏步走出去。

那勢利眼的夥計怔在一邊，一面用手去弄那深深嵌入木桌面的銀子，可始終弄不出來。

岳多謙看在眼中，不由微微一笑，心中忖道：「想不到這傢伙隱居廿多年，狂氣絲毫不減……」

沉吟間，那小二哥急得滿頭是汗，卻一分銀子也拿不出來。

岳多謙站起身來，緩緩走出店門，經過那張桌子，手中潛用內力，虛空向上一托，勁力擊向那張桌子。

但聞「托」的一聲響，那些嵌入木中的銀片兒都似生了翅膀一般，跳出桌面好高，落回桌上時，整整齊齊地排成一個正圓形的銀環，沒有一絲偏差。

岳多謙本來是見那夥計弄不出銀子，急得可憐，是以出手替他擊出銀子，不欲讓人知道自己，擊過後，急忙踏步出店。

那店伙見銀子好端端又跳出桌面，不由驚叫一聲。

中年漢子本已跨上坐騎，聞聲回首一看，見此情形，不由面色一變，他可不是見有人能把銀片擊出而驚，驚的是那工工整整的一個環兒！

正驚詫間，岳多謙已迎面走出店來。

中年漢子目光一閃，盯了岳多謙一眼。

岳多謙心中暗笑，雙手大袍微拂，假作睡目惺忪的模樣，把顏面完全遮住。但那中年人目光銳利，心中微哼，微一縱馬，把店門閃開一個能容個人通過的地位，勒馬以候。

岳多謙大踏步走出店門，說時遲，那時快，中年人鼻中一哼，右手微曲，一記「肘捶」閃電飛出撞向岳多謙脅下。

鐵馬岳多謙心中一震，敢情對方這一式功力之高實是出人意料之外，急揚真氣，容那中年人的肘部離自己脅下「章門穴」竟有二寸光景時，右手閃電一沉一封。

「托」的一聲，這一下強碰強，硬對硬，後頭的人可是清清楚楚看到岳多謙修長的身子一絲也沒有停滯，就是連身上的衣衫都沒有一絲一毫飄動，筆直的大踏步走去。而那馬上的中年人也是分毫未動，直挺挺的坐在馬上。只是坐下的馬匹被他這種勉強支持不移動的身體帶得微微一嘶，向左邊硬生生橫跨半步，才立住腳。

岳多謙乘他一愕之間，跨馬急馳而去，耳畔隱約聽得那中年人喃喃自語說道：「鐵馬……難道竟是岳多謙重入湖海……」

且說岳多謙馳馬而去，心中沉吟不定，暗忖：「卅年不見，想不到這笑震天南蕭一笑的功夫竟進步如此，雖然說是長江後浪推前浪，但是我們老一輩的倒也沒有把功夫放下哩！」

原來這中年漢子乃是廿多年前江湖上赫赫有名的笑震天南蕭一笑。廿年前，他在天南一帶行俠仗義，極得令名，名聲之盛，僅次於武林七奇，和岳多謙也有數面之緣。

這蕭一笑生平狂放，性格豪達，故有笑震天南之名。他的功夫，實是高深無比，闖得如此聲譽，並非偶然。

廿年前，他忽然聲銷名匿，幽居大山，武林人並不知道他爲何突然隱居，但是岳多謙卻是明白：原來那時候，岳多謙已隱於終南，不問世事，而范立亭卻仍在江湖上闖，有一次無意和笑震天南碰了一碰，結果范立亭僥倖勝了半招，蕭一笑從此賭氣不出江湖廿多年，不虞今日又在這邊塞小店中出現，倒是料想不及的事。

看他懲弄店伙的手法，便知他雖然隱居多年，但狂性絲毫不改，而且功夫之硬，倒難爲他廿年的苦練哩。

岳多謙邊行邊想：假若范老弟現在還在的話，恐怕也不一定勝得了這狂生了。但笑震天南廿年來無恙，立亭弟卻已身亡，唉！……

想到這裡，不由又是一陣悲傷。

再行得一程，心中盤算道：「胡家花園就在前面，不知是投柬拜門好，還是暗中去打探它一遭？」沉吟間，馬匹已來到官道盡頭。

岳多謙決定午後去一趟胡家花園，於是便縱馬入郊外，去散發一下心中鬱鬱的悶氣。

半日時間還不是眨眼便過，岳多謙放馬奔向胡家花園。愈接近胡家花園，岳多謙的心情便愈肅殺，眼角中殺氣漸濃，神態威猛已極。

那劍神胡笠世居的胡家花園位於咸陽城西郊，乃是一座類似莊院的建築物，極是廣大，倚山而建，後半部完全築在山上，遠遠看去，有如一頭斜斜蹲坐著的巨獸，氣勢雄偉之極，真可謂龍踞虎躍。

岳多謙放馬直奔，到得花園前，放慢馬匹，打量這名聞天下的臥虎藏龍之地。

這時大雪正停，但天氣冷極，積雪不溶，白茫茫的一片，岳多謙一身白衣打扮，白髮白鬍，迎風而立，真有如神仙中人。

瞥目一望，但見門前樹了一塊大碑，上面寫了四個魏碑體的正書：「胡家花園」，筆法蒼勁有力已極，想必是此間主人所寫，從筆力中透出一股內力造詣極爲深奧的樣子。

策馬走近，伸手一摸那碑，心中一驚，敢情這碑兒在如此大冷天，觸手之下，好似還有微溫，細細一看，竟是一塊碩大的玉石！

岳多謙微微一怔，忖道：「胡家竟是如此氣派，看來胡笠老兒傳說富甲關東，是名不虛傳的了。難得富家弟子竟能練成如此功夫。單看這一塊玉石，恐就價格不菲了。」

想著想著，座下馬匹不停，緩緩繞著胡家莊院而行，不一會便到得左近側旁。

岳多謙沉吟一番，不打正門進入，先放馬到側邊，打量打量，卻見一樁奇事。
抬首一望，只見胡家花園的圍牆竟是出奇的高大，紅色的風火印磚牆，被白雪厚厚地鋪了一層，估量一下，起碼也有三丈多高。
岳多謙可真弄不清這是什麼意思。
一個莊院的牆竟高達三丈，沉吟一下，實在不知有什麼特別的含意。心中狐疑不決，停下馬來仔細觀看。
忽然一陣追逐的聲音隱隱然從牆裡面傳出來，岳多謙不覺恍然大悟，敢情這高牆內必是築成一個練武的場子。胡家雖是天下聞名，倒也不願在平日練武時給別人觀看。
正醒悟間，牆內面勁風之聲大響，顯然是有兩人正在過招，而且打鬥得很是激烈，才會發出這種風聲。
鐵馬岳多謙想一想，再也忍不住，環顧四方一下，這兒乃是咸陽郊外，加之天氣絕寒，果然道上沒有一個行人，岳多謙腰間一蕩，真氣陡提，身形便飛了起來。
岳多謙打量一下，要想打探牆內的情形，莫過於縱上左角那株大樹。那大樹從牆內長出，斜斜伸出三丈高的牆，假如能坐在上面，下面的情形便能一目瞭然。
要想一絲聲音不弄出本是一件甚是不易的事，但岳多謙倒不以為困難，身形微微用力，已然騰空升起。

岳多謙可知道對方乃是臥虎藏龍之地，自己不能有一絲一毫的大意，是以上起的式子很慢，不帶一絲兒風聲。

馬匹「的的」孤行，牠並不知道背上的人已經騰空而起，這便可見鐵馬岳多謙的輕功造詣之深了。

他這一下子升起的高度極有分寸，剛好比牆高了一點，目光掠過牆頭，找一個適當的地方。

不待身形下墜，雙足一蕩，勾起馬背的包袱，身形直衝而起，他知道今天風勢甚勁，是以真氣灌注，不讓風兒揚起衣袂而發出聲響。

樹枝離地四五丈高，他飄身而上，穩坐在樹枝上，這樣一個龐大的身軀落在枝上，卻一絲聲音也沒有發出。

岳多謙身形輕若無物，穩穩坐在樹枝上，不時隨著風吹上下起伏，就好像是黏在樹枝上一般。細細打量一下！牆下果然不出所料，是一個相當大的練武場，場中正有兩個年約廿左右的少年在過招。

岳多謙心念一動，仔細注意那兩個少年的身法，只見一個年紀大點的正用一套拳法向較少的猛打，那小些的少年想是功力不及他深，一味閃躲，但步法輕靈，而且不時夾著一兩掌還擊，不致落敗。

兩個少年練得十分認真，岳多謙上得樹來，兩人一絲也沒有發覺，仍在悶聲過招。

驀然那年大的說道：「師弟留神了！」

話聲方落，拳式突然一變，連連猛攻七拳。

那小些的打他不過，見他攻勢愈猛，不由施出絕技來，身形閃電一挫，左右齊幌，下盤卻紋絲不動，一連將那師兄的七拳完全化開。

那師兄高聲道：「好！對了！就是這樣。」

想是他有意逼得師弟施出這套身法來指正錯誤。

他們動手不停，樹枝上的岳多謙卻是心神大震！

「剛才那孩子的身法，豈不有點兒像那次青蝠劍客在躲我碎玉雙環七十二打時的姿態？嘿！看來這胡家果是和青蝠劍客有瓜葛的了！」

正沉吟間，下面的兩個孩子又動起手來。岳多謙愈想愈是起疑，忖道：「這兩個孩子不但身法好，功力也甚是剛猛，而且出招收式之間均有一派宗師的風度，必是那劍神胡笠的徒弟無疑！」

想到這裡，越發有把握那胡笠和青蝠劍客必是一人，心中不由一陣激動，忖道：「胡笠呀！今兒若然果是你下的毒手，非得叫你再嘗嘗『岳家三環』的滋味。」

他下意識的撫一下手中帶著的三枚玉環，目中射出逼人的光采，嘴角顯出隱伏的殺機！

思索間，兩個少年打得十分精彩，登時滿場勁風呼呼，兩人已各用掌力打鬥，岳多謙心中一動，仔細觀看一下，下斷語忖道：「這兩個孩子的天資必然甚高，胡笠的精華大概大都學去，假若和芷青他們相比的話，一方、卓方年齡尚幼，恐然差了一籌，但以芷青那種穩健的招數和深厚的功力，比之這兩個孩子又要高上幾籌了——」

想到這裡，心中對芷青那種好學不倦的性格，倒也十分安慰。

想著想著，不再逗留，動用上乘輕功，溜下樹來。

驀然，岳多謙聞得一聲低沉的聲音有若千軍萬馬滾滾而來，才愕得一愕，又是一響破空傳來。

那聲音好不低沉，挾著有隆隆之聲，有若天上雷鳴。

岳多謙仰首望一望天，灰色的冬天，不可能有雷聲的！岳多謙吃了一驚，不再遲疑片刻，循聲尋去。

那有著悶雷的聲音響了二次以後，卻不再響，岳多謙身形有如流水行雲，循聲尋到一間甚爲精緻的小屋前，不敢冒然而動。

到了相當的距離，停下身來，他知道這胡家莊可真是非同小可，猛吸一口真氣，佈滿全身，身形離地僅一寸，斜斜一掠，絲毫聲音也沒有發出。

這一手在岳家輕功可說是頂尖兒的，喚作「波瀾不驚」，速度並不求快，主要就是可以不發一絲一毫聲息。

岳多謙輕功使得妙，身形已在無聲無息間潛到屋子下面。屋內靜靜的，並沒有聲音。

過得一會，突然一個吟詩的聲音從屋中傳出：

平沙莽莽黃如天，來如雷霆去若煙；
一川碎石大如斗，隨風滿地石亂走——

屋內人只吟了四句，忽又停住。

屋內人雖像是隨口而吟，但連岳多謙如此功力，耳中竟被震得嗡嗡一響，顯示這吟詩者的內力已到了登峰造極的境地。

這倒還其次，最令人震驚的是他吟詩句時，是一字一字緩緩吐出的，但收聲吐音，吟哦收韻之間，卻出聲有若悶雷，聲波像是被他用氣功逼出，揚散至空中，持久不散。

說它宏亮，倒也未必，就只是低沉有力已極，絲絲扣人心弦！吐字之間，鏗鏘有若金屬之聲，饒是岳多謙定力絕頂，也不由猛然一震，心中忖道：「這人內力之高，絕不在我之下，必是胡笠本人了。」

沉吟間，大膽探頭從窗中望去，只見屋內站著一個年約五旬的紅潤老人，手執一本書，來往踱著方步。

看他模樣，像是有什麼難題不能解決，口中反覆吟詠那一句「來若雷霆去若煙」，似有什麼疑難。

岳多謙見多識廣，只一瞥，已斷定這老者乃是在這首詩句中去領悟一種高深的武學，全神已然灌注，必然不會發現自己，於是大膽打量這小室中。

但見那老者作布衣打扮，心中不由奇道：「胡笠富可敵國，怎麼竟作如此打扮……」正思索間，那老者突然立下身來，喃喃自語道：「難道竟是如此？」

說著隨手比劃一個手式，但見他右手掌心向內，五指中只有小指向外，微微顫動。

岳多謙一瞥之下，不由驚得差點出聲，敢情以岳多謙這等功夫眼力一看便知這一式之妙，簡直可說是無隙可擊，無論你用什麼利害的殺手去攻擊，都一定將被這一式封回。而那老人卻似仍有什麼不得解，沉吟不決。

岳多謙心中忖道：「此人功夫竟如此高強，看來劍神之名是不虛傳了。」

敢情他認爲這老人非胡笠莫屬。

忽然那人大聲道：「是了，這一定不會錯啦。」

說著眉飛色舞，右手掌心忽變向內而向外揚，順手一揮，但聞掌風激盪處，竟發出一聲「轟」的閃雷聲響！

他這一掌乃是擊向那側旁一道垂下的珠簾，掌風一卷，把珠簾悉數吹捲起來。

驀然人影一閃，緊隨著珠簾卷處，又走入一個人來。

岳多謙心中一動，瞥目一眼，只見來人五短身材，相貌堂堂，舉止之間流露出一種令人心折的威度。

不由又是一驚：「這胡家莊可真是臥虎藏龍了，這人又是誰？」

但見那先前誦詩的老者見這五短身材的人進來，大喜叫道：「胡兄……」

這一聲「胡兄」一叫，岳多謙才知道原來這人才真是劍神胡笠，那麼這吟詩者又是何等人物，有如此功力？

思索不定，仔細打量胡笠，但見他身披一襲輕裝，竟是由一片一片毛皮拼縫製成的。

岳多謙眼光銳利，已辨得胡笠身上的皮裘乃是一種西域特產的獐子的毛皮製成。

這種獐子出產本已甚稀，而這種皮裘乃是僅採用獐子腳後跟上的軟皮所製，試想一頭獐子僅能得兩塊毛皮，要製成這一襲輕裘，不知要多少獐子的皮？看來胡笠之富，實是冠絕關中的了。

正觀看間，胡笠已宏聲答道：「方才看程兄那一擊之勢，已知程兄必然領悟那層功力了？」

他這一聲「程兄」，完全釋去了岳多謙的狐疑，敢情這姓程的紅潤老兒正是和胡笠並稱

「雷公劍神震關中」的雷公奔雷手程暻然！

窗外站著鐵馬岳多謙，窗內卻並立著威震關中的雷公劍神，武林七大奇人中的三位竟然齊聚一起！

程暻然哈哈道：「兄弟僥天之倖，勉強領悟，看胡兄面色清潤，必也到達那層地步？」

胡笠宏聲道：「小弟正是在片刻前才得打通——」

窗外岳多謙從他們這席對話間得知，他們兩人大約是相約一齊各自領悟神功，想來這神功必然非同小可的了。聽那胡笠說他在片刻前才領悟那神功，而這程暻然豈不也是在一刻前才領悟那妙絕人寰的守式？看來這兩人的功力是完全不分軒輊了。

程暻然接口道：「胡兄既是得成神功，咱們還在手上切磋切磋！」

胡笠微笑頷首。程暻然清叱一聲，掌心一揚，手心一拂之下，五指分點，勁風飄飄揚起，「轟」然一聲，悶雷之聲大作，攻勢之強，令人咋舌。岳多謙識得明白，正是他方才悟出的一招。

胡笠身勢不動，全身衣衫被對方強風壓得飄然後飛，右手並立食中兩指，猛然一劃，他這一劃，內力湧出，乃是平生內力集聚，雷公攻勢為之一挫。

說時遲，那時快，劍神宏聲叫道：「程兄也試小弟這式——」

話聲與攻勢齊出，雙指疾戳而出。

劍神攻勢一出，勁道之大，雖是以空手點出，竟發出「嘶」「嘶」的破空之聲，令人駭然。

別看他這一式發出，雖是簡單的一點而至，但卻包括了天下各派劍術之精華，變化方面，無論是兩儀、四象、六爻、八卦，全然在內，出手之下，一派劍術宗師之風湛然流露，他這劍神之名，當之無愧。

但見雷公神色凝重，不敢分神，驀然右手一翻，變掌心向外而向內，小指斜劃而出，不是方才那一式無懈可擊的守式是什麼？

說時遲，那時快，雷公內力盡吐，勁氣激盪處，硬生生將胡笠變化得不能再多的攻勢封回。

兩人一齊停下手來，呆得一呆，想到自己功力精進如斯，對方的絕招都能接下，不由相顧駭然。

過了片刻，兩人撫掌相對大笑，胡笠宏聲道：「天下英雄——」

雷公程暻然朗聲緊接著笑道：「唯使君與吾耳！」

窗外岳多謙聽得心中冷嗤一聲，但仍不得不暗道：「這兩人武藝蓋世，已成莫逆，這場架是打不成了，我且再找人助拳去……」

朔風正怒。

斜掛在窗檻上的岳多謙，長吸一口真氣，瞧著窗內，雷公、劍神兩個蓋代奇人促膝而談，鐵馬自行估量，決非兩人聯手之敵，心念一定，飄下窗來。

望望蒼灰色的天，岳多謙忖道：「今兒這就回道去找那靈台步虛姜慈航去，不過他……他一向是萍蹤無定的……」想著想著，身形已緩慢的移開了六丈開外。

岳多謙心中沉吟，有了主意，不再逗留，身形不消幾起幾落，已自渺去。

依照進來的路線，很快的回到那胡家莊院的側牆邊上，身形一竄，便越牆而出。

驀然，小道上傳來一陣子揚馬之聲，岳多謙心中大疑，閃目一瞧，不由吃了一驚，暗道：「想不到這笑震天南也趕到胡家來了，難道他們——雷公、劍神和笑震天南——三人竟然有什麼集會？」

他所想的笑震天南，自然是白天在酒肆裡相逢的蕭一笑了，心念一轉，決心不讓他看見自己，於是閃身藏起。

這當兒，蕭一笑已匆匆而過。

岳多謙目光銳利，已看出那蕭一笑面帶悲憤之色，沉吟片刻，飛身跟去。

蕭一笑端坐在馬上，馳到胡家正門口，跨下馬來，隨手一掌揮出，虛空擊在那厚鐵門上，

「噹」的發出一聲。

果然立刻有人出門應視，蕭一笑順手一帶，牽著馬上前數步，望著那應門的壯漢。

岳多謙身形有若狸貓，潛到轉角處，但見那笑震天南冷然凝視著那應門的漢子。

那壯漢詫異的打量蕭一笑一番，但見他一身粗布衣裝，不由眉頭一皺，輕聲問道：「兄台可有什麼事指教……」

蕭一笑嘿然一笑，驀地從懷中摸出一個大紅的拜盒，遞給那漢子，沒好氣的說道：「劍神胡笠！」

那漢子吃了一驚，揭開拜盒一看，神色大變，勉強答道：「好，好，請少待一下。」轉身入內。

岳多謙以一旁看來，已知蕭一笑非是有如自己先前估量——去和程暻然有什麼集會，而且從種種跡象看來，必是有什麼碴兒要找胡笠架樑。

他深知蕭一笑的脾氣，心中驚忖道：「笑震天南重入湖海，難道千里迢迢竟為了找胡笠——」

正沉吟間，蕭一笑似是等得不耐，把坐騎安置在一邊，大踏步走入莊園。

這等怪事岳多謙可不能不管，身形一掠，已潛到方才胡笠和程暻然練功的那小室附近。

大膽瞧去，室中除了程、胡兩人外，多出一個壯漢，正是方才應門的那位。

但聞那漢子急急忙忙的對胡笠說道：「方才有一個中年漢子投柬拜莊。」

說著匆匆遞上拜盒，胡笠揭開一瞧，只見大紅色的柬帖上寫著幾行字：

「劍神胡笠親覽

蕭一笑頓首。」

程暻然在一旁瞧見，不由驚道：「蕭一笑莫非是卅年前名震江湖的笑震天南？瞧他這口氣，倒生像是要找胡兄麻煩的樣子，這倒奇了。」

胡笠也是沉吟不決，忖道：「我和這狂生素昧平生……」

那莊漢在一旁插口道：「方才這自稱蕭一笑的中年漢子態度十分強硬……」

胡笠揮揮手，說道：「好吧，且出去瞧瞧看——」

程暻然點點頭，也說道：「小弟也去見識見識這號人物的模樣。」

於是兩人一齊起身走出小室。

窗外岳多謙不再絲毫遲疑，也反身飄落地上，跟著掠到隔室的簷下，留神著沒有發出一絲一毫的聲音。

渺目向內望去，室中蕭一笑端然而立，雙手後負，雖是一身粗衣布袍，但卻仍是瀟灑自如，加上面目上的悲憤之情，岳多謙不由暗道：「瞧他是決心要鬧一鬧這胡家莊了！」

胡笠和程暻然來到外室，才一進來，只見室中端立著一個中年漢子，斜睨著他們。

胡笠和程暻然成名甚早，幽隱也甚久，是以並不認識笑震天南蕭一笑，兩人都是一怔，胡笠問道：「敢問閣下便是蕭老師嗎，恕在下眼拙！」

蕭一笑冷然一吭，沉聲道：「不敢，不敢，不知兩位中誰是劍神——」

敢情他也未和胡笠對過面。

胡笠微微一哂，答道：「不知蕭老師呼喚兄弟有何見教？」

蕭一笑面色一沉，勉強笑道：「敢問胡老師可認得羅信章羅鏢頭嗎？」

胡笠微一沉吟，口中喃喃念道：「羅信章，羅信章。」說道：「並不識得哩——」

蕭一笑面色又是一變，沉聲道：「說來倒令人見笑了，羅鏢頭乃是在下唯一的生死至交——」說到這裡微微一頓。

胡笠奇道：「怎麼？」

蕭一笑長吸一口氣，說道：「十天前，羅鏢頭被一個隻身單劍的高人血洗全家，老少一十一口，劍劍誅絕——」

胡笠已知是怎麼回事了，接口道：「蕭老師是聽人家說的麼？」

他這句話問得十分老練，蕭一笑一怔，忖道：「啊！羅老弟的死訊還是那忠僕『羅三』千里奔來告訴我的，我並沒有親目看見哩！」

思索間不覺微微一頓，說道：「不錯。」

胡笠冷冷問道：「以後怎樣？」

蕭一笑又道：「羅鏢頭功力卓絕，一十二路華山神拳打遍江北各省，沒有走失一次鏢兩，這次卻喪生在一個不知名頭的劍士手下，以在下之見，這劍士的功力必是高不可測的了……」

說到這裡，驀地裡一頓，誰也知道他是什麼意思。

窗外的岳多謙，可是大大驚奇了，忖道：「這倒奇了，這蕭一笑竟和我的來意完全相似。」

蕭一笑停得一停，胡笠冷然不語。

於是他又說道：「羅信章終生混跡鏢門，吃的是刀口子上的飯，自問上對天，下對地，對武林長輩，對綠林英豪，還稱得上『信』，『義』兩字，豈知，唉，好人竟得不上好報，慘遭奸人所害。」

說到這裡，觸動悲情，聲音不知不覺間提高，中氣甚爲充沛，聲震屋瓦。

胡笠再也忍耐不住，狠狠的道：「是以——是以蕭老師便懷疑到兄弟了。我胡笠再不濟也……」說到這裡，驀然瞥見那蕭一笑滿臉不屑之色睨著自己，不由怒火上膺，哼的一聲，收下話來。

蕭一笑驀然仰天一呼，滿面悲憤的道：「胡笠！你想不認賬嗎……」

胡笠低聲一哼，忍怒道：「你說什麼？」

蕭一笑疾呼道：「那殺手劍士血洗羅信章一十一口後，唯獨漏走了一個年老之僕，也就是由於他的報信，在下才能得知羅兄弟的死訊，嘿嘿，那劍士在劍誅華山神拳羅信章後，曾失聲仰天長笑道：『天下有誰是我胡笠之對手？』可笑那『胡笠』一時失口，使我今日才能找上胡兄門來，胡兄說得好，天下有誰能是你的對手？我蕭一笑雖自忖絕非對手，但和這等濫殺無辜、自恃武力者，至死也得周旋周旋！」

胡笠臉色忽然大變，尤其是他聽到那句「天下有誰是我胡笠之對手」話時，更是一震，心中念頭一動，冷然一哼，不言不語。

蕭一笑看得明白，心中也是念頭一動，認定必是胡笠下的手，再忍不住怒火，狂吼道：「胡笠，你還想賴？」

右手呼的一掌擊在側旁一張質料極堅的楠木茶几上，但聞「喀折」一聲，他這一掌已盡全力，這等堅硬的茶几登時被擊成數塊，倒塌下來。

胡笠臉色又是一變，身後程暻然可再忍不住，冷叱一聲說道：「素聞笑震天南狂妄名滿天下，但今日可不容你在胡家莊中撒野——」隨手也是一掌震在門前的一張小石凳上。

這一掌出手好快，轟然一聲悶雷般的音息，程暻然已然收掌而立，但見那石凳子卻是紋風不動。

蕭一笑吃了一驚，問道：「這位兄台又是怎樣稱呼？」

程暻然冷冷一哼，答道：「老朽姓程——」

他這一哼乃是含勁而發，「嗡」的又是一震，但見那石凳子被這一聲震得一震，「嘩啦」一聲竟化作碎塊落下。

蕭一笑嘿然不語，臉上神色瞬息間變了好幾次。

室內三人沉默相對，室外潛伏著的岳多謙可知道這乃是暴風雨將至的預兆，心中盤算道：「我和這三人都沒有什麼交情，這笑震天南且和立亭弟曾有樑子，不過看這局勢，蕭一笑是立於必敗之地，而且以他狂傲之性格必不肯稍行緩手，可怪胡笠自己本人面有異色，倒沒有雷公那般震怒，難道……」

驀然，一個念頭閃過他的腦際：「那年我發現青蝠劍客的劍術和華山有關，這個什麼羅信章不也是以華山神拳亮萬的嗎？難道……且讓我大膽的假設這其中有什麼關連！」

這個念頭的發現，使得滿腦迷惘的岳多謙有如在沉沉黑暗中發現一絲曙光，一絲不放鬆的尋求下去！

然而，在他尚未追尋下去以前，室內的形勢已發生了變化。

奔雷手程暻然對著蕭一笑閃電般發出一式攻擊。

程暻然和蕭一笑雖是素未謀面，但是早年也聞到這個怪傑的名頭，不敢有一分輕視，隨著悶雷般一聲，掌心已閃電吐出內家力道。

蕭一笑仰天大笑，左手抱拳而立，有若太極，右手一曲，手肘一轉，直撞而去，迎向對方的一拳。

別看他們這一交手，都只不過虛空一按，但都包涵了不少妙絕人寰的招式，無論在攻守雙方面，無不是內力密佈，兩人都使出絕技。

勁風一搭之下，岳多謙目光如電，便知蕭一笑已站在下風之位而勉強持平手。

看看那雷公，身形昂立有如山嶽。

再看看蕭一笑，身形雖是直立，但馬步已有些浮動。

岳多謙念頭一轉，想到蕭一笑千里奔波爲他的朋友找胡笠拚命，豈不和自己爲范立亭之死重披征甲之情同出一轍？

一念及此，敵愾之然大起，右手疾伸，並中食兩指猛彈一指，「絲」的一股勁風，疾彈而出。

這一指力道好大，砰的一聲，撞破窗檻，急襲向程暻然和蕭一笑之間，呼的一響，兩人掌力都似一窒，各自收勁回掌。

說時遲，那時快，在一邊的劍神胡笠身形有若閃電斜掠而出，口中疾哼道：「又是何方高人，夜半駕臨敝莊？」

他身形雖快，雷公和笑震天南也絕不慢，拳力才收，身形也自掠出，但就這一瞬間，窗外人影已渺。

振目一望，只見卅丈以外人影似乎一閃而逝，有若輕煙，三人一齊吃了一驚，不約而同掠身追去。

「呼」，但聞衣袂之聲大起，三個蓋代高手也自消失在沉沉黑暗之中——

七　佛地因緣

且說少林道上的芷青等三兄弟，掌震了惡丐何尙之後，忽然背後一個冷冷的聲音！

「好厲害的小娃子！」

芷青連忙回頭一看，不覺大驚失色，原來方才那聲音在背後不及一丈，而此時卻是人影不見，以他這一反身之速就是飛鳥也不能立刻逃出視線。

忽然卓方叫了一聲：「大哥，你看！」

芷青和一方忙隨他手指處望去，只見一條人影在遠處竹林尖上如風而去，身形之快，任三人都是一流的眼色也不禁相對駭然。

一方道：「大哥，這人必定就是方才冷笑的人，怎麼方才還在後面，這一下就跑到前面去了呢？」

芷青沉吟道：「若是真是這人的話，這份輕功實在太──」

卓方忽然插道：「嘿，『迴風七式』！」

芷青和一方陡然一怔，隨即恍然，齊聲問道：「三弟，你是說──這人施的是迴風七式？

迴風七式可不是失傳百多年了嗎？」

卓方道：「天下除了迴風七式，還有別的輕功能在這一瞬間由後方變成前方麼？」

芷青、一方沉吟不語過了半晌，一方忽然道：「大哥，你說爸爸的輕功有沒有這人——」

芷青搶著道：「我也在想這一點，我看爸爸輕功雖妙，但是要像這樣一閃身之間完全改變方向，只怕——」

一方想了想道：「嗯，這人輕功真不得了，不知號稱『靈台步虛』的姜慈航大師有沒有這份身法？」

忽然身後一聲長笑，那笑聲宛如近在咫尺，但笑聲方畢，聲音已在三十丈外，三人回視時，只見一條灰影如流星般飛落山下，霎時就只剩一點灰影。

三人直看得目瞪口呆，心想方才那人輕功已是駭人，豈料這人更是了得，像這等身法，只怕天下再也找不出第二個來。

三人正驚駭間，忽然一個老和尚走了下來，對三人合十道：「三位施主請了！」

芷青忙還禮道：「大師有何指教？」

老僧道：「小寺這半個月是舉行開府大會，施主若是要上香的，就請緩半月再來，不情之請，尚乞海涵。」

芷青知道他不識自己，忙道：「有勞大師，小可姓岳，這兩位是舍弟——」

老和尚聽他說姓岳，雙眼一翻，凝目注視了他一會，呵了一聲道：「敢問令尊可是——」

芷青道：「家父正是岳多謙！」

老和尚聞言大笑道：「既是岳公子，快請隨老衲上山！」

芷青道了聲有勞，就和一方、卓方跟著老和尚上山。

那和尚年約六旬，卻是精神抖擻，只見他健步如飛，白髯飄拂，竟是愈行愈快。

岳家三兄弟心中暗笑道：「好啊，老和尚考較起咱們來了啦！」

當下也施展輕功跟了上去。

這一下四人齊施輕功，端的疾如乘風，老和尚功力恁深，雖則山勢愈來愈陡，但他身形卻愈來愈快，到後來簡直如腳不點地一般。

一方暗道：「這大概就是聞名天下的『一葦渡江』的功夫了，端的名不虛傳。」當下暗向兄弟一打眼色，齊施家傳絕技，霎時衣袂臨風之聲大作，三人身形陡然輕若無物。

山徑一轉，眼前一開，只見少林古刹巍然矗立！

老和尚一聲長笑，身形如行雲流水般一閃而立，一回頭，岳家三弟兄好端端地站在身後，心中不禁暗讚：「鐵馬岳多謙威揚四海良有以也，就是他的公子也恁不凡。」

當下對三人道：「老衲這就進去稟告方丈，岳老爺子沒有一同來麼？」

芷青忙道：「家父於日前忽然——忽逢重大變故，現已親往陝北，是以命晚輩等前來向大師們告罪……」

芷青說到這裡，想起范叔叔之慘死，不禁一陣激動，聲音不覺提高了起來，話也說得斷斷續續。

老和尚咦了一聲正要發問，忽然寺門開處，一個身高體闊的黃衣和尚走了出來，身後還跟了十幾多和尚，三人身旁的老和尚一見黃衣老僧，立刻垂袖恭立。

黃衣和尚長髯過腹，面如重棗，一雙壽眉怕有四五寸長，猛然開口道：「什麼？鐵馬岳老英雄親赴陝北？他破誓重入湖海？」敢情他一出寺門正聽到芷青最後幾句話。

芷青等三人一看便知這身披黃色袈裟的正是當今少林方丈百虹大師，連忙趨前拜倒。

百虹大師撫著芷青的頭頂道：「好孩子，好孩子！」

接著便噤口不語，仰首望著蒼空，半晌道：「孩子們，你且起來！」

芷青等依言起立，芷青正待把父親不能前來之事再稟告一遍，百虹大師已道：「老衲方才琢磨了一會，卻猜不透令尊何以要重入湖海？」

芷青強抑怒憤道：「范立亭叔叔被人……被人掌傷，死……死了……，死在終南山上。」

百虹大師雖然涵養極深，但一聞此語，身形猛然一震，大袖一揚，沉聲道：「什麼？散手神拳遭人殺害？」

說完雙袖一垂，長歎一聲。

這時後面一人走前道：「師兄還是先招呼岳公子們休息吧。」

百虹大師雙目一抬道：「正是。百元，你招呼三位去左堂休息。」

芷青等見霎時間百虹大師已從悲痛中恢復常色，心中不禁暗讚百虹大師果真修養高深，於是再向大師施禮，隨著那喚著百元的中年和尚走去。

一轉身之間，卻見方才那喚百虹方丈「師兄」的竟是一個俗家打扮的六旬老者，芷青心中不禁大奇，暗想此人既是方丈師弟，怎麼竟不是和尚？

一方、卓方站得較後，這一回身間，卻發現那老者身後還站著一個妙齡姑娘。

雖說只是一瞥之間，但是一方和卓方心中都是大大一震，這兩個少年心中同時感到一陣奇異的感覺，不知從什麼地方生出這種衝動，好像要在這一瞥之中把這姑娘的倩影深深地刻入心版。

那個姑娘躲在老者的身後，似乎十分羞澀地看著三人，但是在一方和卓方的心中，卻都感到那一雙眼睛中的溫柔。

只是匆匆一瞥，兩人心中狂跳。

只這匆匆一瞥，誰又能料到它最後的結局？

灰暗的天，山上空氣濕濕的，是黎明前的時分。

岳一方悄悄地披衣起床，他無緣無故地覺到一種難言的煩悶，於是他輕輕推開禪門，望了望黑壓壓的天邊，緩步走出。

這少林古刹在黑暗中有如一隻蹲伏著的雄獅，令人望之肅然起敬，寺中鐘鼓之聲偶而傳來，在寂靜的空氣中肅穆地傳出去。

一方輕輕吁了一口氣，沿著圓石子小徑懶洋洋地踱著，正在這時，忽然他發現前面有一個人影也在踱著，一瞥那人身形，卻正是卓方。

卓方也看到一方，回首招呼了一聲道：「二哥也這麼早起來？」

一方有點尷尬地應道：「嗯，我睡不著了。」

卓方道：「大概是換了生地方，我也沒睡好。」

兩人都似懷著心事，並肩走著，誰也沒有說話。

忽然，一方咦了一聲。卓方道：「怎麼？」

一方遲疑了一會，答道：「你瞧，那是誰？」

卓方順指一看，只見前面一個石崖上，一個白衣姑娘臨風而立，那姑娘身段優美，衣袂飄然，在朝霧迷濛之中，令人更生一種出塵之感，正是昨日瞥見的那個姑娘！

卓方不由自主地啊了一聲道：「是她。」

一方愕了一會道：「這姑娘昨天站在一個老者身後，那老者卻呼百虹大師為師兄，不知是怎麼搞的？」

卓方搖了搖頭，一方忽然道：「啊，你還記不記得『雲台釣徒』白老英雄？」

卓方陡然大悟，道：「你是說白玄霜老英雄，對，白老英雄以七十二路少林禪拳享譽武林，原來是少林的俗家弟子。」

一方道：「是啊，不知這姑娘是他的弟子還是女兒。」

卓方道：「只怕是女弟子。」

一方忽道：「你瞧她在幹嗎？」他話才說出，立刻覺得自己怎麼老是提到她，不禁有點尷尬地側目望了望卓方，幸好卓方沒有發覺，正在隨他手指望那姑娘。

卓方瞧了一會笑道：「這姑娘好生天真，這早起來卻正在和兩隻松鼠捉迷藏玩耍呢！」

一方笑道：「卓弟好眼力，你瞧她背著身假裝沒有看見那松鼠，想騙那松鼠走近呢。」

兩人看了一會，一方忽然道：「咱們偷偷跑到石岩後面，把那松鼠抓起來，讓她吃一驚怎樣……」

他說到這裡忽然住口，心想卓方一向沉默好靜，自己這番話定然吃他嘲笑。

哪知卓方也笑道：「好！咱們輕一點。」

一方反而覺得有些奇異了，他看了卓方一眼，一恍身之間身形有似弱絮一般飄向左邊，繞行過去。

卓方也施展輕身功夫跟了過去，兩人憑著一口氣在枯草尖上飛馳而過，不一會就繞到石岩之後，兩人心知這姑娘既是雲台釣徒的弟子之輩，武功定然不弱，因此益發不敢弄出聲響。

那石岩看來不高，但是卻極是陡峭，遠望上去幾乎是無處可攀，兩人跑到岩下，仰首上望，只見石層光溜溜，還有一層青苔，簡直無處落足。

若論兩人輕功，這石岩原可一躍而上，但是這樣一長身形勢必被岩上姑娘發現不可，兩人一時竟怔得一怔。

一方正仔細尋找一個石縫之類可以落足，卓方忽然一撩身形，身子如大雁一般衝了起來，眼看就要高過岩頂，他卻身形一窒，登時全身輕飄往橫飛了半丈，落了下來。

這手化上衝之勢為橫飛之勢的輕功絕學正是岳家絕技「波瀾不驚」。

一方暗讚了一聲好，身形也是一縱而上，同樣也是一式「波瀾不驚」落在岩上。

一方輕聲道：「她沒發覺麼？」

卓方搖了搖頭。

兩人從樹枝空隙中望去，只見那姑娘正背著身，用雙手矇著眼睛，悄聲道：「小灰、大白，躲好沒有？」

那兩隻松鼠敢情是她養畜的，一隻白色，一隻灰色，兩隻頭上都繫著一條大紅緞帶，極是可愛。這一隻松鼠似乎和她玩慣了，竟似聽得懂她的話，一齊往右面一棵大松根下的樹洞中藏去。那隻灰鼠更是滑賊，先在左面故意弄出一些聲音來，才躲在洞中。

一方兄弟童心未泯，悄聲道：「咱們溜到樹後，先將松鼠捉起來玩玩。」

兩人乘著那姑娘背對著這方，一溜煙鑽到大松之後。

一方伸手入洞把一隻灰鼠捉了出來，那松鼠正要尖叫，卻被一方用衣衫蒙住頭。

哪知另一隻白鼠卻大叫一聲，逃了出洞。

卓方大吃一驚，正要追將上去，卻見那白衣姑娘已轉過身來，正好被她看見。

那姑娘原是略帶嗔意，但是一看是卓方和一方，便笑了笑道：「岳公子早。」

一方極其尷尬地道：「姑娘這兩隻松鼠當真可愛的緊。」

那姑娘輕嗯了一聲，就低頭逗著「大白」玩。

卓方見那姑娘一身雪白，襯著俏麗的臉，益發落得儀態萬千，一時不禁看得呆了。

一方想了半天，始終想不出該用何話來打破僵局，最後忽然想到便問道：「姑娘可是白老前輩的高足？」

此話一出，他又覺得有點不妥，正急間，那姑娘清脆的聲音傳了過來：「不，他是我爹爹。」

一方登時覺得又沒有什麼話好講了，只得胡亂應道：「啊，原來姑娘是白老英雄的千金。」

這句話重複的極是無聊，平素口尖齒利的岳一方這時竟然訥訥然不知所云。

卓方怔怔地望著那姑娘低頭逗弄那隻松鼠，那姑娘腳上的白紗隨著風飄揚著，像春天的粉蝶兒鼓翼翩翩，霎時，她腳下的枯草像是忽然褪去了枯黃，漸漸染上綠油油的一片，遍地萬紫千紅，野花送香，寒冬的空氣一掃而空……

白衣姑娘悄悄抬起眼光，正碰上卓方的眼神，她悄悄垂下眼皮，頭壓得更低，於是，一絲紅暈偷偷地襲上她白皙的臉頰。

「他爲什麼要這樣看我？……」

於是她的臉更紅了。一方雙手一鬆，那隻灰松鼠一躍落地，回頭狠狠瞪了一方一眼，飛快地跑到姑娘的腳旁挨擦著。是冬天，又是山頂上，寒氣令人感到刺骨，但是在這石岩上面，一方和卓方卻如能夠嗅到玫瑰的馥香。

「哈哈，還是小伙子們行，起得早，起得早。」

三個人都陡然一驚，只見一個人走上石岩來，那姑娘首先叫道：「爹！」

一方、卓方二人見是「雲台釣徒」白玄霜來了，連忙上前行禮道：「晚輩參見白老前輩。」

白玄霜大笑道：「岳家英雄出少年，岳老英雄大可告慰老懷了，哈哈。」

白玄霜爽朗的笑聲蕩漾著，兩個少年帶著異樣的情懷走下石岩。

距離少林開府還有一天的日子，少林寺的和尚們都在忙著，岳家三兄弟是唯一的外賓，處處受到和尚們的禮遇，那「雲台釣徒」雖然沒有出家，但是少林嫡傳弟子，逢上這等大事自然也要算上一份，倒是岳家三兄弟和他的愛女白冰已混得相熟。

少林寺自來是海內第一大寺，塔殿參差，簷牙高琢。芷青他們到底仍是童心未泯，呆坐不住，一起走出禪院，準備四下溜蕩溜蕩。信步行來，左彎右折，僧院禪室一間接著一間，好大的氣派，來到寺前的大雄寶殿時，三人才停下足來。

一路上把這名震天下的少林寺院瞻仰了個夠，心中莫不佩服這寺院建築之廣闊，氣勢之雄偉，而且對寺中個個終生長伴古佛的和尚們也升起無限的敬意。

大雄寶殿乃是少林寺入寺的第一座建築物，當門而立，香客們上香拜佛都是在這院子中，是以寶殿中堂佛像林立，香煙裊裊，加上單調的木魚聲和肅穆的梵唱聲，益發顯出這千古寶剎的莊嚴與肅穆。

這幾天是少林寺開府大會的會期，山麓下有少林弟子攔阻上香的客人，委婉的說明原因。是以這幾天大雄寶殿上倒是一片清靜，只有寥寥幾位和尚在傳誦經典和佛法。

三兄弟漸漸來到近處，索性進入一看，於是魚貫走入大廳，廳中的少林弟子也都識得芷青他們三兄弟，是以三兄弟進入大廳，他們並沒有攔阻。

這大雄寶殿好大的地方，殿中四壁上刻立著各式各樣的佛像，每尊佛像前都有上香膜拜的地方，這便可見這少林寺的規模之大了。

芷青和卓方正被一方拉著對一尊護法金剛瞻仰，但見那佛像塑造得甚是精緻，面容真是栩栩如生，加上雙手橫持著降魔大杵，益發顯得它的威猛。

三兄弟仍是小孩子心理，一瞧至此，不由一齊嚮往這護法的神勇，不約而同喃喃說道：「這菩薩的模樣倒像是個外家功夫絕頂之士哩！」

正在這時，大雄寶殿中又走入一個人。

這個人好不怪異，入得殿來，一聲不響，輕悄悄的負手對著一尊尊高大的佛像一一瀏覽，最奇怪的是他這一進入大殿，殿中的和尚除了面對著大殿正門的以外，其餘的竟沒有一個發現這殿中多了一個人。

就是連芷青他們，除了芷青是斜對著殿門，可以看見那人的進入，一方和卓方兩人背向著大門，竟也沒有發現這個人的進入。

芷青猛然一驚，皺皺眉忖道：「此人行蹤神秘，身懷上乘輕功，倒是奇了——」

心中一動，用手肘撞撞卓方和一方，使個眼色，叫兩人注意那人的行動。

正在這時，少林的僧人見有一個外人進入大殿，立刻有一個年約四旬的中年僧人匆匆上前去。

來到那人跟前，那人猶自負手而立，背朝著少林僧人，並沒有回身的舉動。

那中年僧人微微一咳，說道：「這位施主，敝寺這三日因是開府大會之期，恕不能接待香客，這一點尚請施主見諒……」

那人仍是不開口，而且連身子都不動一下。

這一來那少林僧人可就掛不住臉了，又再說道：「山麓下敝派弟子林立，為的是想阻攔一切上香的客人，施主上得山來，想是敝派弟子有失職責，而令施主徒勞上山，這一點倒是敝派不對，等會——」

他說到這裡，見那人仍是有若不聞，心中一動，停下口來，忖道：「非得用話來擠他一擠了……」

於是接口說道：「敢問施主是從山南抑或山北上得山來？還望見教……」

芷青他們一聽此話，都不由暗笑道：「這位大師到底是老薑之性，他分明見得這怪人是一身功夫，一定是越過那些山下的少林弟子而上來的，卻始終以話套他，說是少林弟子失責，這倒要看那人怎生回答了——」

正沉吟間，那人驀一轉身，芷青三人瞧得明白，只見那人面上蒙著一面黑布，竟不以面容示人，看來屬於五短身材，不過瞧模樣是十分沉穩。

芷青仔細一瞧，發覺那人雙足所立之處，似乎一直有點兒虛幌不定的樣子，心中忖道：「看來這漢子馬步虛忽不定，難道竟非會家子不成？抑或是以實若虛，懷才不露？」

心中不能決定，耳中卻聽那人道：「大師請了，在下上山並非從山南或是山北而來——」

中年僧人暗暗一笑，接口道：「啊！原來如此……」

那漢子微一點首，又道：「那麼，方才聽大師說這半月來少林不接客人上香？」

中年僧人點點頭，心中卻道：「這廝分明輕功蓋世，可不要開罪他了——」口中說道：「不過施主既已上得山來，如不見外就請參觀敝寺的開府大會，不知施主意下如何？」

他乃是心存顧忌，否則一定委婉叫客人下山歸去，但哪知那蒙面怪人搖搖頭：「好說！好說，恕在下最近尚有要事待辦，在下只四下蹓蹓，瞻仰瞻仰佛像好了——」

說著也不理會那中年僧人，逕自走向左側的牆前，對著一尊佛祖盤坐的佛像呆呆注視。

中年僧人微微一怔，不再言語，瞧那怪人時，卻見他面對佛祖笑容可掬慈祥的面孔呆呆注視，口中喃喃自語。

心中一驚，上前數步，只聽那怪人道：「菩薩啊！你整日笑口常開，須知人生愁恨何能免，卻不知是真心無憂，怎知你胸腹中真是沒有煩惱之事？……」

中年僧人一驚，忖道：「這廝卻不知是何許人物，別看他功夫高強，佛理倒也甚是精深，瞧他出口似愚非愚，倒是古怪得很哩！」

忍不住緩緩接口道：「無慾便是無情，我佛已成金剛不壞之身，況且心腹胸襟寬大，自是無憂無慮，笑口常開的了……」

那怪客一怔，哼了一聲道：「好說，好說，大師好見解。」

語氣卻是滿口不屑和譏諷。

中年僧人乃是少林第二代弟子中的一位，由於年紀尚輕，是以性子始終不能太為和平，見那廝滿口諷刺之語，不由拂然一哼道：「我佛上本天心，下救萬民，其無邊佛心又豈是一般凡夫俗子所能度量的著？」

那怪人一怔，長聲笑道：「大師滿腹玄機，佛法高深，自然認為咱們是凡夫俗子了！哈！哈！哈！」

他自進入大雄寶殿來，這乃是第一次暢聲發話，卻是含勁而發，其聲有若金屬相擊，直可裂石。

芷青等三兄弟齊齊一怔，忖道：「此人好精深的內力——」

卻見他右手緩緩伸出，搭在那佛祖像上一摸，口中道：「天心即是佛心，無慾便是無情，好！好！」

中年僧人見他突發此言，心中一怔，驀然面色一變。

卓方瞧得清楚，對兄弟說：「糟了！糟了！適才那人動用內力將那尊彌勒像毀去了。這一下少林寺可不肯放手呢……」

芷青和一方聞言瞧去，卻見佛像端然，但他們都是一等眼力，一瞥之下，確知佛相已然被毀，只是那人內力甚爲精純，佛相已成細粉卻是一時還不會塌毀。

大殿中除了岳氏三兄弟以外，中年僧人也發覺到了，其餘那些少年和尚卻尚不知端倪，獨自懵懵然不明其所以然。

那蒙面怪客長笑一頓，反身走出大殿。

中年僧人冷叱二聲，身形一恍，便自閃到那人面前，斯身攔住，口中沉聲說道：「貧僧元果，請教施主出手傷毀我佛寶相，是何居心？」須知佛祖乃是佛門中之第一人物，其塑像卻被人毀去，是以元果大師心中甚爲忿怒，語氣也甚不客氣。

那怪客兩眼在蒙布後一翻，神光奕奕的道：「怎麼？出家人豈能動武？」

中年僧人元果雙掌合十：「阿彌陀佛！貧僧豈敢妄動嗔念？只望施主能將傷毀佛像之因見告！」

那怪客疾哼一聲，頭向左一偏，不屑的一哼，竟不作答。

元果豈不知他乃是不屑和自己對答，不由臉上一紅，冷冷又道：「施主如此賣狂，貧僧雖是出家人，倒也看不入眼！」

那怪客仍是不答，僅擺擺手，又哼一聲。

元果心性本不十分柔和，又一再遭人冷辱，嗔心大盛，疾哼一聲，說道：「施主既不肯道出原委，又不肯以真面目示之於人，嘿嘿，說不得貧僧只好得罪了！」

「得罪」兩字方一出口，左肩陡然一塌，右手大袍一拂，呼的一股勁風直襲那蒙面怪人。他這一掌乃是用的少林寺「排山運掌」，掌風飄激處，目的是想揭開那怪客的蒙面黑巾。那怪客疾哼一聲，身形直立，動也不動，運氣於身，但見一陣勁風一捲，那怪客連衣角也沒有被拂動一下。

岳芷青、岳一方、岳卓方都吃了一驚，一齊忖道：「這怪人用的乃是佛門至高『金剛不動』身法，看來功力之深，遠在元果大師之上！」

元果一掌走空，臉上一紅。

心中驚付道：「這怪客用的是佛門身法，但比我還要精深些，難道他竟是佛門中人？」

心念及此，敵念漸消。

大雄寶殿中其餘的少年和尚見元果師父已和敵人動手試招，心中無不大急，一個小沙彌更如飛而去，直奔老方丈的所在。

老禪師正在打坐，一聽如此，萬料不到竟有人會在少林開府期間前來尋釁，心中甚是奇怪，立刻隨那沙彌來到大雄寶殿。

禪師正和那怪客僵持，岳氏三兄弟在一旁見別人尙沒有打鬥起來，而且是在少林大刹之中，更是不好立刻動手相助，是以大殿上是一片肅靜。

百虹禪師大踏步的走入大刹，對那蒙面客打量一番，就喚道：「元果，有什麼事不能解決嗎？哼！哼，又和別人鬧事了，須知出家人以恕爲先——」

元果惶聲答道：「長老，弟子哪裡敢起嗔心，這位施主，他出手擊毀了那佛祖的塑像……」

禪師臉色一變，轉首向那佛祖之像瞧了一眼，老禪師乃是會家子，情知乃是被人以小天星內家掌力所毀，不由一驚，暗暗忖道：「這位施主深藏不露，可是難遇的勁手——」

那蒙面客傲然而立，對老禪師道：「敢問大師可是少林的主持？」

禪師雙手合十，答道：「正是老僧！不知這位檀越毀傷佛門之物，究竟有何見教，若是虧在敝寺，老僧決不寬宥門下——」

那蒙面客確實夠得上狂妄，冷冷道：「方才在下見有一位年青的和尙匆匆離殿而去，可原來是延請長老來的，哈哈！」

言下之意似是表示少林即使主持方丈親臨，又奈他何？托大氣勢，雖然被黑布所掩，但以他呵呵笑聲中可辨他不可一世的狂妄。

老禪師何等修養，夷然一笑，不放在心上。

岳氏三兄弟忍不住這個氣，他們平生知道爸爸和這少林老禪師乃是方外至交，是以私心下對老禪師也是極敬佩的，這怪客不把老禪師放在眼中，不由一齊大怒起來，岳一方首先忍耐不住，冷冷道：「世上這種狂妄的大英雄倒是少見，今日幸見一會，但是黑布相隔——」

岳芷青年長持重，一揮手止住岳一方尖銳的詞鋒，只見那怪客果似忍不住一方謾罵，回首一瞪那岳一方。

禪師宏聲一笑道：「岳賢侄且住，老僧今日，倒要見見這位施主到底是何居心。」

那怪客一聲冷笑，答道：「說實話，大師雖是一派之長，但是，嘿——」

老禪師被他這一句太露骨的話說得心中一震，僧袍驀然一拂，心中飛快忖道：「此人高深莫測，瞧他口氣如此之大，必有什麼依持，啊，看見元果的神色，似乎已吃了虧，今日形勢萬不能善了，可不能讓少林千古令名毀於老僧之手——」

想到這裡，心中竟爾升起一絲緊張的心意，暗罵道：「百虹啊！你修行近百年，仍不能除去七情六慾，敗則敗矣，何需如此？」

這些念頭有若電光火石般閃過他的腦際，老禪師冷冷一哼，驀然抬起頭來，瞥見正前方一塊橫額有斗大的「大雄寶殿」四字，加上四周個個不同的古佛，不由心中一陣子平靜，想道：「一生皈依我佛，百事無負，夫復何憾。」

當下宏聲說道：「施主既是如此，老衲今日可得討出一段公道來。」

說著一瞥元果示意叫他閃開，元果心中焦急無比，說道：「長老，弟子去召集全寺弟子！」

百虹禪師哈哈道：「對付這位施主，老衲自信尚有把握，況且弟子們都到後山籌備開府去了，你退下吧！」

元果應了一聲「是」，恭步退開。

岳芷青驀然心中一動，一步跨前，向老禪師道：「大師一派之尊，何等貴重，怎可親臨戰場，且待小侄代大師和這位高人一戰……」

百虹長眉一展，哈哈笑道：「賢侄哪裡的話，這位施主是衝著我佛而來，是存心要咱們少林不好看，嘿，老衲倒要親身對付——」

那蒙面怪客長聲道：「好說！好說！」

岳芷青見老禪師老薑之性，自知決不肯讓自己出手，緩緩退開一旁。

正在這時，驀然大殿門口人影一閃，一人有若鬼魅般搶入大殿中。

老禪師一驚，忖道：「又是何等高人來此？」

急忙望去，定眼看時，卻是元通大師。

那蒙面客好狠心腸，乘老禪師一瞥分神之下，長聲說道：「大師留神，在下得罪了——」

右手輕輕一拂一震，打出一掌。

老禪師可不料這傢伙如此陰詐，一旁元果大師，岳氏三兄弟，和剛才入殿的元通大師一齊吃了一驚，芷青怒罵道：「無恥！」

但想上前搶救已自不及。

須知這蒙面客人武功之高，實是罕見，這一式乃是他觀定機會，果是一分不差，四周雖然高手大不乏人，但無一能夠搶救得著。

說時遲，那時快，百虹方丈到底一身功夫出神入化，雖是這一分神，但那怪客掌力才發，老禪師已自回身一拳打去，但倉促間只運用六成力道。

百虹方丈何等經驗，別看對方僅僅一掌輕輕拍出，但力道卻是隱帶風雷之聲。是以絲毫不敢大意，一拳打出，長眉齊齊軒飛，猛吸一口真氣，運出佛門至高「金剛不動」身法，左掌豎立當胸，內力外湧，採取「羅漢證果」的守式。

這倒是湊巧，方才元果大師劈那怪客一掌，那怪客有意動用佛門「金剛不動」身法硬挺一記，但此時身爲佛門元老的百虹方丈施出反來對付他這一式偷襲，可是他所始料不及的。

說時遲，那時快，兩股勁風「呼」的一撞，力道變成迴旋之式，一旋而開，但那蒙面怪客力道顯似強過老禪師倉促間的一拳，餘力仍作大刀闊斧般直襲而至。

老禪師「金剛不動」身法立刻發動，當胸左掌內力急吐，一格之下，身形岸然而立，雖是僧袍上波紋陡現，但身形到底沒有移動分毫！

老禪師冷瞅那蒙面客一眼，說道：「好掌力，好掌力！」

老禪師雖然年近百齡，一心向佛，但對對方偷襲的這一點仍不能釋然於懷！

那蒙面客不出一聲，僵持在地。

四周見老禪師絕學化解對方攻勢，都不由舒了一口氣，岳氏三兄弟也對少林的武學加了一層更深的認識。

那後來搶入寶殿的元通大師似乎急不可待，搶著對老禪師道：「萬佛令牌被人偷去了，元心師兄被點了穴道……」

百虹方丈勃然變色，說道：「好！好，又有人來找少林寺的碴了——」

元通大師急聲又道：「元因大師兄得報已尾隨敵跡而去，他說開府大會不要等他回來主持了，他奪不回那令牌永不返寺——」

百虹方丈一怔，大雄寶殿上左右的人都不由大吃一驚，一齊忖道：「少林寺百年來爲武林之首，武學一脈，亦是全國聞名，從沒聽說有人敢上少林來撒野的，今日卻是怪事連連，難道有什麼高強人物真要找少林寺架樑嗎？」

正疑惑不解間，驀然大殿屋上一人哈哈笑道：「蒙面的客人，有本領出來一較高下嗎？」敢情又是高人潛入少林，卻萬料不到是找這蒙面怪客比試功夫。

大殿四周的人都是一怔，卻見那蒙面客傲然一笑，仰首呼道：「有何不敢，你有本領且不要跑——」

話聲方落，身形已一幌而出。

百虹方丈迎面而立，見他忽而闖走，心中一動，驀然一閃，合十宏聲道：「這位施主好走，今日恕少林重故突起，來日方長，尙向施主討教那毀傷佛像的一段道理！」

身後元果大師卻不料怪客忽然走去，叱一聲：「呔，哪裡走！」一拳橫閃而上。

百虹方丈口宣佛號，宏聲道：「元果，讓他去吧——」

但元果大師一式已然攻出，收招不及，那怪客瞧也不瞧，呼的一聲身形有若飛龍騰空，一掠而過，元果大師身形一長，正想攔住那怪客，卻聞耳旁衣衫聲呼的一響，定眼瞧時，原來是岳家大公子已在這急不可待之間一掠而過追向怪客，心中不由暗道：「好快的身法！」

怪客身在空中，瞥見一個清秀的少年閃身相攔，不由一驚，想也不想，呼的一掌虛空一按，打向岳芷青。他仍身在空中，而且真氣早已混濁，是以這一掌僅只有五六成力道！

這也是因爲他毫不把這少年放在目中的原故。

岳芷青沉穩發招，雙拳也是虛空一衝，呼的一聲，蒙面怪客輕敵過甚，卻不料對手功夫比他也相差無幾，力道一觸之下，優勝劣敗，怪客身子在空中猛然一震，急驚之下，憑空打了兩個觔斗，把對方力道化去，雙足一蕩，身形並不落地，刷的掠出大殿，口中狠狠道：「原來是岳鐵馬的傳人，神拳領教！」

岳芷青不料對方輕功如比高強，竟能憑空化解力道，而且自己隨手一拳，他便識破自己家數，這怪客的功夫真是高深莫測了。

但聞殿外一聲長笑：「走啊，蒙面客！」

笑聲盡時，辨出那人身形已在卅丈以外，聽聲音正是方才在殿屋上向那蒙面怪客挑戰的那人！

百虹禪師一怔，心中有若電閃，忖道：「是了，是了，定是如此！」口中卻對芷青道：「賢侄功力已得岳老弟真傳——」

芷青慌忙謙遜。

老禪師一笑道：「瞧你們滿臉不能釋然的神色，老僧適才推測，已略知方才那兩位怪客的來龍去脈，這個倒沒有什麼，以後再說吧！」

芷青恭聲應「是」，一旁元果大師請示道：「長老，那佛像——佛像怎生處理！」

百虹禪師臉色陡變，想是在這一方面也始終不能釋然於懷，不由喃喃說道：「不是看那青虛道友面上，今日之事萬萬不能如此善了！……」

然後揮揮手道：「啊，這個——這個趕明兒再塑一個吧！」

鐘聲浩蕩——

少林數以千計的和尚聚集在長生院中。

芷青他們也被邀請參與在長生院中的集會，雲台釣徒白玄霜父女也在長生院中。

正是少林開府會期！

鐘聲漸罄，司禮的弟子提氣呼道：「肅靜！」

登時大院中立刻沉靜無聲！

老方丈百虹大師緩緩站起身來，口宣佛號道：「百年前天淨師祖仗著一片精誠佛心，坐禪六十年終於衝破佛門第十三層大界而臻上道，於是天淨師祖決心要以肉身修證達摩祖師肉體飛昇大道。」

說到這裡，他頓了頓又道：「天淨祖師用佛門大般若心法中『移山過海』的秘技用萬斤巨石將自己封在後山極樂谷中，師祖向道誠心，足令吾等慚愧——」

說到這裡，所有的和尚都低首暗念佛號。

百虹大師續道：「師祖封石之先，在石上留下『唵嗒叭羅摩侖呢牟』八字真言，乃是要吾等在百年後之今日移開巨石，參證師祖法體，若是師祖確已達到金剛不壞肉身，則依達摩祖師之預言，吾等可於極樂谷中新開府地，從此吾派光芒萬丈——」

說到這裡，百虹大師住了口，長眉低垂，坐了下來。

霎時眾和尚梵唱聲起，所唱正是西方接引大師貝羅心經，芷青等人雖是不懂，但是自然感到一種肅穆，各人都悄悄低下了頭。

三唱已畢，百虹大師大袖一揚，走到殿門口，回身對芷青道：「岳公子先請。」

芷青知道自己三人乃是此次唯一的外賓，百虹大師乃是把自己當做鐵馬岳多謙來對待，在這情形下，絕不能故作客氣，當下向眾和尚一揖到地，恭恭敬敬走了出去。

一行人走到山後，三轉兩轉便來到極樂谷前，果然一塊巨大無比的岩石矗立谷前，把入口之道封得密不容人。

百虹大師走到石前，停下腳來，眾人也跟著停了下來，芷青等一眼望去，只見大石上果然刻著斗大的「唵嗒叭羅摩眴呢牟」八個字。

百虹大師大袖一揮，後退兩步，後面八個和尚齊步上前。

這八人全是二代弟子中的最高手，全是五十歲以上的年齡，八人走到巨石之前，向百虹稟道：「師祖神功豈是弟子等能及，弟子合八人之功只怕也無此能。」

百虹大師道：「汝等合施『孔雀大羅八式』，各執一方，勉力一試便了。」

八人道：「弟子遵命。」

說罷八人分站一方，齊力猛吸一口真氣，只見八人僧袍一齊鼓將起來，就如由內吹鼓起來一般，八人大喝一聲，第一人迅速推出一掌，那石動也不動。

第一掌才出，第二人也是一掌推出，其餘八人依次出掌，最後一人一掌推出，第一人正好推出第八掌，只聽風雷之聲大作，一聲尖嘯從八人掌風中升起，那巨大岩石駭然移開數尺！岩下百年積塵隨勢飛揚滿天，好一會才飄落清淨，百虹大師當先入谷，眾人也隨著進入。羊腸小道通谷底，眾人覺到一股濁氣迎面而來，顯見這谷底空氣甚是潮濕。

芷青等三人東張西望，只見谷中兩壁全是天然山洞，那些洞整齊劃一，有如人工所為，心想若是和尚們在這些洞中修練，端的是個好所在。

忽然前面和尚跪了下來，芷青等人一看，只見前面一塊凸出的大石上端端坐著一個和尚，看來正是圓寂百年了的天淨大師。

三人雖非佛門弟子，但是也跟著跪了下去，只聽百虹大師的聲音道：「我佛有靈，天淨師祖仗一股浩然道心終於修成不壞大道，從此極樂谷是我少林之新府地，眾弟子可移此修練，賴師祖餘蔭或可早證大道。」

霎時梵唱之聲大作，芷青等人仰目上視，只見那天淨師祖白眉長鬚，面色紅潤，死了百年猶如入定練功一般，不由心生敬佩。

百虹大師道：「八大弟子前來恭移師祖法駕。」

只見先前那八個和尚一齊出前，在石岩下默祝一番，一起扶著那石岩，暗運神功，轟然一聲，那石盤竟被舉起，盤上天淨大師肉身跟著抬起，八人轉身抬著石台走出谷底，所經之地，少林弟子頂禮不已。

大典既畢，接著就是少林第三代弟子的測驗，也就是測量第三代弟子的佛學武功夠不夠得上自行修練的程度，若是能通得過這考驗，就能移入極樂谷新府，自行面壁苦修，以求上道。

這對少林弟子來說端的緊張萬分，因爲若是通不過這關，就得再等五年之後才有資格參加第二次測驗。

芷青等人也在這測驗之中見識到少林百般武學，名門大派，端的了得。

日子過得真快，一眨眼，芷青等人在少林寺已留了五天，岳芷青專心地留意聞名天下的少林絕學，每場少林弟子試藝他都不放過，潛心從少林寺弟子初窺堂奧的功夫中推測少林最上乘的達摩神功。

這些日子中，他完全醉心於武學中，令他暫時忘懷了終南山上的媽媽、幼弟和單騎赴敵的爹爹。

一方和卓方卻陷入莫名的迷惘中，他們覺得這五天，他們心靈中的感受，要超過在終南山上五年的感受，也分不出是喜還是憂。

是時，終南山山上正是天崩地拆，風雲變色……

長生殿內，第三代弟子中第一高手智伯和尚正在接最後一場「羅漢堂」的考驗，智伯和尚年紀不過二十五六，但是天資之高實所罕見，不僅百經精熟，少林祖傳的七十二件絕技也都樣樣學得超群拔倫，這羅漢堂原是別師出山時才考驗弟子，並非第三代弟子此時應受之考驗，但是智伯和尚功力超出群僧許多，所以令他此時就提前試闖羅漢堂。

芷青久聞少林羅漢堂十八尊銅人機關厲害無比，這次竟能見識，自是大喜過望，拉著卓方一同入堂參觀。

智伯和尚年紀雖輕，但功力卓絕，一口氣衝破六道防線，到第七尊羅漢用少林金剛掌出擊時才算稍受挫頓。

只見智伯和尚小心翼翼施展十八路小擒拿手，與銅製羅漢打得顧盼生姿。

這時，寺外靜極了，幾乎所有的人都入內注視這場拚鬥，只有兩個人閒情逸致地在竹林中逛著——

這兩人正是岳一方和溫柔美麗的白冰。

他們已是熟絡得有如多年老友，他們笑著，走著，最後坐在樹下。

白冰手中拿著一卷書，那是唐人的詩抄。

「你喜歡讀書？」

「不，我只喜歡讀些不正經的書。」

「這是不正經的書麼？」他看了看她手中的詩抄。

「當然，爹爹老叫我念那些厚厚的經典，真是煩死人。」

他同意這一點，連忙應道：「正是，我也討厭那些，咱們可不像君弟，啊——君弟是我最小的弟弟。」

「什麼？你還有一個弟弟？」

「嗯，他是天生一個書呆子，除了書什麼也不管，連爹爹教他武藝他都不要學。」

「岳老伯威震天下，他老人家武藝一定高得緊了？」

「我真不知要幾時才能學到爹爹那般武功。」

「你的武功也很好吧？」

他忽然正色道：「比大哥差遠了。」

她奇怪地看了他一眼，忽然，他們稚氣地相視而笑。

他們一點也不覺得這樣的談話是冗長的，一方從她手中接過詩抄道：「我瞧瞧是什麼書。」

他隨手一翻，正是李白的長干行，念道：「門前遲行跡，一一生綠苔，苔深不能掃，落葉和風早。八月蝴蝶黃，雙飛西園草，感此傷妾心，坐愁紅顏老……哈，這玩意兒去問君弟，保管對答如流。」

「喂，岳老伯到底到陝北去找誰了啊？那天你哥哥說是為你范叔叔報仇，找誰報仇啊？」

一方怔了怔道：「他——他是找胡笠去了。」

「胡笠？劍神？」

「正是！」

小姑娘憧憬著兩個蓋世奇人拚鬥的神威凜然，不禁脫口道：「你說他們誰會贏啊？」

一方笑道：「還用問嗎？」接著又強斂笑容補了一句：「不過鹿死誰手，卻也未知。」

白冰瞧他故作擔憂之狀，也抿嘴笑了起來。

開府大會還剩最後三天。

一方愈變愈沉重了，卓方更是顯得心事重重，整日也不見他開一句口，芷青可不管這些，他用心把金剛拳和岳家的「秋月拳招」相印證，要以金剛拳招之威猛補秋月拳招之陰柔。

這時候，竹林叢後，小溪邊，一個白衣姑娘正悄悄地沉思著。她坐在草地上，衣裙是白的，皮膚也是白的，但是她的臉頰卻是透著一股紅暈，襯得那一雙靈活的大眼睛益發可愛。

她下意識地用纖指玩弄著衣角，一片枯葉落在她頭髮上也不知覺。

「爹爹說，他長得這般秀俊，心地又這般善良，確是一個了不起的少年英雄……」

雖然她是想成「爹爹說的」，但是她的臉更紅了。

她眼前浮出岳一方的面孔，深情地望著她，她悄悄低下了頭。

但是，她的心更亂了，因爲另一個沉默的影子又浮上她的心田。

她輕歎了一聲，仰首望了望天，拾起兩個圓石頭，放在手心中玩弄著。

「卓方……岳卓方，這個人真怪，我從來也沒見過這種人——」

她忽然宛如看到卓方那沉默深刻的眼光，她又一次自問：「他幹麼要這樣看我？」

難道她真不知道麼？

紅潮又悄悄湧上她可愛的臉頰，她悄悄地想：「爹爹說，有的人只說不做，有的人只做不說，可是，可是他這人呀，什麼總是慢慢的瞧，靜靜地聽，仔細地想，想通了，既不說，也不做，卻跑去——跑去睡覺了。」

她悄悄地笑出了聲，但是一刹那，她的細眉又微微地蹙在一起。

「噗通！」

兩個圓石頭被丟進了水中，激成兩個圓形的水紋，逐漸向外擴大，終於交疊在一起，於是靜靜的水面上產生了橫直的叉紋。

她的心也正像兩顆石子一齊投入水中，激起複雜的兩道漪漣。

她似乎悟到什麼——

「呀，我——」

黑夜漸漸來臨，靈山上古刹中傳出陣陣鐘聲。

一方坐在床邊，他心中如波濤般起伏不定。

「不管怎樣，我這一生也沒有辦法忘掉她的面容。」

這句話他不知想了多少遍，但是每一次都令他感到更深的焦急和不安。

岳家三兄弟是分住在連著的三間房中，他輕貼著板壁，隔壁大哥勻靜的呼吸聲陣陣傳來，他自幼練武就養成了早睡的習慣。

不知爲什麼，他忽然想起了媽媽和君弟，這些日子來他是頭一次想到家，那茅屋小溪，高巒玄谷，都令他陡然生出無限的懷念。

少時種種歡樂瑣事一起湧上心頭，尤其是兄弟間的嬉戲景象更如歷歷在目，他想到當代大詞人辛稼軒的詞句「少年不識愁滋味」，他忽然覺得這些日子來他和卓方之間似乎有了一層隔膜，於是他像是陡然震驚了。

兒時他和卓方的往事一幕一幕呈現眼前，一時間他心中想到的全是卓方的百般好處，他長歎一聲暗道：「我有這樣一個好兄弟，還有什麼不滿足的呢？一方啊，你心胸窄狹到不能容你的同胞手足麼？」

「我先走吧，走吧，回家去吧，我留封信給大哥，他會爲我向百虹大師告罪的，然後，回到媽媽君弟他們那裡去。」

他望著牆上的行囊，暗暗下了決心。

月亮走出雲層，清輝遍地，松濤似海。

一方悄悄揹上行囊，蹤出寺門。

他回首看著地上的影子，忽然有一種孤獨的感覺襲上心頭，他連忙掉轉頭，努力想著。

「馬上就能瞧見媽媽和君弟了。」

他走了兩三丈，忽然竹林中人影一晃，他身形一閃如疾矢一般飛掠過去，果然一個人轉身想逃，他仔細一看，驚得大叫一聲！

那人竟是卓方。

一方訥訥見卓方也是揹著一個行囊，一剎那間，他什麼都明白了，他眼眶中努力噙著淚珠，他暗中低呼：「一方啊，你有世界上最好的兄弟，別的還有什麼比這更可貴的呢？……」

卓方也怔怔地呆立著，他竭力裝著不激動的模樣，但是他全身微微顫抖著，目光漸漸爲淚水迷糊。

也不知過了多久，一方迸出一句：「今夜的——月亮，真好——」

卓方費力地道：「是——今夜月亮真好——真好。」

一方道：「天——有些暖了！」

卓方道：「是啊！天氣變暖了！」

一方道：「我們——」

卓方道：「我們去睡吧。」

一方道：「去睡吧。」

經過大哥的房間，芷青勻靜的呼吸不疾不徐的傳出，兩人不約而同地羨慕大哥，也有一些慚愧。

至少，他們今夜無法安眠了。

翌晨……

晨鐘方鳴，一陣馬蹄聲打破了寂靜，兩個和尚快馬加鞭地趕上了山。

兩個和尚帶來了重要的消息——對岳家兄弟來說，直如晴天霹靂！

兩個和尚對百虹大師道：「弟子打終南山過，突然山崩地裂，南山兩座山峰一齊陷落！」

八十三十四

且說那日被天豹幫一群人所追逼的君青和許氏，躲逃在山縫之間，誤打誤撞之下，竟撞進「青城派法體」所藏地。

君青和許氏藏身其中，心想躲得一刻便是一刻，卻聽得洞外似有兵刃交擊之聲，隱約傳來。

山縫中黑黝黝的，陰風森然，微覺可怖。

驀然，君青似乎發現了什麼奇異之事，失聲叫道：「奇了，奇了……」

許氏驚訝的望著兒子，詢問道：「君兒，有什麼不對麼？」

君青微微搖頭，口中喃喃念道：「一、二、三……十、十一……十四……奇了，奇了……」

許氏一驚，君青大聲說道：「媽，你數數瞧，這四周的法體一共有多少尊？」

許氏舒了一口氣，方才尚以爲有什麼危險之事，這時不由微微笑道：「這有什麼難？一、二、三……」

她說著立刻指指點點，數著端坐在四周山壁邊的法體，一共是十四具。

君青問道：「媽，一共可是十四具？」

許氏道：「這有什麼可怪，君兒你怎麼啦？」

君青不答說，伸手指著洞中石碑說道：「媽，你看！」

許氏順他手指的方面看去，卻是方才入洞時所見的那一行字，只見石壁上寫道：

「青城派門下弟子法體證道室
一十三代弟子清淨子立」

陡然一驚，問道：「君兒，方才你說這青城派乃是一脈單傳是嗎？」

君青點點頭，答道：「是啊，爸平日曾說，青城派到第十二代時，清淨子大俠因徒兒爲非作歹，灰心之餘，親手擊斃那徒兒，從此青城一門絕傳下來，我記得一點也不錯，媽，這清淨子乃是第十三代弟子，青城派自他而絕，怎麼——怎麼這洞中竟有一十四具法體？」

許氏方才一見那「一十三代弟子清淨子恭立」時也想到這一層，搖搖頭道：「這倒沒有什麼，人家也許中途某一代收了兩個徒兒也不一定？……」

君青大大搖頭，說道：「不，不，這種武林中的名門大派門規最是嚴謹不過，他們規定是單傳，絕不會有差錯，是以清淨子老前輩當年收徒不慎，結果親手擊斃徒兒，可不敢再收第二個徒兒，以至青城派才絕傳至今——」

許氏點點頭，沉吟一會道：「那麼說來，這倒是奇事了……君兒，咱們目前危險尚未渡過，且不去管它吧，不知那些強人會不會跟進這山縫來。」

君青沉吟一會才道：「說不得只好等他們進來的時候再想法子了，媽，你聽見洞外兵刃交擊之聲嗎，可說不定有什麼人在攔阻這些強人了，我們要不要出去看一看？」

許氏微一思索，答道：「看一看倒也沒有什麼危險——」

君青忙道：「媽，我一個人去就行了。」

許氏點一點頭，道：「好吧，千萬要小心就是了。」

君青跳起身來，疾行數步，突然足下一窒，身形一個踉蹌，險些跌倒，急忙躍起，吃了一驚，俯身察看，原來是一段黑黝黝的事物立在土中，自己暗中不察，被絆了一絆。

忍不住仔細去尋察那一段黑物時，卻發現那黑黑的竟是一根碗口粗細的鐵杖，被插入山土之中。

伸手摸一摸，但覺那粗杖竟似被人砸斷了似的，露出土的一段，有著被折的痕跡。

君青吃了一驚，仰首向四壁望去，但見東首壁上果然是斑痕纍纍，倒像是有什麼暗器或鐵器撞擊所致，雖然年久月深，但也許當日撞擊時力道甚強，是以仍然看得出來凹凸不平的痕跡！

君青驚咦一聲，後面許氏早已趕到他身旁道：「君兒，君兒，是些什麼？」

君青搖搖頭，回頭瞧瞧那歷代青城掌門證道之地，心中念頭益發肯定，忖道：「這密洞上無原無故冒出一具法體，照理說決非偶然，而且這洞中又有拚鬥的痕跡，這就更奇了——」

須知青城選這等隱密之地以藏法體，要說是偶而有人誤入山洞，已是不大可能，而且這斑斑纍纍的兵器痕跡也更是無法解釋。

君青下決語道：「媽，我想——我想必定有什麼極大的秘密在這洞中。」

許氏點點頭，輕聲道：「常日聽你爹爹說起青城的清淨子，都是讚口不絕——」

君青接口道：「是啊——」

驀然洞口外，山岩縫前傳來一聲暴吼，敵情是有人鬥內功時所發出的吐氣之聲。

君青和媽媽一齊一怔，半晌說不出話來。

許氏緩緩道：「君兒，咱們被困在這兒，也不能衝出去，只得希望那白幫主和手下被洞外的另一夥人打敗——」

君青淡淡一笑道：「那也不成，另一夥人我瞧多半也是覬覦咱們的——」

說到這裡，君青驀然一驚，說道：「媽，上次離家時，我竟力能推開巨石……」

許氏雙眉一皺，說道：「那怎麼成，你頂多是力氣大一些罷了，和那些真刀真槍的土匪自然不可並論了，君兒，你敢用刀去和對手廝拚嗎？」

君青心頭一震，一幅白刃霍霍，血光閃閃的圖畫出現在他的腦際，不由一陣噁心，又是一陣顫抖，顫聲道：「不！不！我不敢去殺人！」

許氏微微一笑，自語道：「唉，想當日你爹爹千方百計要騙得我學最上乘的功夫，但我總是堅持不肯，其實，唉——其實那時只要學得一兩手絕藝，也不要學全本領，抗禦這些賊人一定綽綽有餘了——」

君青默默聽著，心中竟有些後悔平日不願學習爹爹的神勇武技。其實，他作夢也沒有想到，他已身懷最上乘的內功，只是沒有對敵的招式罷了。

母子兩人默默相對，許氏懷中的小花也似知道這時處境之危，乖乖的倦伏在許氏懷中，不敢號叫一聲！

君青伸手摸著那一段鐵杖，胸中心潮起伏：「那日終南山上天崩地裂，危機雖大，但總有生路可走，今日卻被困在這山縫中，走不通也逃不出，只有坐以待斃，我岳君青怎地命運如此乖戾，一定注定要連累媽媽一起喪生嗎？……啊！還有……還有那法體證道室中，多出一具法體，這其中必定有它的蹊蹺……我……我……唉！」

他思想太過分歧，腦中甚是煩亂，懶得去研究其中怪異之處，心中煩燥已極，伸手一拔那深深插入土中的粗鐵杖，觸手之下，竟微微晃動。

須知他現下功力甚是深厚，一動之下，起碼也有幾十斤力道，是以這鐵杖雖然深插入岩土中，而且長年被塵土封固，但這須手一拔之下，也微微晃動。

君青下意識的又是一拔，噗的一聲，鐵杖應手而起。

許氏奇異的望著愛子，忖道：「究竟還是小孩子，在這種危急時刻裡，做恁的無聊的舉動。」一想到這裡，不禁莞爾一笑。

君青仔細觀察那被他拔起的鐵杖，果然不出所料，正是半截杖子，瞧那頂端，尚有凸出的花紋，顯然是一種兵刃，君青還算認得，這乃是一杖降魔杵。而這一段，乃是鐵桿的後半截，是以桿尾微有花紋。

也不知這桿兒是何質料所製，十分沉手，而且黑黝黝的，不發光芒。

君青甚感怪異，把那半截鐵杵反覆察看，驀然，他發現在杵尾上刻上一行小字。

由於年久月深的原故，是以那行字已被塵土所掩，不易辨別出來，君青出手仔細摸察，好容易才知是刻著十一個字，心中驀然想起一事，不由大驚。

原來那杵上刻縷的乃是「玄門至剛西方寒鐵降魔杵」。君青平日對父親所說的江湖上仇殺、比武等典故，不甚感有興趣，然每當父親說到天下各種寶物之時，倒也時時聆聽在心，以增長見識！

有一次一方問爸爸，天下武林的兵刃中，以何爲最出色。

當時岳多謙告訴他們兄弟，兵刃分之爲多種，各種都有上乘者，例如寶劍這一類，便不知有多少歷代名劍，都不分軒輊。其他寶刀、利匕、神箭之類，更不可勝數，但普天之下，大家公認有一物乃是最爲奇異。

那便是青城千古的鎮山之寶，降魔杵。

這降魔杵乃是上古時在西方出產一種寒鐵製成，這種寒鐵雖然出產甚稀，但倒也不若如此精貴。

可是這降魔杵的質料乃是用一種萬年寒鐵精英，相傳是在日月之下，每當天地交泰之際，將日月精華盡數吸收，漸至具有靈性，成爲天下至剛之物。

相傳在東漢時代，有一個西方僧人無意間得到這個寒鐵鋼母，雇了天下第一巧匠，打造成一支降魔杵，這寒鐵鋼母成了天下至剛之物，任巧匠如何，都僅勉強將其弄成一支杵兒樣，上面的花紋也甚粗淺。

那西方僧人攜此杖行腳天下，一天忽然推算到此杵並非佛門之物，當歸入玄門。

這西方至剛降魔杵性質怪異之極，當年那西方僧人號稱此杵爲天下第一剛強之物，很多人都不能置信，而且有一位劍士用「干將」、「莫邪」一對古劍連擊那杵兒三劍，不僅沒有擊斷，而且連「叮噹」之聲都沒有發出。

這一來天下才公認如此。

但這杵兒雖然堅硬爲此，但和一般鐵器相碰，雖則自己不會折斷，但其餘鐵器也不會損傷，否則此杵成爲天下第一利器，無堅不摧，落入佛門，到底不祥，是以冥冥中似有安排，此杵具有如此特性，乃是上天注定成爲佛門之寶云云。

這一段故事甚是有趣，是以君青能牢牢記住，這時竟見手中半截杵兒端端正正刻有「西方寒鐵降魔杵」，又是在青城派法體證道室中發現，一定不會有差錯。

一個念頭閃電般通過君青的腦際：「青城一代單傳，難道清淨子老前輩臨坐化以前尚以鎮山之寶和敵人拚鬥——」

他這個念頭乃是由於先前看見這室中有拚鬥痕跡和發現這截杵兒而連串起來的，心中恍然大悟：「啊，是了！這裡多了一具法體，十九是那清淨子老前輩臨終前的對手了，那麼……」

他望望手中半截降魔杵，陡然一驚，心念一動，猛然站起身來。

許氏一驚，叫聲：「君兒，君兒——」

君青應了一聲，飛身奔向那陳列法體的石室而去，口中卻邊行邊道：「媽，我知道了……」

君青邊行邊說，心中飛快忖道：「這多出來的一具怪屍一定是生前和清淨子老前輩作殊死鬥的，否則這石縫中絕不會有這許多打鬥的痕跡。」

愈想愈對，來到那群屍身之前，一一予以仔細觀察，果然不出所料，最靠左面的一具屍身並非作道家打扮。

君青的原意本是要證實自己心中所推測的，這時一見，果然不錯，倒也沒有特別歡喜之感，但他到底仍是孩子心理，忍不住仔細對那死屍看了一眼。

但見黑黝黝的，看不十分真切。

驀然，他似乎瞥見那死屍的胸口上端端正正的掛著一個盒子，年代遠久，這盒兒靜靜的垂在胸前，看模樣倒是十分沉重。

君青並不貪心去取那盒子，他心中明明知道那盒兒中必非凡物，否則這怪屍在死後決不會把它吊繫在胸前！

但他自小受古聖賢的薰陶，拘正以守君子之道，雖然好奇之心甚為濃厚，仍不肯動手去查看一下別人的東西。

話雖是這樣說，但當他瞥見坐在這怪屍右首約莫五六丈的另一具死屍時，卻奇異的咦了一聲。

原來那坐在右首的乃是一個身著道裝之士，君青心知乃是青城派某一位長輩的法體了，看看卻見那僵坐在地的青城先輩身披的道袍似乎殘缺不全，絲絲縷縷。

本來山中陰濕，不通空氣，年代又久，道士身上的道裝有所損壞也是有的，但君青此時身懷上乘內功，目力甚佳，一瞥之下，斷定那絲絲縷縷乃是被什麼利器劃破。

君青恍然而悟，忖道：「這必就是清淨子老前輩了，瞧這一切跡象可以斷定這清淨子臨終前似和這怪屍拚鬥了一番——」

他推究的一點也不錯，這玄門一代高人的確和這石室多出的一人有過一段複雜的恩怨。

君青前後貫通，由各種跡象上，確知自己推測不差，不由心中有點高興，對許氏道：「媽，原來這清淨子生前也結有仇家——」

許氏早已來到他的身邊，聞言點點頭，輕聲道：「君兒，你瞧，那道士似乎在臨終時在地上刻劃縷縷——」

君青順著媽媽的手看去，果見那清淨子右手伸下坐蒲，在地上作刻劃之狀。

忍不住走過去一看，石室中光線太暗，看不真切，於是伸手在地上一摸，順著那刻劃下的印痕摸下去，摸了半刻，卻是一共刻著十一個字：

「錯不在你，此乃天意，那合兒」

君青一怔，弄不清這是什麼意思，卻知必是沒有刻完便自去世。

君青喃喃念著這十一個字，想參悟其中之意，驀然他想到話中的那盒兒多半是指那吊繫在怪屍胸前的那盒子，心中不由一陣迷惘，忖道：「看這清淨子面上的表情，似是有什麼事始終不能釋然於懷，難道其中關鍵便在這盒兒上——」

想到這裡，不由反身一望那盒兒，突然那盒兒拍的一聲，自那怪屍的胸前平空掉了下來。

君青一怔，上前拾起那盒子，一瞥敢情是那綁繫盒子的索兒年久月深，早已腐敗，適才君青兩次疾奔，衣袂上所生出的風和腳步的振動，雖然只有極其些微的一點，卻令那索兒吃不住力，盒子因而跌下。

低頭一瞧那盒子，入手沉重，乃是由純鐵所製，盒面上光光的，四角上卻隱隱有些許黑斑。

君青沉吟一會，摸出打火石，找些枯葉枯草之類，「拍」的打著，小心用身子閉著光，不讓山縫外的強人瞧見，把盒兒觸近火光旁一瞧，但見那盒四角上的黑斑，火光下看得分明，卻是隱隱泛出紫黑之色，君青倒抽一口涼氣，雙手一顫，口中低呼道：「血！」

「拍」一聲。

盒兒墜在地上，壓滅了小得可憐的火光！

君青呆了一會，許氏驚問道：「怎麼啦，什麼血？」

君青懊惱的搖搖頭，低聲道：「媽！你瞧我怎麼這等沒用，膽子怎生這等小法？大哥他們個個身具伏虎降龍身法，豪氣干雲，我怎地連這一點陳古血跡瞧見了也是一陣子心驚！」

許氏憐憫的把孩子摟在懷中，柔聲道：「君兒，你本性善良，這並沒有什麼可悲的哩！」

君青不以爲然的搖搖頭，半晌才道：「媽，橫豎咱們困在這裡沒有事做，不如……不如追察一下這清淨子老前輩和這怪屍其中的蹊蹺——」

他心中仍以追查他人的隱私乃是不道德的行爲，但又因好奇心太濃，忍不住說將出來，仍覺甚是扭怩。

許氏怎不知他的心意，柔聲道：「人家把這盒兒當胸而掛，目的多半就是有什麼遺言想留給後人，否則絕不會當胸而懸，況且清淨子前輩也刻著有關這盒兒的話麼，看看倒也不妨！」

君青心中甚覺有理，不好意思的一笑，拾起那盒兒，重新燃著火堆，細細尋找那啓盒之法。

啓盒之法倒並不甚難，隨手用力一拔，「呀」的一聲，盒兒已自開啓，火光下看得分明，盒內端放著一本厚厚方方的小書。

書皮上已是灰塵堆積，想是年代久遠，小盒兒雖是緊閉著，但灰塵仍不免進入。

拂去塵土，但見封面端端寫著「定陽真經」四個大字。

君青瞧都不瞧，隨手把它放回盒內，卻見盒底仍有一束厚厚的布帛之類。

取出一看，卻是由衣袍上撕下來的一塊衣襟。

展開來，對著燈光，但見其上密密麻麻寫了小字，倒像是一篇文章似的，君青生性嗜文如狂，忍不住細細讀下去，只見那書在布帛上的小字似也是由血所寫，君青也發現了這一點，心中雖仍有些發毛，但仍繼續讀下去。

這一篇文章也似的東西相當長，君青雖是飽學之士，一目十行，但仍看了足足有一盞茶時分才讀完它。

一旁許氏也跟著看看，看完後兩母子不由相對駭然！雖然他們早已料這清淨子和這多出一個非道家裝束的怪客之間必有極大關連，卻料不到其中曲折竟是如此。

原來那布帛乃是這怪屍生前所留，說明他和青城最後一代掌門清淨子的恩怨，其中倒真是令人料想不到。

原來這怪屍的名字叫作松陵老人，這松陵老人本非他之姓，但他因這萬兒太爲響亮，武林上的人都直稱他松陵而不名，此乃他幽隱於松陵山之故。

這松陵老人成名甚早，岳君青平日也偶而聽見爸爸提起，他成名時離此將近七十年。

當日浩浩江湖上武術一事，蒸蒸日上，武林中也甚平安無事，這乃由於大江南北綠林的總寨主沈三燕突然退隱之故。

沈三燕乃是一個絕頂魔頭，他沒有退隱之前，武林上一片混亂，由於他下手太辣，是以大家談「沈」變色，終於這個激怒了成名已久的松陵老人，他那時約莫五十多歲，隻身孤劍上

「猛虎寨」，連挑沈三燕一十七道關卡，且打敗這名頭蓋世的綠林強人，迫使他從此洗手，於是江湖上立刻平靜了下來，而松陵老人的名頭更是響亮起來。

但是這個平安的局勢還沒有繼續五六年，不久江湖上又出現一號人物，蒙面施劍，橫行武林。

這蒙面劍士甚是怪異，瞧他處事能力，十足是一個剛剛出道的小伙子，但功夫卻老練得很，半月之間，足跡踏遍大江南北，遍找名手比試，也許是他功夫確實無敵，半月之間，連敗二十三位各門各派的內外家好手，從此崛起武林。

蒙面劍士愈來愈無法無天，行為比之昔年的沈三燕有過之而無不及，但這怪人卻有一點可取之處，乃是決不犯「淫」戒。

武林中尤其是走鏢的人，都恨透了這個蒙面客，他們無論押大小銀票，無不被怪客所劫，而且這怪客所向披靡，是以有好些鏢局因此關了門。

大家多麼希望松陵老人再來一次劍挑蒙面客，但松陵老人早已幽隱松陵山，大江南北竟受這蒙面客的控制。

有一次，蒙面客在劫了一個江南鏢局的鏢車後，失手殺了走鏢的趙老鏢師一家人，這原本也是由於趙老鏢師臨死不屈的性子惹動了蒙面客的真火，不過蒙面客的手段也實是過辣。

這趙老鏢師一家人被殺後，只有一個剛滿週歲的兒子趙合在車中沒有濺血，但當蒙面客搜取銀子時發現了此子，心一橫，索性來個斬草除根，正準備一劍刺下，猛然身後一個蒼老的聲音冷冷的道：「心兒！你敢……」

那蒙面客才聽入耳，全身有若電襲，一震之下，急忙反身一瞧，只見一個年約六旬的老道士仙風道骨的站在官道側旁土堆上。

蒙面客一瞧之下，全身冰冷，暗道：「完了，完了！」

那老道士原來乃是青城派的第一高手清淨子，青城派代代單傳，清淨子十年前收了一個徒兒李一心，用心調教，把青城的工夫悉數以授，卻見那李一心始終不能有堅誠的向道心，於是先不讓他入道觀，卻放他行道五年，磨練磨練自己。

李一心果然不能誠心向道，一入江湖，定心不夠，立刻墜落，以他的天資十年苦練，青城心法又是天下獨步，是以立刻聲名崛起，越法爲非作歹。

但他終究是名門之後，始終不犯「淫」戒，可是手段太過毒辣，清淨子青城山上也風聞江湖流傳一個蒙面怪客的事跡，本決不會疑心是李一心，但老道士本著濟世救民之旨，破關下山。

老道士一下山，立刻跟上了蒙面客的蹤跡，從種種跡象上都斷定乃是心血弟子李一心，老道士這一灰心，可到了極點。

以他的本意，是立刻打死蒙面客李一心，但青城一派乃是單傳，他打死李一心，可不能再收第二個徒弟，青城一派從此而斷，是以他仍遲遲不肯下手。

一路觀察，直到這日見李一心一連劍誅人家一家五口，仍想趕盡殺絕手段之狠，慘無人道，不由無名真火上衝，下狠心要廢掉這小子，是以立刻現身而呼喚。

李一心見師父面寒如水，雙眼微瞠，殺氣凜然，心中一陣狂跳，心知今日乃是命喪之期，忖道：「師父定是把我一切惡跡悉數查去，我……我今日是死定了，說不得，仗劍一拚，萬幸有望能夠逃去——」

清淨子微宣一聲「無量佛」，冷叱道：「孽障，還不與我自行了斷——」

李一心驀然一陣衝動，血氣上湧，真個是「怒從心邊起，惡向膽邊生」，長劍一揮，一式「青氣沖天」，緊接著「乾坤倒轉」，呼、呼虛刺過去。

清淨子何等目力，已知李一心雖是惡性重大，這兩劍雖是凌厲已極，但卻仍不敢真個刺向授業恩師，心中不由一歎，忖道：「若非今日見他手法如此之辣，就瞧他這兩劍便可知他天性尚未盡泯哩——」

思索間，心一狠，大袖一揮，東南西北前後左右上下一連劈出十掌，掌掌隱帶風雷之聲，竟都夾帶有青城「凝元功」的內家最深工夫。

李一心再膽大也不敢還手，先前數掌勉力避去，但清淨子一掌猛似一掌，迫不得已，橫劍一破，哪知老道士掌力陰陰陽陽，互濟之下，大得出奇，力道又有迴旋之力，但聞「拍」的一聲，一柄百練鋼劍盡被震斷，饒他橫霸大江南北，但比這玄門道長還差得太遠。緊接著但聞呼呼兩聲，清淨子兩掌一齊拍在李一心的當胸，悶哼一聲，命喪當場。清淨子驀然仰天疾呼，心中傷痛已極，這種大義滅親的舉動，委實太爲感慨，是以老道士雖爲玄門得道全真，但仍悲慟不已。

好半天，清淨子才抱起那劫後唯一生還的幼兒趙合，揚長而去。

從此江湖上再沒有蒙面客出現的事情發生了，也沒有人知道這是爲什麼。浩浩江湖有若一湖靜水，投下去的石子激起的水花慢慢的又歸於平靜。

但是，趙老鏢師的滅門死訊傳了出去，幼兒趙合屍骸並不在當地，大家也弄不清是怎麼一回事。

尤其令人不可思議的是：那一箱箱置放在鏢車下的銀鞘卻原封未動的停放在當地，怎麼那蒙面客不取去？這也是大家所迷惑的一點。不過從這一點他們可以清楚的看出，那蒙面客必是遇著了什麼高手鎩羽而歸。

漸漸地，消息傳開，也許是老天的安排，無巧不巧，傳入了那幽隱已久的松陵老人耳中，須知這趙老鏢師乃是松陵老人的一個表親，和松陵老人私下交往甚篤，他這一被人全家劍誅，松陵老人一聞之下，悲憤不可遏抑，立刻重入江湖。他功力蓋世，立刻查出許多蛛絲馬跡，由此推斷這蒙面客的武技是出於青城一派。

他這推斷一絲也不錯，本來李一心當時也絕不輕易露出青城工夫，但無意之間，總是免不了動用本門心法，功夫閱歷不夠的倒也罷了，但這松陵老人何等人物，立刻探明原委，隻劍上青城。

但青城山中，空寂無人，是時清淨子老道長在大義滅親後，心灰意懶，又想到自己收徒不慎，自此青城一派由他而絕，心灰之餘，遁入深山，決心自裁以為謝罪。

當下立刻將上十二代的祖先骸骨運往深山，他日夜尋找著這一個隱密的所在，於是把先人骨骸一一恭身運至山縫石室，自己也面壁以待終年。

這時正値松陵老人上青城之際，自然是空山不見人，廢然而歸的了。

清淨子一心向道，他本是得道全真，這一面壁靜思，更是大徹大悟，自心明瞭自己即將返歸道山，得道升天，於是立下青城法體證道的石室名牌，也自靜坐等候證道。

松陵老人四處尋青城門人不得，心中激憤萬分，越發認爲是青城派門人所爲，畏罪不敢出門，鬱鬱之下，遍遊名山大川，這日無巧不巧走上青城法體證道所在山上，劫數使然，他也無意間發現有一道山縫，曲曲折折通出去，好奇之念一起，步入山縫。

行得數百步，一塊石碑當門而立，端端正正刻著：

「青城門下法體證道之室

十三代弟子清淨子恭立」

這一行字入目心驚，真個是踏破鐵鞋無覓處，得來全不費工夫，松陵老人何等功力，一眼即知石室尚有未終之人。

心中念頭一閃，宏聲道：「是哪位青城道長在內，老朽松陵拜會——」

是時，清淨子全神貫注，即將證道，心如止水，靜坐如石，耳中雖聽著有外人闖入發話，得知竟是名震天下的松陵老人，心中雖是驚詫萬分，口中卻一點也不能說出來。

松陵老人怎知其中關鍵，越發誤會，冷然哼了一聲，大踏步便往裡室闖去。

清淨子心焦萬分，情知此時重要無比，只要一有外人相抗，心魔立生，而至萬劫不復之地，是以口中雖不能言，目光中卻是一片心急如焚之色。

松陵老人愈行愈近，清淨子悶哼一聲，他可不明白松陵老人是何居心，這時乃是生死關頭，也管不了這許多，伸手一陣摸抓，指力到處，山石紛紛下落，呼的一振，百十顆山石碎片激射而出，封住石室門口，同時也自長吸一口真氣，護著心脈。

松陵老人越發以為自己所料不差，長笑道：「殺人償命——」

他話未說完，呼的一聲，那一陣石頭雨已到。

他是何等經驗，一聞那破空之聲，便知對方這一擲的手力，出乎自己意料之外，每一粒小石竟隱挾風雷之聲，急忙停下話頭，吸一口氣，運掌一揮。

「呼」一聲，接著便是石子飛墜之聲。

清淨子不待他緩過手來，一抓一揮，又自發出一蓬砂雨。

松陵老人方才輕敵吃了一個措手不及，此時不敢再有絲毫怠慢，雙掌交相而擊，一掃之下，右足乘隙踏前一步，已進入石室。

清淨子仗以雄厚的內力護住心脈，不使外魔內侵，同時手上又得全力發石阻敵，雖然他功夫高強，但口中卻始終不能分神說話。

呼呼！

掌力突擊和石雨紛飛之聲大作，銳利的尖聲都是碎石被松陵老人掃開擊在四壁上的聲音。別瞧這小小的一塊石子，以清淨子此等內家一等高手用力擲出，打中了乃是穿胸破腹之禍。

松陵老人究竟功夫不凡，一邊發掌掃開石子，一面雙足不斷游動，已侵入石室中央。

清淨子何嘗不知，心中暗急，一抓之下，想再抓一些石子發出，卻是抓了一個空。敢情他急忙之中不暇分神注意，他每一抓都用了大力金剛內力，是以石子能翻飛而起，方才一連十餘抓，卻將身旁地面抓出了兩個半尺深淺的坑，一不注意，抓了一個空。

方才怔得一怔，松陵老人身形有若鬼魅，呼的已掠至老道士身前三尺左右！

清淨子心急如焚，他知道莫要說是松陵老人乃是蓋世第一高手，就是一個不懂武術的幼童在此時侵到他身旁一觸之下，立刻會命喪當場。

是以絕不能讓松陵老人走至近身。

心一橫，咬牙一探臂，拾起橫放在身後的青城千古鎮山之寶——「西方至剛降魔杵」一揮之下，但覺黝黝黑色光華大作，呼的打了下去。

這一杖力道怕有千斤之重，降魔杵本就十分沉重，這一下竟「嘶」的發出尖銳的一聲，風雷嘯聲大作，處處顯示這一杵打下的力重如山。

松陵老人吃了一驚，慌忙一沉雙肩，雙掌一翻之下，向上硬是一挺，「托」一聲，這一杵千斤之力竟被他雙手用蓋世功力化去，而把持在手中。

清淨子料不到他竟如此托大，咬咬牙，右臂一沉，雄渾的內力疾湧而去。

松陵老人方才全力一接之下，內力正值交替之際，冷不防對方出手如此迅捷，吭了半聲，吃不住如此重力，整個身子都被壓得蹲了下去。

清淨子情知對方功力蓋世，自己就是全盛時期怕都不是敵手，雖不知他來相擾是何用心，但苦於開口不得，只好悶聲加力下壓。

松陵老人長吸一口真氣，雙臂一挺，呼的一聲，稱霸江湖的獨門「卿雲內力」發出，果是無堅不摧，降魔杵陡然被他托得抬起半尺。

忽然，他覺得手中降魔件一顫，立刻對方內力有若天崩地裂般反震而來，不由一頓，又被壓下去半尺左右。

心中不由暗暗讚道：「久聞青城『凝元內功』玄門一絕，今日一見，果是名不虛傳——」

思索間，手上可不敢絲毫放鬆，於是這兩個蓋世奇人，一俗一道竟在這黑暗不見天日的石室中拚起內力來。

清淨子吃虧的是在始終要騰出一部份內力守護心脈，不若松陵老人可以全力以赴，是以一個時辰後，便漸漸不敵。

起初松陵老人還沒有發覺這一點，漸漸他從清淨子打坐的樣式和內力的進退之際發現出來，心中一驚，暗暗忖道：「我松陵老人何等人物，豈可在人家天心如一，無我之境，乘危而入——」

思索間，便自想收掌後退。

但以他此等功力，自然覺得出對方內力雖不能純正發出，但和自己相差甚是有限，自己萬萬不能收回內力，否則只怕立刻會命喪當場，是以也只好苦苦支持。

雖然他明知對方的苦衷，但仍不得不繼續鏖戰拚鬥下去，心中甚感不安，於是放棄攻擊，內力悉數只守不攻，這樣清淨子的危境才算好了一點。

時間一分一秒的過去，兩人的內家真氣已損失過半，但仍不放手，至死一搏，等待那最後的時刻到臨。

清淨子心中明白，只怕今日生望太小，劫數使然，心中一聲長歎，悶哼一聲，對於松陵老人這一古怪的行動甚感不能釋然，心一橫，那唯一守護心脈的內力也悉數而發。

呼一聲，內力陡增，松陵老人豈不明白，心中一陣慘然，心頭只覺一震，趕忙出力相抗。

「喀」一聲，降魔寶杵忽然齊中而折，兩人都因內力孤注一擲，收不住手，身子都是一衝，清淨子更是心魔外侵，一連吐了三四口鮮血。

那西方玄門降魔杵乃是天下至剛之物，但仍吃不住兩個蓋代大俠的全力拗折，這乃是由於清淨子的玄門「凝元功」乃是至柔力道，而松陵老人的「卿雲氣功」卻是至剛的內力造詣。這一陰一陽，一剛一柔，並相濟助之下，力道卻大得出奇，玄鐵寶杵到底不愧為至剛之物，仍能生生抵住。

但一直到最後兩人內力都一齊衰微，卻又猛然全力一壓，這一鬆一緊，有若常日用擊索懸勒，一鬆一絞之下，力道最是重大，是以寶杵再也吃不住力，齊腰而斷。

可惜這玄門至寶，終究硬生生的毀在兩人手中，從這一方面也能看得出來這一道一俗的內力造詣了。

清淨子心魔外侵，狂噴兩口鮮血，勉強提一口真氣，冷冷對那松陵老人道：「素聞松陵老人大名滿天下，哼！哼！今日一見——」

松陵老人何嘗不是血氣翻騰，氣喘如牛，但聞言忍不住怒答道：「怎麼了——」

清淨子嘴唇一偏，強忍住一口即將噴出的鮮血，冷然又道：「今日一見，卻是乘人之危的小人——」

敢情他對這一點，最是不能釋然於懷。

松陵老人一怔，忖道：「他這話倒也不錯——」於是吶吶說道：「老朽雖然當時一時不察，道長正值天神合一之際，這一點老朽至此仍覺萬分不安，不過——」

清淨子在他發言之際，略略試著調息一下，卻覺真氣上逆，心中一蕩，長歎一聲忖道：「唉，瞧這模樣，我今日要入萬劫不復之地了。」

松陵老人說到這裡，微微一頓，又道：「不過，青城派對於老朽所施的手段，卻未免太過毒辣一點！」

清淨子心魔外侵，性子甚是暴燥，怒道：「你別胡說，咱們——」

松陵老人冷然一笑，平靜了太急的喘息，插口說道：「明人不作暗中事，趙興安趙老鏢頭——」

他這一提到趙興安表弟，心中不由聯想到趙表弟一家數口血流滿地的慘狀！怒火猛然上升，說話也有點激動起來。

清淨子陡然聽聞他提到趙老鏢頭，心中也是一怔，喜聲道：「啊，趙老鏢頭，他——他是施主什麼人？」

松陵老人冷然一嘿道：「他是我表弟！」

清淨子一時還沒有想到這一層上來，說道：「那很好！不過趙施主在個把月前命喪江北，貧道是親眼目睹的！這個——」

松陵老人陡然怒哼道：「那當然了，感謝道長相告，老朽早已知曉。嘿……嘿，老朽不但知道他老弟命喪江北，而且也探知陪同他一齊死的，尚有他一家老少數口，嘿，老朽不才，倒也查明是誰所爲，今日踏破鐵鞋，總算找上青城貴派了——」

清淨子一怔，說道：「什麼——」

心中卻恍然明白了這是怎麼一回事，仰天長歎，喃喃自語道：「天意如此，天意如此，清淨子啊，你擇徒不慎，青城派由你而絕，難道果真是上天有意促使你萬劫不復，以謝滔天大惡麼？」

松陵老人一旁冷眼見清淨子面上表情複雜，愈以爲自己所言不差，是以嘴帶冷笑，靜坐一邊。

清淨子心中百感交雜，忖道：「原來乃是如此，今日貧道雖是必死，但錯本在己，不可懷恨欺瞞他，讓我……讓我告訴他吧——」

這得通全真雖然身陷死境，但內心仍是一片澄然，他明知告訴松陵老人其中原委，便是大大示弱，但本著玄門宗旨，仍決心如此作，就憑這一點，便可知道這道人已證玄門大道了！

心念既定，仰首一瞧，但見松陵老人面色漠然的對著自己冷然而笑，一怔之下，不由微怒道：「老施主把貧道看成什麼人了！好在貧道尚知其中原委，否則今日施主可是大大造孽了哩！」

松陵老人冷然一哼，方想開口反駁，驀然瞥見清淨子面色凝然，不由收下口來。

清淨子對這些如不聞不見，冷冷把一切經過說了出來，一說到他大義滅親時，聲調已自微弱，但又值這時說得甚是衝動，是以斷斷續續，喘氣連連。

松陵老人愈聽愈驚，直到聽到清淨子說到抱那趙家僅餘的趙合飄然而去時，不由心中慚愧億萬，淚流滿面，說道：「道長大義滅親，天神共尊，可恨老朽今日恩將仇報，唉！唉！當老朽進來時，道長為什麼不說明哩？」

清淨子此時已是真力全散，搖搖頭苦笑，卻發不出一聲，只用手指指自己當胸。

松陵老人恍然大悟，道：「原來道長方才正值運功要緊之處，有口難言——」

清淨子微微點點頭，松陵老人忖道：「松陵啊！人家道長千里迢迢，大義滅親，又幫你照顧表弟之後，你——你竟狼心狗肺，恩將仇報，而且人家在你入洞時便入要境，你——你竟恬不知恥，仍然全力放對，今日道人只要一死，你也決不能苟活——」

他思念一定，滿臉痛苦之色，反而變成堅決之狀，清淨子何等經驗，已洞悉他心中所思，搖搖頭，伸手在蒲團前一陣子刻鏤，好一會才停下手來。

松陵老人一驚，上前一瞧，卻見刻的是：「錯不在你，此乃天意，那合兒……」

松陵老人暗中一歎，不能回言。

抬頭一看，卻見清淨子雙目凝然，「那合兒」下面的字還沒有刻下去便自死去。

松陵老人心頭一震，長歎一聲，默禱道：「清淨子道長，今日老朽一念之差，陰陽差錯，道長之死，皆由老朽所致，道長安息吧——」

默默禱畢，仰天一呼，但覺周身無力，想是方才和清淨子拚鬥時費力太多所致。

山洞中，石室裡，森森然，松陵老人靜靜坐在一旁，思潮起伏，暗暗忖道：「我年近古稀，獨影隻身，無友無親，不，親戚雖是有的，但也已命喪江北，親人後代，又承清淨道長千里迢迢照顧他，雖然道長至終未及說出幼兒趙合現今所在，但必不會有什麼危險，我——我還有什麼掛慮？」

思索間，猛一抬頭，驀然他瞥見石室四周陳列著的一尊尊青城先輩，個個栩栩欲生，道貌岸然，不禁打心底裡生出一絲敬意，忖道：「古人道，一心向佛，百緣俱了，一點也不錯——」

他像是猛然領悟了這出家人入門的最淺道理，但對他來說，卻不啻是當頭棒喝，迷津引渡！

六十多個年頭了，松陵老人雖然問心無愧於天，但卻只有這一刻，他的心中是一片清涼與平靜。

他至死也不能遺忘這自己一手造成的滔天大錯，是以他雖然決心一死，但仍不能釋然於懷。

他聊勝於無的用血修了一封血書在衣袂上，並同自己一生賴以成名的「定陽真經」放入一個鐵盒中，掛在自己胸前，目的乃是想讓後世的人巧入山室發現此盒，對於松陵老人失手之事清清楚楚的明瞭，而這本寶書也一併贈送給他，也好讓早已長眠地下的自己，心靈上的負擔能夠減少一些！雖然他知道有人再發現這石縫的希望是玄之又玄的事，但這是一種對於內心上不安的唯一措施。

於是，他永久坐在石室中，永久——

於是，他，他的軀體，以及他聖潔的靈魂永遠伴著青城一十三代的法體並同證道！雖然，他不是玄門中人，但任何人也可以清楚知道玄門中的人也未必能有他如此的氣度和胸襟！

劈拍！劈拍！

枯枝堆跳發出的火光逐漸暗淡了，呼一聲，吐出最後一朵火苗，重歸於黑暗。

君青怔怔的持著那一方血書，心中的感覺分不出是惆悵抑或是感慨。身後許氏也是一聲長歎，對於這一個感人的故事，母子兩人的感情都到達了頂點。

「唉」！

君青微微吁一口氣，放下血布，回頭道：「媽！這松陵老人的一番用心可真是世間少有，人間難尋哩！」

許氏沉重的點點頭，不發一聲。

石室中，森森然。

沉默一片，母子兩人相對而立，身前靜坐的是松陵老人，也許是上天的意旨，能夠在他死後三四十年後有人誤打誤撞進入石室，使他內心上始終不能放下的負擔得到解脫，但，也許也是君青的命運，這只不過是一個不平凡的開端罷了。

「媽！」君青又叫了一聲。

「嗯！」許氏應道，她已猜出愛子要想說什麼話了，微一沉吟，答道：「哦！君兒，你是否想到怎樣處理這定陽真經？」

君青吃了一驚，用力點了點頭。

許氏和藹一笑，說道：「人家松陵老人說得清清楚楚，誰先發現這個秘密，並同這本什麼『真經』也贈送給他！君兒，你就好好保管下來吧——」

君青應了一聲，又道：「媽！這什麼真經想是一本武術密笈，我要了沒有什麼用處——」

許氏又是一笑道：「給你大哥吧，他們嗜武若狂——」

君青想是找著什麼適當的方法處理這本書，高興地歡聲道：「對啦！對啦！媽，你真聰明，這松陵老人號稱天下第一手，內力比清淨子老前輩還要高強，爸爸平日常道清淨子乃是近百年來玄門第一把高手，由此可以推度這松陵老人的功夫了！」

許氏微笑一下，點點頭，詫異的望著君青。

君青也似乎察覺自己怎麼今日對武術這道竟能分析得入情入理，不由自己也是一怔，吶吶道：「是以——是以這本真經乃是松陵老人賴以成名的奇書，必然——必然是很有價値了！」

「喵！」許氏懷中的小花驀然叫了一聲，似乎表示對君青這種異乎尋常，對武學一道侃侃而談的態度，感到既驚詫又敬佩的意思。

許氏微笑頷首，君青反倒自己覺得不好意思起來。

沉吟片刻，君青驀然想起一事，忖道：「方才我之所以注意到那盒兒，乃是由於清淨子老前輩臨終前所刻的那一行字。『錯不在你，此乃天意，那合兒』而引起注意的，照那松陵老人所說，『那合兒』乃是指趙合而言，合與盒字相通，是以我才誤以爲如此，這倒是太巧了，陰陽差錯，難道這真是天意？」

他呆想半天，回首一瞧媽媽，想是倦了，坐在一旁閉目養神。

於是君青也靜靜坐在一邊。但他卻感到一種異樣的心煩，雜亂的思維不斷地在他腦中編織出一張張密麻的網，才一合眼，各色各樣不同的印象出現在眼前，他不由自主的一頓足。

驀然，「叮」的一聲，接著又是一陣子嘹亮的兵刃交擊聲，清楚地從山縫中傳來。

「噹」「噹」，瞧這模樣，石室外的戰鬥十分激烈哩。

君青心中一沉，許氏也自驚了過來，母子兩人相對駭然。

「噹」，「嘶」，勁風之聲仍隱隱傳來。

看來石室外，隔著這道長長的山甬道，不止兩三個人在作單打獨鬥，分明是群毆之狀。

九　定陽真經

君青實在忍不住了，開口道：「媽媽，如果他們一直不走，我們就一直被困在這兒嗎？」

許氏道：「有什麼辦法啊！」

君青道：「我們和那什麼天豹幫素不相識，他幹麼要殺我啊？」

許氏奇道：「他幾時說要殺你來著？」

君青道：「媽媽你不知道，他說要『取我頸上之物一觀』，就是要我性命的意思呀。」

許氏一震，喃喃道：「難道……難道是你頸上的……」

君青下意識地一摸頸項，觸手之處，圓潤生溫，正是那串珠兒，他大聲道：「你是說這珠兒？」

許氏點頭不語，皺眉似乎苦思什麼事情。

洞外隱約傳來人聲，君青仔細一聽，只聽得一人道：「姓岳的小子九成是躲在這山縫之中，姓白的，咱們沒談攏之前，你休想使奸溜進去。」

另一個聲音道：「你老兄也不用打這個主意——」

接著「噹」一聲兵器相接的聲音，立刻喊殺拚鬥之聲大起。

君青何等聰敏，一聽之下恍然大悟道：「原來是兩伙強盜在爭鬥，不知我這珠兒是什麼無價之寶，值得他們這般拚命？」

洞外打鬥聲甚是激烈，似乎不是一時三刻所能完的，君青愈來愈覺煩悶，他忽然忖道：「要是大哥在這兒，哼——」

他的拳頭不由自主地用力揮了一下，「噗」！他懷中一物跌落地上。

他彎腰拾了起來，凝目一看，依稀可見正是那本「定陽真經」

一個從未有過的思想從他腦海中閃過——

「我何不學幾招？……」

但是他立刻替自己否定地想到：「憑我這塊料還說學武，真是的。」

然而這個念頭卻不斷地浮上君青的心田，而且一次比一次強烈，他拚命地對自己說：「我不學武，我不學武。」

但是隨著外面的激鬥聲，他的心再也定不下來，最後，他忍不住再從懷中把那本「定陽真經」掏出來。

他撫摸著那粗糙的書皮，心想：「我只看一看打什麼緊。」

當下從袋中取出火石，在地上摸著一根枯枝，點火燃著，躲到牆角去，輕輕翻開了第一頁。

只見駭然一行草書：「天下第一奇書」。

那字寫得龍飛鳳舞，勁透紙背，從筆墨間依稀可見寫字人的狂驕自負。

君青看得搖了搖頭，繼續翻到第二頁上，只見第二頁上劃了十二個圖形，是一個老人打一路拳的十二個姿勢，旁邊寫著一行字，君青湊近一看，只見是：「南宮十二式」五個字，下面註著一行草書：「只此十二式，暗夾小天星掌力，天下高手能接滿一周而不噴血三尺者幾希！」

君青暗道：「好大口氣。」但忍不住瞧瞧是什麼招式這等厲害，只見頭一招旁邊註著：「血染斗牛」。

君青一看這四字，直覺一陣噁心，一翻而過。

只覺第三頁上，也是畫著十二個老人，各種姿勢不同。君青湊近一看，只見頭一幅畫上那老人雙掌分推，頭上白髮根根直豎，正是鬚眉俱張。

他暗道：「這個拳法一定極是霸道，不看也罷。」

他一口氣翻到最後一頁，卻見上面一個字都沒有，只有三個人像，三個像都是衣袖翩翩，瀟灑出塵，他心中暗忖道：「這不知是什麼拳法，倒像是不壞的。」

正待仔細瞧瞧，忽然眼前一黑，那枯枝已燒完熄滅。

許氏道：「君兒，你可是在看那本什麼真經？」

君青答：「是啊，這松陵老人可凶得緊呢。」

許氏道：「君兒，你猜你大哥他們現在在幹什麼？」

君青怔了怔道：「他們離家也有十多天了，只怕少林開府大會也要完了吧。」

許氏道：「完了之後，他們回家看得山崩成那個樣子，一定要急瘋了。」

君青安慰道：「大哥他們回家一定得經過這山，也許他們看到不對，就會回過來瞧瞧，那我們就得救啦。」

許氏聽他說得極是渺茫，不禁輕歎一聲，那隻小花貓想是餓了，咪咪叫了兩聲。

君青心中一片茫然，也不知在想什麼，直到他下意識地又點燃一枝枯木，才如驚醒一般怔了一怔。

順手他又翻開那本「定陽真經」。

他像是下了極大的決心，暗暗道了一聲：「對，只得這麼辦。」

他默默自語：「並不是我喜歡學武，實是今日情況逼我如此，我——只學一套，一定只學一套拳法，以後一定不學。」

於是他振奮地翻開「定陽真經」，翻到最後一頁，他暗忖道：「我就學這三招罷。」

藉著火光，他仔細看那頭一個圖形，只見那老人垂目收胸，左掌掌心向上，他心中陡然一震，暗道：「這倒和我平日練氣修心時差不多，我且試試看。」

只見他猛提一口真氣，凝神貫注全身，左掌向天，右掌學著那畫上往外一揮一抖，兩股外旋的力道一圈一收，陡然發出轟然一聲，石牆上一小塊凸出的石筍竟被震得粉碎。

許氏驚叫道：「君兒怎麼回事？」

君青宛如未聞，他心中隨著這一掌揮出，一會兒似乎發現千萬個頭緒，每個頭緒都有精微之理，但是卻不知抓住哪一頭才是。

只見他如癡如狂，左掌向天不變，右掌一掌一掌不停的揮出，用的全是一樣的招式，那氣旋相爆之氣愈來愈沉，力道卻是愈來愈柔和，直到他發出第四十七招，那一爆之聲震入心扉，地上卻連砂石都沒有激動一顆。

君青只覺那千萬端緒漸漸成為渾然一體，那圖上畫形的一筆一句都令他心悟神達，胸中有說不出的興奮。

他知道這一招是領悟成了，於是立刻看那第二招。

那第二招卻是怪異之極，君青正反橫斜看了不知多少遍，仍是一點頭緒也看不出，反而愈看愈糊塗。

許氏忽然道：「君兒，君兒，外面打鬥停止了呢。」

君青貼耳壁上聽去，果然外面打鬥之聲全無，卻是一個人的聲音道：「……咱們兩虎相鬥，莫要便宜了正點子……」

一人道：「正是。」

另一人大聲道：「若是姓岳的小子龜縮在山縫裡不出來，俺火閻羅埋它幾筒炸藥索性把這山縫炸他娘的。」

「先逼他出來，咱們再爭不遲。對，就叫火閻羅丁兄炸它一下再說。」

君青和許氏聽得真切，不禁又驚又怕，君青道：「媽，咱們出去……強似在這裡被炸死。」

許氏無主見地點了點頭。

君青當先沿著進來之路走了出去，小花貓也跟在後面。

轉過幾彎，一道強光射進來，幾乎令他睜不開眼，他回身道：「媽，你在這裡不要動，我出去——」

也不待許氏回話，他已疾步走出，那洞口幾個人正在商量，岳君青猛然走出，倒把他們嚇了一跳。

「好小子……」

「果然在這裡面……」

君青揉了揉眼睛，環目一看，只見除了方才那批「天豹幫」的之外，另外的十幾人全是黑色勁裝，顯然是另一夥，地上則已躺了好幾個人，看來都是死屍，鮮血斑斑。

君青這一大大方方地出來，反倒把洞口的幾人驚退一步。那天豹幫的首領白公哲虎視眈眈地盯著君青。

君青一看對方這麼多人，個個都是狠狠盯著自己，不禁大爲心慌，但他強自鎮靜，也還掃了眾人一眼，還盡量做出一個不屑的冷笑。

他旁邊一個黑衣大漢吼道：「姓岳的，快把你頸上之物拿下來，乖乖地奉獻給大爺——」

他說到這裡，那白公哲驀然冷笑一聲，黑衣大漢就住口不說，君青卻道：「小可與各位素不相識，不知——」

那黑衣大漢是個莽漢，大吼道：「什麼相識不相識的，大爺今日要你的命！」

說罷已是一刀砍了過來，君青聽他出口罵人，不禁有些惱怒，左手一翻，右掌呼地揮了出去，正要按著方才所學的那一招。

那朴刀帶著虎虎風聲疾劈下來，在日光下一閃，光耀刺目，君青忽然感到一陣心寒，攻出去的一招又收了回來，「擦」一聲，他的衣袖劃破一大塊。

那大漢嘿了一聲，手腕一翻，朴刀已是橫砍過來，君青用力往後一閃，那刀鋒擦著他的肚子上劃過。

那刀卻仍舊斜劈下去，洞旁的小花貓發覺之時，已是來不及逃避，眼看就要被刀砍死——

君青驀然大叫一聲，左掌上翻，右手一掌揮出——

那黑衣大漢忽然眼前一花，只覺一隻手臂伸了過來，霎時自己右邊五個大穴全都進入威脅之下，不禁大吃一驚，連忙猛然收手，哪知對手不知乘勢捲上，卻停在空中呆了一呆，他的刀鋒擦一聲在對方手臂上劃了一道口子！

君青感到手上一熱，接著鮮紅淋漓，他心中一痛，慌得連退了兩步，一時連傷口疼痛都感覺不出。

那大漢大聲一笑，刷刷又是兩刀攻至，君青慌得又退一步，卻見朴刀夾著白森森的光芒當頭而至，他忽然熱血上湧，忘了恐懼，猛提一口真氣，左掌向上一翻，右掌一揮一抖，轟然一聲怪嘯！

黑衣大漢見他仍是這一招，正在冷笑，忽然耳旁一聲怪響，一股無形之勁一湧而入，大叫一聲，當場被打出丈餘，坐跌地上，口吐鮮血不止。

不僅所有敵人大吃一驚，就是君青也是糊里糊塗，他手一動，猛覺一陣奇痛，同時發覺手中多了一物，正是黑衣大漢手中朴刀，也不知怎麼就被他一把搶來。

他低頭一看，鮮血已染透了整個袖口，心中又慌又痛，幾乎哭將起來。

但是他立刻想到——自己已是一個大人了！

於是他咬緊牙，抖起手中的朴刀，直瞪著眼，挺起胸膛，對著周圍的敵人！

然而，他緩緩又把朴刀插在地上，因爲他的刀法還不如一個賣解的武夫。

只見白公哲大袖一揮道：「六弟，你試這小子功夫。」

那邊一個藍衫獨眼瘦子緩步上來，腰間的紅帶兒隨風飄飄。

君青在路上見過這獨眼瘦子，見他太陽穴鼓出，一派內家高手的模樣，不禁又有些畏意。

那獨眼瘦子禮數倒是周到，上前抱拳道：「岳公子，在下『通天猱』文百方。」

說罷雙拳一錯，當胸一掌劈出，岳君青只覺拳風拂面，有如刀割，急切中左掌向上一翻，右掌一揮而出，「轟」一聲，通天猱只覺一股怪異無比的勁道透了進來，自己右邊五個大穴道無一不在威脅之下，他不服地一連兩掌切下，掌風所過，嘯聲大作，哪知那勁道竟絲毫不受影響，反而遇強更強地反彈上來，他大叱一聲，硬生生退了三步。

白公哲叫道：「六弟，怎麼？」

通天猱文百方哼了一聲道：「點子爪子硬！」

這時一個虬髯黑衣老者宏聲道：「白總舵主，可介意讓老夫試一試鐵馬的家傳絕學？」

白公哲哈哈笑道：「鐵總瓢把子何必太謙？」

君青聽白公哲之言，知道這老者正是黑衣這幫的首領，心中暗道：「反正你們隨便誰來，我只是這一招。」

想到這裡，他反而感到一陣心安，不由豪邁地注視著虬髯老者，一剎那間，手臂上的傷痛也似乎減輕了一些。

忽然，一聲驚呼發自外圍的眾人，只見藍影一閃，那天豹幫的一個手下騰空而起，眾人只覺眼前一花，一條人影由外飛入，在空中與那天豹幫的手下四掌一碰，只聞一聲悶哼，那天豹幫的手下「撲」地摔跌地上，來人速度不減地一躍而下，人在空中大叫道：「君弟——莫怕！」

君青大喜若狂，叫道：「大哥，快來——」

那人虎臂狼腰，身高體闊，正是岳芷青。

眾人驚駭未已，又是一聲怪喝，兩條人影又是從外飛入，如四兩棉花般飄落岳芷青之旁，正是岳一方和岳卓方！

芷青冷靜地回顧了一下，沉聲道：「君弟，老實告訴我，媽媽在哪裡——」

他臉上的肌肉抽搐著，豆大的冷汗聚在鼻尖上。

君青一怔，隨即恍然，他險些淚珠奪眶，大叫道：「大哥，你放心，媽媽好好在山縫裡面——」

芷青的臉上露出動人的光采，他覺得眼光漸漸迷糊，周遭一切都像是從死亡中復活起來，日光柔和地灑在大地上……

「媽的，你橫什麼？」

一個天豹幫的和尚一掌對準芷青打了過來，芷青宛如未見，他身旁的一方和卓方也好像毫無知曉的樣子，君青大叫一聲。

「大哥，小心——」

芷青看都不看，反手一掌拍出，出手之快，令人咋舌，正是「寒砧摧木掌」中的絕著——「戟斷盾裂」。

「寒砧摧木掌」乃是散手神拳范立亭平生絕學，當日綠林十三奇中的「大力神君」何等功力，尚且接不住范立亭三招，這莽頭陀豈識其中奧妙？

只聽「喀折」一響，和尚大叫一聲，腕骨齊齊震斷，昏跌地上。

白公哲和那虯髯老者吃了一驚，他們雖然聽見方才君青喚芷青「大哥」，但是他們仍有點不信，那虯髯老者道：「老夫黑龍幫孫任卿，敢問少俠貴姓？」

岳芷青見他年長，抱拳大聲道：「小可岳芷青。」

洞內許氏掙扎著衝出來，大叫道：「芷青，是芷青嗎？是芷青嗎？」

她才跨出洞口，強光令她雙眼睜不開來，這時一個黑衣的大漢猛然一刀對著她當頭砍下——

事出突然，芷青等人驚叫一聲，要想挽救卻是萬萬不及，三人的心都幾乎從喉嚨中跳出來——

只見許氏身旁的君青大吼一聲，左掌上翻，右掌一揮而出，轟然一聲，那大漢哼都來不及哼一聲，就被打出丈餘死在地上，他手中的刀卻端端正正落在君青的手中。

芷青等三人驚得目瞪口呆，他們萬料不到幼弟居然身懷這等身手，三人面面相對，驚喜交集。

君青出手殺死了人——這是他想都不敢想的凶事，但是這刻，他一絲也不覺到恐懼，反而有一種從未有過的奇異的興奮充滿著他的心扉。

一方忍不住大叫道：「君弟，真有你的！」

君青微笑望著他，一方也報以微笑，君青忽然覺得，這個世界上沒有比兄弟之情更深切的東西了。

芷青揩去額上的冷汗，朗聲道：「小可敢問各位英雄一語，未知家母舍弟有什麼開罪各位的，各位一定要性命相迫？」

白公哲嘿然冷笑道：「這位岳公子頸上之物原爲敝幫所有，是以——」

他這「原爲敝幫所有」六字一出，那黑衣虬髯老者孫任卿立刻臉色一寒，白公哲看得分明，心道：「這姓岳的功力之深，端的罕見，如今之計，只好聯手對付他們再說。」

當下臉色一肅，高聲道：「鐵樹不開花——」

那黑衣虬髯老者孫任卿聞言一怔，隨即恍然，也高聲道：「龍豹不分家——」

白公哲續道：「涇渭不相合——」

孫任卿道：「龍豹不相奪。」

霎時場中所有天豹幫和黑龍幫的手下齊聲合道：「龍豹不相奪！」雄壯的聲音傳出老遠去。

岳一方仰天大笑道：「這叫著迫窮禍患害以相親，難得難得。」

白公哲大袖一揚道：「岳公子好利的口舌。」

一方道：「請教貴姓？」

白公哲哈哈笑道：「不敢，在下白公哲。」

一方道：「白英雄既是不喜口舌之利，手腳上必是利極的了。」

白公哲乾笑一聲道：「豈敢豈敢。」

芷青低聲道：「咱們先和媽媽他們會合。」

當下一長身形，三條人影如箭一般飛縱過去。

孫任卿豈會不知他的意思，大喝一聲：「白兄，攔住他們！」

當下身形一晃，欺身對卓方肩上劈去。

同時那邊也是兩聲大喝，白公哲和通天猱分別截擊芷青和一方。

只聽芷青一聲清嘯，左掌一領，右掌後發先到，直點白公哲脅下要穴，白公哲怒吼一聲，變推爲切，直斬芷青脈門。

芷青雙掌一翻，一連攻出五招，全是岳家絕技「秋月拳招」中的厲害招術，白公哲大吃一驚，連忙斜裡一晃，倒竄丈餘才算躲開，回首看去，芷青已落在君青身旁。

那邊一方見一個獨眼瘦子運掌如風擊了過來，當下雙掌一封，略一吐勁，立刻變為下拍，通天猱巨掌一翻，內勁突吐，哪知一方下拍之勢乃是虛著，借他上吐之勁，一躍騰在空中——

忽然眼前一花，原來卓方竟也懷著和他一模一樣的心思，借勢騰在空中，兩人相視一笑，攜手落在芷青之旁。

君青笑道：「妙啊，妙啊。」

那白公哲臉色鐵青，一揮手，率領手下圍攏上來。

君青扶著許氏，站在芷青的旁邊，芷青闊寬的肩膀，像一座山一般給了他無限的安全之感。

那黑龍幫主孫任卿身後一人閃身跨前兩步，立在芷青面前，君青看時，只見此人藍衫紅帶，卻是道人打扮，正是路上所逢的那道士。

白公哲低聲對道人：「吳老四不可大意，這廝已得岳鐵馬真傳——」

道人道：「我知道！」

芷青見他背上掛著一柄古銅色長劍，隱隱放出一道光華，心想這劍倒是一柄名劍。

那道人稽首道：「貧道吳宗周想討教幾招岳家絕學。」

芷青等吃了一驚，朗聲道：「原來是『大方劍客』，晚輩得聆教益，何幸如之。」

那道人心中大悅，就如被鐵馬岳多謙本人捧了一記一般，微笑道：「岳公子彬彬之風，貧道心儀不已——」

「嚓」一聲，他背上的長劍已到了手上，天光下有如一碧秋水，泛出汪汪藍光。

芷青手中並無兵器，本待空手迎敵，但他天性淳厚，心想：「爸爸曾說這『大方劍客』吳宗周在中州也算是劍法名手，我若空手對敵，確是大大不敬——」

正沉吟間，吳宗周道：「久聞鐵馬岳老前輩七十二路碎玉雙環天下無雙，岳公子必然已得真傳——」

他的意思乃是要芷青亮出雙環，芷青忙道：「晚輩資鈍性笨，家父的雙環絕技晚輩未曾學得——」

說到這裡轉向一個黑衣大漢道：「這位兄台的寶劍可否借在下一用？」

那黑衣大漢抽出長劍擲了過來，芷青一把操在手中，微微一抖，發出「嗡」的一聲。

吳宗周見他要以劍對付自己，本來甚是不悅，但見芷青隨手一抖長劍，內力極是充沛，暗暗收下不悅之情。

芷青道：「有僭。」

刷一劍直走中宮，劍尖顫處，連點吳宗周胸前三穴，吳宗周暗然一驚，疾切一劍刺出，不守先攻。

芷青見他劍勢快極，暗叫一聲：「好劍法。」身形猛然往左一倒，長劍自左而右劃了一道弧線，劍光所過，一派大開大闔之姿。

吳宗周自是劍法名家，左擋一劍，從右面換了兩劍，退立一步，暗道：「這小子劍法精得緊啊，我可從來沒有聽過岳多謙會使劍啊，那麼他是跟誰學的？」

其實岳多謙武學深博，一藝通而百藝通，雖然他以碎玉雙環馳譽天下，但是劍法拳法也都大有獨到之處，只是不爲世人所知而已。芷青等人自幼習武，岳多謙各種武學都傳了一些給他們。論起劍法來，芷青雖非專修，但是也不是武林中一般劍士所能及的。

吳宗周心中雖然暗忖著，手上可沒有歇下來，他寶劍斜舉，展開成名江湖的「大方劍法」，圍著芷青周圍連攻五劍，芷青卻以一套極爲平常的「一字劍」左擋右屏，但是吳宗周的劍鋒始終卻攻不進去。

十招之後，芷青劍法未變，劍上力道卻逐漸加猛，吳宗周暗自心驚，猛提一口真氣，也將內力全神貫注劍尖，招式愈出愈快。

只見他左搖右晃，一連刺出之招，岳芷青雙足釘立，動也不動地連擋三招，他知對方劍非凡品，是以全用劍身橫面相碰，但聞「嚓」「嚓」「嚓」三聲，吳宗周的劍子被一彈而起。

他不服地一抖劍花，下撩而上，乃是「大方劍式」中的最後一招，喚著「龍戰於庭」。

芷青劍法正是所謂下學而上達，他緩緩一劍彈出，正是尋常不過的一招「撥草尋蛇」，但那方寸之間竟然微妙之極，又是「嚓」的一聲。

芷青內力如泉湧出，吳宗周猛覺虎口一熱，長劍竟然離手，他正驚怒間，手中一實，劍柄又重回手中，芷青卻是一躍後退。

他心知是芷青有意留情，當下老臉通紅，道了聲：「承岳公子相讓。」就退在一邊。

那黑龍幫的幫主孫任卿大笑道：「岳公子家傳絕藝果然驚人，我孫某還想領教一二。」

芷青正待答話，一方冷然道：「小可不才，願接前輩高招。」

孫任卿臉色一沉道：「乳臭未乾的娃兒也要口出狂言。」

一方應聲道：「乳臭乾了的老兒也未見得高明。」

孫任卿勃然大怒，伸手五指如鷹直探過來，一方身形一恍，猛然在右一轉，輕巧地躲開一招，芷青叫道：「一方，留神大力鷹爪功。」

孫任卿冷哼一聲，但也不得不佩服，暗忖：「這小子年紀輕輕，功力之深有如一代宗師，眼光見識也厲害得緊。」

他不待招式走老，一翻掌，五指並張又抓向一方命脈，一方見他變招迅速，五股勁風從指間發出，心中暗驚道：「這老兒竟是內外兼修。」

他身形不動，右掌一沉，隨著孫任卿劃了一個圈兒，左掌卻疾比閃電地點出二指。

孫任卿雙掌外翻，大叱一聲，十指如戟如鉤，直抓向一方小腹，一方見他鬚髮並張，形貌極是可怕，心中不由微微一慌，發出一半的招式猛然收回，身形往左疾跨半步。

但聞「嘶」一聲，一方左袖竟被孫任卿撕去一截！

一方一驚之下，右手不由自主地一拍而至，這一拍出得好不飄忽，孫任卿驚咦一聲，趕忙收手，只聽得「拍」一聲，一方手掌拍在孫任卿手背上，兩人突地分開，孫任卿只覺手背上熱辣辣的。

芷青道：「一方，好招。」

一方心想：「爸爸這秋月拳實有神鬼莫測之妙，我本來以爲自己已經學會，哪知這些精神處非臨敵之際不能領悟，難怪爸常說七分功夫三分經驗的話了。」

孫任卿只覺老臉無處放，大喝一聲，將成名江湖的大力鷹爪功施到十成，只見他靜如沉岳，動如脫兔，白公哲在旁看得暗讚：「黑龍幫自孫老兒主持以來日漸興隆，這老兒大力鷹爪功端的練到氣吞頭斗的地方了，且看這姓岳的小子怎生對付？」

一方見他打出真怒，心中反而鎮定下來，出招雖是愈來愈慢，其實用勁愈來愈巧，芷青一瞧這情形，心中大定，暗道：「這老兒雖狠，一方決敗不了。」

果然三十招過後，一方出掌漸重，秋月拳法連施五招，孫任卿怪叫連連，一口氣被逼退了三步，他正猛提一口真氣，奮力打算反攻過去，忽然手肘一麻，「關元」穴已被一方打中。

他踉蹌退了兩步狠聲道：「姓岳的，咱們這筆賬記下了。」

一方冷笑道：「記下便怎的？」

孫任卿怒聲道：「青山不改，綠水長流，咱們還有碰面的日子，嘿！」

一方道：「這個自然——」

他還想挖苦兩句，芷青道：「一方，不可如此。」

那孫任卿又瞪了他一眼，一揮手朗聲道：「咱們走！」

黑龍幫眾霎時退得一個不留。

白公哲見黑龍幫離去，冷冷一言不語。

岳一方哈哈大笑，對著白公哲連連斜睨，白公哲怒道：「笑什麼？」

一方笑道：「方才我來的時候，聽到一個人說『鐵樹不開花』，另一人說『龍豹不分家』，我心中暗想這倒是一對好漢子，有義氣，哈，哪知龍走了，豹卻還在這兒虎視眈眈，哈哈。」

白公哲臉上一紅一白，叫道：「原來你爹娘只教了你出口傷人。」

一方正待反唇相譏，身旁卓方開口道：「你別胡說！」

白公哲頭一次聽到卓方開口，愣了愣，冷笑道：「請教？」

卓方雙眼一翻，大聲道：「請教什麼？教你別胡說！」

白公哲身後一個嬌滴滴的聲音道：「你這人凶什麼啊？」

只見一個美貌姑娘走了上來，笑靨款款地看著卓方，君青識得，正是路上所碰過的那天豹幫的姑娘。

卓方宛如未見，雙目一閉，根本不睬，那女子又羞又怒，也有一點失望，一跺腳，退到白公哲身後。

芷青向一方、卓方打一眼色，跨前一步，朗聲道：「白總舵主意下如何？」

白公哲冷然道：「令弟頭上之物原是敝幫所有，是以——」

芷青聽他如此說不由一怔，一方道：「咱們兄弟從來沒有踏入江湖半步，怎會身懷貴幫之物？白舵主此言不知從何說起。」

白公哲見這英俊少年口尖齒利，眉頭一皺，身後一個蒼老的聲音道：「總舵主，讓我試他一試。」

只見一個老者緩緩走出，白公哲對這老者似乎十分恭敬，低聲道：「咱們成敗全仗雷二哥此舉。」

那姓雷的老者一撩腰間紅帶，跨步上前道：「岳鐵馬威震武林數十載，卻不料幾位少年英雄也是如此了得，老朽厚顏向各位討教幾手，若是老朽輸了，咱們天豹幫馬上走路。各位是哪一位上？」

一方冷冷道：「難得老前輩如此照顧，只是，若是待會兒承老前輩讓了那麼一招半式的話，白總舵主可要說話呢。」

他這話等於說：「你老兒算什麼東西，竟能代白幫主作主？」

那老者呵呵大笑道：「小哥兒盤我海底來啦，哈哈，老夫雷昌年，天豹幫中坐的是第二把交椅。至於老夫說的話，大約總舵主還同意吧，哈哈。」

此言一出，岳家兄弟大吃一驚，這雷昌年之名曾聽父親提過，說是山東獨行大盜，在綠林中是頂尖兒的人物，不知怎地竟投入了天豹幫？

一方故作老江湖態，大笑道：「原來『百手仙翁』雷老爺子把山東的攤兒收了，跑到天豹幫來稱老二啦。」

雷昌年不以爲忤，哈哈笑道：「難爲岳老爺子還記得我這一號人物。」

芷青朗聲道：「咱們就由小可接雷老前輩高招。」

雷昌年道聲：「好說，好說。」

芷青一跨步，躍出半丈，雙拳一揖到地，猛然往外一分，正是岳家秋月拳的起手式。

雷昌年道了一聲好，斜斜飄身而起，雙臂一揮，就如百十隻胳膊向芷青頭上打來，芷青暗讚道：「果真不愧『百手仙翁』之名。」

當下錯步沉身左手一記「望鄉回首」點向雷昌年曲尺，右掌五指外彈，暗藏小天星內家掌力。

雷昌年掌上功夫享譽武林，豈是徒然，只見他幻招一收，雙掌前後一搓，呼呼劈出四掌。

秋月拳招陰柔之勁多於陽剛之勁，芷青使到第十招上，陡然大喝一聲，雙掌變掌爲拳，猛然一彎下擊，正是范立亭名震天下的「寒砧摧木掌」！

雷昌年凝神接了數招，只覺芷青掌緣拳骨之間，宛如千斤巨斧，而招變之靈巧又快疾無比，心中不禁駭然，暗道：「鐵馬岳多謙拳上功夫原來也這等了得。」

這時他雙臂左右一抖，正是平生絕技「霧幻煙迷」，雙掌陡然化成千百，只見他長鬚飄飄，衣帶曳曳，端的不愧「百手仙翁」四字！

芷青猛覺眼前一花，自己已深陷對手掌影之中，他心中雖慌，但已不由自主施出一招「殘楓枯桑」。

只見他身形宛如枯桑殘葉在秋風中飄搖不定，而雷昌年的百般攻勢一一落了空——

芷青緊接著一招「西風凋楠」，單掌一翻而出，霎時有如狂風大作，雷昌年衣襟飄然亂動，猛然退了三步，大叫道：「寒砧摧木掌！」

芷青朗聲道：「雷老前輩好眼力。」

雷昌年反身道：「總舵主聽稟，這場架老朽是不能打的了——老朽甘願受幫規制裁。」

白公哲卻淡淡一笑道：「雷二哥義重如山，咱們欽佩還來不及，豈言制裁，兄弟們，咱們走！」

霎時間，天豹幫眾退得一乾二淨，君青發覺有兩道似怨似嗔的目光盯著卓方，然而卓方直如未覺。

一方道：「怎麼那姓雷的一認出『寒砧摧木掌』，馬上就收手而去？」

芷青茫然搖了搖頭。

原來當年，雷昌年被「燕雲十八騎」圍攻，散手神拳范立亭路見不平，因此和燕雲十八騎結下樑子，十八騎在居庸關擺下死約會，范立亭隻身赴敵，關上一戰，散手神拳以「寒砧摧木掌」速斃七敵，從此「寒砧摧木掌」名滿天下，而雷昌年因感范立亭之德，見芷青施出此掌，立刻認栽而去。

一方等這才回首叫道：「媽，咱們在少林寺上聽人說是終南山山崩了，急得星夜趕來，媽，到底是怎麼回事？」

許氏望著四個兒子，眼淚再也忍不住，含著淚道：「山崩的地方正是咱們家，老天爺幫忙，君兒他——」

這時他們忽然發覺君青背對著他們癡癡望著天，不知在幹什麼，芷青上前拉他胳膊，忽覺一股勁道襲了上來，他吃了一驚，連忙幌身一退，君青已轉過身來道：「強盜都跑啦。」

一方等人沒有看到方才一幕，芷青卻暗暗納悶，不過他並未開口。

許氏說到君青力推巨石逃出南山，芷青等三人都是大大吃驚，一齊望著君青。

一方想起方才君青搶救母親時一擊而斃敵人的情形，大叫道：「君弟，原來你在偷偷學武──」

君青忙道：「沒有，沒有。我方才在洞中才學會一招。」

接著就把在洞中的奇遇說了一遍，從懷中取出那本「定陽真經」遞給芷青道：「大哥，這給你。」

芷青道：「這可不成，君弟與這位老前輩有緣，冥冥中偏偏讓你得了這書，若要推讓，豈非有違天意？」

君青在洞中時本決心把這書送給大哥，但是此時他竟不再堅持，把書卷悄悄放入懷中。

方才他觀看大哥與百手仙翁拚鬥，雖然他一共只學了一招，但是竟覺腦海中陡然湧起千頭萬緒，每看一招，便覺心中一震，宛如抓住了什麼，但是仔細一想，卻又不知其妙，心中不覺大為納悶。

卓方道：「若是要去清河莊，路上不遠處正有一處客店，咱們可以去休息。」

許氏點頭，她的眼光輪流地落在四個孩子的臉上，她疲累的臉上綻開了笑容，她望了望天，輕聲道：「至少，我們團圓了，我們不再分離──」

客店裡，夜闌人靜。

所有的旅客都帶著白天的疲累走入了夢鄉，只有一個人例外——他，岳君青。

他發癡似地躺在床上，無窮零亂的影子在他腦中閃過，每個影子閃過，他都像是領悟了什麼，但是卻又像是一無所得，他苦思著。

窗外，忽然一個熟悉的聲音：「君弟，出來。」

是芷青的聲音，他愕然跑出去，只見芷青向他招了招手，往室外走去，他只好默默跟著。

到了一個林子裡，芷青止步道：「君弟，我瞧你學了那『定陽真經』上一招之後，必是頗多心得？」

君青皺著眉將自己的感覺說了出來，芷青大喜道：「什麼？你已到了這個程度？」

陡然他想起爸爸平常談起君青時拈鬚得意的神態，不禁恍然，暗道：「原來君弟已有極深厚的內功，哈，這可是爸爸的傑作。」

於是他輕聲道：「君弟，我演幾手招式給你看，你試著拆拆看看。」

說著一掌輕輕拍來，君青下意識一閃身，欺步而過，芷青暗喜，又是一掌拍出，君青手隨心意，竟然還了一招。芷青知道乘這時激發他的靈機，對他大是有益，於是拚命記憶方才對付『百手仙翁』時所用的招式，一招一招地使出，只是一點勁力也不用上。

君青起初覺得不慣之極，漸漸芷青那些招式的重施，使他逐漸勾起片斷的記憶，那些零碎的靈感陡然間想是連貫起來，舉手投足之間莫不中節。

芷青，暗喜道：「成了。」手下漸漸加快，君青只如不覺，一招一式封得有守有攻，只是用勁之間不能配合，顯得時輕時重，有點不倫不類。

芷青誘他拆完第二遍，自然而然輕輕施出那招「西風凋楠」來，日間他曾用這招逼退「百手仙翁」，乃是「寒砧摧木掌」的妙著。

雖然此時他一絲勁道也沒有用，但是招式之神妙，仍然難以招架，他施出一半，想到君青必然難接此招，正待收手，卻見君青全神貫注，心手相通，極其自然地左掌一翻，右掌一揮一抖，轟然沉響——

芷青吃了一驚，連忙手中吐勁，藉隙倒竄三步，仍覺掌中發熱，心中不由大喜，叫道：「君弟，妙極啦。」

君青一呆，想起方才這招乃是從「定陽真經」中學得的，不過與前後招式相連，另有一番一氣呵成之威，回想方才自己的各招各式，歷歷如在目前，驚喜之餘，反倒有點糊塗。

芷青見他臉色木然，大聲道：「喂，君弟，你只要運勁之際多練習一會，今天這些招式就全能排用場啦。」

君青茫然點了點頭，芷青喜孜孜地叫道：「君弟，真的，你這些招式全成啦——」

君青像是陡然驚醒，也大叫道：「我知道，我知道——」

十　廢瓦頹垣

夜風律律作響，月色朦朧，偶而兩片烏雲，掩住了清輝，黑夜，寂靜。

周遭是如此的靜，樹葉相擦都能發出刺耳的聲音。的得、的得，遠處傳來急促的馬蹄聲，在靜夜裡尤其顯得清晰無比。

漸漸，行得近了，是兩匹馬，馬上坐著兩個雄偉的騎士，淡淡的月光下，依稀可辨出兩張虬髯的黑臉，左面的一個抖著馬鞭，在空中呼地抽出一鞭，「劈拍」一聲，清脆的聲音傳出很遠！

他仰首望望天，低聲道：「再趕一程吧？」

右面一個漫應一聲，一齊夾馬馳向前去。

馬行正速，一瞬而過，驀然，遠處的天空宛如火藥爆發一般，一股紅光直衝而起，火舌向上捲著，煙霧集成一卷柱形的龐然巨物，洶湧而上。

馬上的兩個壯士齊聲一呼，雙雙打個招呼，緊夾馬腹，迅速趕向起火的地點。

那火場看來很近，其實極遠，兩匹駿馬全速奔馳，足足跑了半個時辰才趕到，只見火勢已逐漸衰弱下去，被燒的乃是一幢頗大的莊院，只是此時已全被燒成一片焦黑木樁。

馬上的兩人都是老江湖，一看這情形，就知是江湖尋仇的慘局，左面的漢子道：「大哥，這傢伙手段好狠。」

右面的哼的一聲，突然提氣叫道：「何方好漢，在咱們兄弟的地盤上作案？」

黑暗中，沉沉毫無回聲。

那漢子頓一頓又高聲喝道：「咱們『神戟雙義』在這裡候教，是條漢子的就出來一敘——」

黑暗中，依然沉無聲息。

驀然，那神戟雙義的老大瞥見一面旗子，端端立在火中，旗面隨風而展，律律作響。猛可一瞥，卻見旗子上繡著一十三顆星星，大義面色一寒，沉聲說道：「二弟，走吧——」

神戟雙義的老二大奇，但瞥見大哥面色甚爲凝重，不由一怔，不敢多出聲，掉過馬頭。

驀然火場中人影一閃，一個身形掠了出來。

雙義的老大吃了一驚，大喝一聲，猛然一拳搗出，「噓」但聞一聲怪笑，這一拳搗了個空。

二義也發現了敵蹤，再也來不及招呼大哥一聲，馬鞭揚處，劈面一鞭向敵人抽去。

「噓」又是一聲怪笑，人影一晃之間，已漸近雙義身前不及五尺，這奇快的身形雙義可是都從未見過，一瞥之下，大驚失色。

人影陡然一挫。

「呀」——

想是雙義見到了什麼極端恐怖的事，齊聲拚命高噺一聲「嘘」，又是一聲怪笑發至那魔魅般的口中，打斷了雙義可怖的呼叫。

「噗」「噗」，神戟雙義連哼都沒有哼一聲，便一人當胸受了一掌，仰天倒在地上。

「咯」「咯」，那怪人想是心中甚是歡喜，怪笑之聲登時大作。

黑夜裡，火勢漸熄……

遠方又揚起一陣子馬蹄聲，的得，的得，來得近了。

芷青他們母子五人除了君青和母親雇了一輛大車以外，三兄弟都是徒步而行。他們乃是要趕到清河莊盧老莊主家去借住一個時期，皆因他們南山家毀，無家可歸，是以出此一策。

沿途匆匆行來，雇的一輛驢車倒是不錯，走得相當快，這一夜乘夜趕最後一程，清河莊已然在望。

「咦」，芷青陡然驚呼一聲。

一方、卓方忙道：「怎麼啦？」

芷青搖搖頭，輕聲道：「方才我好像瞥見了一絲火光在那清河莊的方向，難道有什麼變故嗎？」

一方沉吟一會又道：「人家夜半大宴，燈火輝煌倒也有的——」

芷青搖搖頭，忖道：「一方說得未嘗無理，但是我甚至已可聞著焦木之味了哩！這樣說來，清河莊中難道不慎走火？」

這時刻裡，又前行了好一段，一方與卓方也嗅到了焦木味，一齊道：「大哥說得不錯，恐怕確有什麼變故哩！」

三兄弟邊行邊談，卻沒敢讓車內的母親聽到，又行得近些，芷青驀然提口真氣，一式「一鶴沖天」拔起丈餘，身在空中，一瞥之下，大吃一驚，惶聲道：「果然如此，清河莊此刻已是一片火海，瞧火勢已漸漸衰弱，這一把火不知已燒了多久。」

話方說完，車中許氏和君青也已聽明，一齊驚問是何，芷青不敢再瞞，說將出來。

許氏一怔，低聲道：「難道我們母子如此時運不濟麼？」

趕車的漢子從他們母子談話已知有什麼禍事在前頭發生，心中早就惴惴不定！

芷青斬釘截鐵道：「媽！咱們好歹也要去瞧一瞧！」

許氏茫然點點頭，走下驢車來，對那趕車的道：「好吧，就到這兒！」

趕車的漢子巴不得有此一話，接過車資如飛而去。

芷青和一方商量一下，決心沉著對付，五人一齊上路，走向清河莊。

走了約莫盞茶時分，清河莊赫然在望！

火舌微吐，早已是大火過後，一片碎瓦焦木。

「唉！」許氏驚呼一聲。

一方、卓方早忍不住，一奔而上。

火光中，濃煙突突。

芷青高聲道：「二弟、三弟，你們用最快身法到那院牆處繞一圈，瞧瞧有什麼可疑之物！」

五人中，芷青年長持重，顯然成了主腦人物。

他話聲方落，一方、卓方已領先馳入煙突中。

兩個青年高手一左一右，呼呼兩聲，各自足不點地，滴溜溜的已打了個轉兒，驀然卓方瞥見左方煙突中似有一物聳立，順手一拔，那物件像是插在土中，應手而起，入手之下，像是一根木棍，匆匆打一個手勢，和一方一起縱回。

迎面一陣夜風吹來，忽然一陣「獵獵」之聲，直覺告訴他，手上木棍上還懸著一面布旗呢！

驀然，在這邊靜候的芷青、君青和他們的母親，卻遇到一樁奇事。

「噓」「噓」，黑暗中，忽地一個比鬼哭還要難聽的怪笑聲傳來，衣袂風一閃，敵人已奇快閃至身邊。

許氏驚呼，「刷」一聲，芷青身形比閃電還快，霍地一個反身，眼角卻瞥見君青也自警覺轉身，心中不由暗喜忖道：「君弟好精深的內功！」

他這個念頭一閃掠過，黑暗中勁風之聲大作，敵人好快的身手，已是一掌打來。

芷青疾叱一聲，呼的一圈，右臂一震之下，吐將出來，但聞風雷之聲大作，急切間，芷青已用出秋月拳招中的絕式。

勁風一蕩之處，芷青陡覺掌力一空，敵人像是生生將自己力道受了下來，冷不防身形一個踉蹌，耳旁「噓噓」怪笑之聲陡起，大驚之下，嘿地吐氣開聲，右臂疾掄，收將回來，左手直豎劈出一掌。

這一掌芷青已出全身力道，內力疾湧，其重如山，「嘶嘶」一陣急響，怪笑之聲陡息，芷青這一掌直劈而出，當今之世，能硬接的絕不會上廿人，但那不明行蹤的敵人似乎仍舊一撤，芷青但覺千斤力道又是一空，敵人仍然不現蹤跡。

芷青長吸一口真氣，準備拚全力動用最耗真力的「寒砧摧木掌」禦敵，同時間裡，身形卻是弧形後退。

驀然——

芷青身形方退，身旁猛傳來一陣嘶嘶之聲，大驚之餘，「寒砧摧木掌」奮然劈出，同時間裡，左右腿連環踢出七八腳，卻是秋月拳招中的「旋風掃落葉」之式。

霎時間，風雷之聲大作，芷青猛可橫躍兩步，俊臉通紅，大大的喘了一口氣。

但見黑暗中沉無聲息。

君青和許氏早被這突來之隱驚在一邊，許氏忙問芷青道：「怎麼啦？」

芷青吸一口氣，緩緩呼吸才道：「媽，我也不知道哩。」

許氏和君青都奇異的望著他。

芷青忙又解釋道：「君弟大約也發現了，有人在暗中，想偷襲咱們，嘿，這人功夫真深不可測，我用盡生平內力打出范叔叔的『寒砧摧木掌』，對方卻毫無點反應。」

君青也怔了一怔，突然問道：「大哥，我——我方才好像覺得那——那偷襲我們的人並沒有對你反擊哩？」

芷青點點頭，半晌才道：「他練的是一種怪功夫，掌力和常人一般，乃是專門向內收的，這種掌力可化解對方千斤之力，是以，方才我連發兩掌，那人都勉力化去了！」

他兩兄弟談起武術來，許氏可是一竅不通，卻插嘴問芷青道：「青兒，你沒受傷麼？」

芷青搖搖頭：「沒有，不過范叔叔這掌施出時甚耗真力，我……我就不相信那暗中的人可以硬挺下這一掌……啊，一方、卓方回來了！」

君青應聲回頭一看，只見一方和卓方如飛奔來。

一方手持一物，高聲道：「大哥，你瞧這旗子——這旗子竟插在烈火中——」

芷青接過來一看，只見那是一根圓木，木梢上綁紮著一面旗子，旗身作灰色，數一數，旗子面上卻繡上一十三顆星星。

仔細一看，這一十三顆星敢情是用一種特別絲線繡上的，可能還上有磷粉，黑夜中青光瑩瑩，真的有如天上明星。

母子二人一齊觀看，驀然君青脫口呼道：「啊，獵人星座！」

芷青等人一怔，仔細一看，那一十三顆星果然作獵人星座排列，但是大夥兒仍是不知其意何在。

卓方下斷語道：「我瞧這面旗子乃是放火燒莊者的標誌！」

芷青點點頭，一方道：「獵人星？這個萬兒我們可未曾聽過？」

芷青點點頭，順手把那旗桿重插入土。

君青突道：「清河莊這一場火必非無心之失，否則一定有救火的人善後，而看這樣子，清河莊中難道沒有一人生存？」

一語驚破眾人，許氏忙道：「你們盧叔叔不知怎麼了？」

一方搖搖頭：「方才和卓弟進去打了一個圈兒，我可以斷定，莊中沒有一個人兒！」

芷青沉吟片刻才道：「媽媽，你瞧咱們該怎麼辦？」

卓方猛然插口道：「媽，我瞧咱們一定要等火熄進莊去查一查，也許有什麼線索，也好讓咱們明白清河莊到底是怎麼一回事。」

許氏點點頭，大夥兒默然不語。

大火又燒了半個時辰，才完全熄滅。

母子五人走入火場，只見一片廢瓦頹垣，好不淒涼！

芷青眼快，猛可瞥見左前方地上躺著一團黑影，一個箭步縱上前去，細細一看，不由驚呼一聲。

呼，呼，一方、卓方也跟著縱了過來，一瞧之下，原來地上竟躺著兩具死屍！

君青和許氏都忍不住一陣噁心，芷青卻奇聲道：「這兩人死在火場中，身軀都沒有焦黑，這倒奇了。」

猛可他發現左邊一人右手放在地上，似在作刻劃狀，慌忙移開他，只見他在地上刻著三字，想是臨終時刻的，沒淺的毫無力量，一看之下，卻是刻著：「獵人星」三字！

芷青唉口氣，暗中忖道：「獵人星，果然是獵人星所為了，獵人星到底是誰？」

忽然一方也發現了一點，脫口道：「大哥，你瞧這廝背上佩掛的不是一口短戟嗎？」

芷青一看，果是如此，但見那短戟精光閃閃，卓方在一旁見了，忍不住說道：「神戟雙義！」

芷青沉聲道：「不錯，不過神戟雙義溫、洪兩公早已故亡，此兩人必是他們的後人！」

一方陡然叫道：「我知道了！敢情這兩位乃是路過火場，卻遭人半途突擊而死，是以身軀未被烤焦，而那突擊他們的人，必是什麼獵人星了。」

芷青點首說道：「必然如此，這樣說來，那獵人星在放火之後，又一直守候在火場附近，而方才暗算我和君弟的，也必是此人了，難怪神戟雙義後人雙雙也不是他的敵手！」

許氏在一邊怔怔的聽著他們談話，半晌不能作聲！

好一會，芷青才站起身來，掩埋了「雙義」以後，大家才一同向莊中走去。

這清河莊佔地甚廣，是以這一把火雖大，到底也不能把房屋全部燒光。母子五人一路行來，一直走了頓飯工夫，忽然發現右方有一排房並沒有燒燬。

大家——尤其是許氏——都有點累了，反正前前後後都是一片荒涼，今夜不如就權且隨便找棟木房歇息也好，是以一同走向那排木屋。

果然不出所料，木屋並未被燒，只是濃煙熏得木板焦黑，而且房中熱得很。

大家只好將就將就，勉強在木屋內休息，好在屋中有桌有椅，坐著躺著，都可以休息。芷青、一方他們內力造詣深，只需閉目養神，便可恢復精神，許氏卻因連日奔波，早感疲倦，是以依著一張椅子便伏在桌上睡著了。

只有君青，他心中仍是一片煩雜，說什麼也安定不下來。

黑夜，寂靜無聲，火後生風，是以屋外風很大，君青忍不住一個人踱出木屋，低頭踱步。驀然，他聽到了一陣「呼」，「呼」之聲，在寂靜的夜裡，益發顯得清晰。聆耳一聽，那呼呼之聲，敢情是一種人類在疲乏已極時的喘息聲。

君青大奇，循聲行去，聲音乃是發自木屋的西北，君青急行而去，走不了十多步，呼呼之聲更爲清晰。

走到近處，發覺那呼呼之聲乃是發至地下，而發聲處果是一個黑黝黝的洞穴，想是清河莊平日存糧存物的地窖，地窖口上蓋了一塊石板，卻僅將那地窖口掩起一大半，還留下一道口子來。

呼呼喘息之聲愈濃，君青心中不由微微發毛，但轉念忖道：「可能這地窖中隱有一個清河莊之人，大火中負了傷，是以呼呼喘氣，啊，可不要是盧老伯——」

他一想到這裡，再也忍不住輕輕將石板扳開，伸頭向下一望，黑黑的一片，辨不出高低，咬咬牙跳了下去，約莫有四丈高低，好一會才足踏實地，身子不由一個踉蹌，好不容易才立住足。

地窖中黑沉沉不見五指，君青凝神一聽，卻不再聞那呼呼之聲。

這一下可奇了，君青也不敢作聲，地窖中一時寂然無聲，死一般靜。

君青心中愈來愈驚，手心冷汗漸沁，暗悔自己不該如此衝動便跳入地窖。

正胡思亂想間，猛然一個聲音道：「什麼人？」

黑暗中，這個聲音冷冰冰的簡直比鬼叫還難聽，君青忍不住打了一個寒噤，幾乎想反身拔足飛奔。但他仍勉強咬牙答道：「我姓岳。」聲音卻是顫抖不清。

「嘿！你害怕嗎？有膽上前幾步！」

又是那個聲音，這一次話頭還笑了一聲，這一聲笑可是更爲可怕了！

君青定了定神，他的臉上緋紅，手掌卻是冰涼，他暗中問自己：「岳君青，你畏縮麼？」

他遲疑著，暫時無法替自己回答。

冷風吹拂，有點陰森森的，君青悄悄走前兩步，聽了聽，卻沒有什麼動靜，於是他吊著膽緩緩前行。

走了幾步，驀然一股陰風撲面，君青打了一個寒噤，住步凝視，乃是毫無動靜。

這時左面傳來一個陰陰的聲音：「姓岳的，有膽量隨我前來，沒膽的，回頭走！」

岳君青俊眉一掀，大聲道：「鬼魅小丑，不見天日，我岳君青何懼之有。」

說罷大踏步，往左而行。

君青只覺眼前愈來愈暗，自己的腳尖都看不見，但是他咬緊牙仍是一步一步往前走。

突然那人大喝道：「止步！」

君青心中猛嚇一跳，下意識地停住不動，只見前面一點綠光漸漸放亮，駭然出現一個長髮及地的怪人！

君青的心中泛起一個「逃」字，但是他的雙腿如釘在地上一般，寸步難移。

那怪人緩緩移近，膝蓋都不見彎曲一下，就如輕輕飄過來一般，君青不禁暗暗發毛。

那怪人在君青身前三步之處停下身來，桀桀怪笑，但是君青發現他不時喘著氣，似乎身患重病一般。

怪人手中執著一支綠火的蠟炬，怪聲道：「你是故意闖進這地下室的了？」

君青看他那模樣，愈瞧愈是恐怖，一股寒意直從腳底冒了上來，他顫聲道：「你是人是鬼？」

那怪人桀桀怪笑道：「人和鬼又有什麼區別？」

君青一怔，那怪人又厲聲道：「小子，你從實說，是不是有意闖進這地下室？」

君青聽他口氣像是審問囚犯一樣，不由心中大怒，漸漸忘記了恐懼，搶聲道：「這干你什麼事？」

那怪人喝叫道：「小子找死！」

身形一幌，真如鬼魂一般欺了上來，君青只覺一股陰風直襲上來，他心中一怕，不知所措，哪知那陰風陡然全失，定眼看時，那怪人又回到原處，正冷哂道：「姓岳的本事有限的緊，我還道——」

忽然君青雙拳一花，一下子就到了怪人眼前，撲的一指點在怪人手肘上，招式之快，令人咋舌，但是力道卻平常的緊。

怪人咦了一聲，還以爲是君青故意手下留情，不禁目瞪詫視。

君青心中暗道：「我一注意招式，就忘了配上力道，就算配得上也配合不好，唉……」

事實上武學拳掌之術，變化雖多，總不出招式力道兩事，別人浸淫一生也未見得能得此中三味，君青自幼一招一式也不曾學過，一天一夜之間竟有這等成就，只怕已是武林千年的空前奇蹟！

那怪人喘了一口氣，一手執燭，一掌猛的前探，五指陰風拂拂，令人不寒而慄。

君青急切中渾忘一切，只是下意識地身形一轉，哪知那怪人的手掌也隨著他一轉，五指並張已抓到胸前——

君青迷糊中覺那枯瘦五指就像骷髏骨一般，心中又慌又怕，大喝一聲，雙掌猛然外推——

只聽見呼一聲，君青只覺身形猛震，退了一步，定眼一看，那怪人也搖晃著退了一步，臉色奇異地叫道：「好小子，好純的內功！」

君青不禁一怔，暗道：「他說什麼？好純的內功？我？」

但看那怪人道：「嘿，岳鐵馬——」

說到這裡忽然大大喘息，「噗」的一聲跌坐地上。

君青吃了一驚，只見那怪人臉上肌肉抽搐，似乎不勝痛苦，身體搖搖欲倒，心中不禁大奇。

他雖然甚是害怕，但是一種說不出的力量驅使著他上前，他待要伸手相扶，但是一看那怪人的模樣，心中一寒，立刻縮回手來。

只見那怪人一陣抖動，往後便倒，君青一時忘了害怕，伸手一把扶住。

要知君青雖然自幼習文，似乎不及三個哥哥豪壯，其實他心中仍然一絲不漏的接受了鐵馬岳多謙那種俠義豪放的遺傳！

君青只覺觸手之處，那怪人身軀不停地抖動，過了好一會，那劇烈的顫抖才停止，但見那怪人臉色也恢復了正常，只是仍然趺坐閉目，似乎在運功調養。

君青暗暗忖道：「這怪人怎麼突然這樣？倒像是受了內傷一般，難道是我方才一掌把他打傷的麼？……不，不可能，絕不可能……」

這時，只見那怪人緩緩睜開眼來，瞪了君青兩眼，怪聲道：「奇了，你方才竟沒有乘機殺我？」

君青一怔，心中這才想道：「方才我若要殺你，確是舉手投足之勞——」

那怪人見他不答，陰笑道：「你可是後悔了？」

君青忽然好像受了辱一般，臉孔氣得通紅，大聲道：「胡說，你胡說！」

那怪人冷笑道：「不管你後不後悔，總歸你沒殺我是事實，我可不能再殺你，你快滾吧。」

君青不料世上竟有這種不識好歹的人，大叫道：「我高興來便來，不高興走便不走。」

那怪人長髮一摔，怒道：「你別仗著你老子的名頭嚇我，我可不怕。」

君青一怔，道：「什麼？我仗什麼老子的名頭？」

那怪人大喝道：「你裝什麼傻？」

君青氣道：「你凶什麼？哼，要是狠的話也不會被人家打傷成這個樣子。」

那怪人怔了一怔，一時找不出話來反駁，過了一會一抬頭，看見君青仍瞪著眼睛盯著自己，不禁大喝道：「小子，你知不知道我極是討厭你？」

君青點頭道：「我也極是討厭你。」

怪人怒道：「沒出息的傢伙才仗著老子的名字招搖撞騙，前天……人家胡笠的弟子可不像這樣子。」

君青怒道：「你別胡說，我爹爹來都沒有來──」

那怪人一躍而起，滿臉驚詫地道：「什麼？岳多謙沒有來？你，別騙我！」

君青道：「自然不騙你！」

那怪人仰首想了一會，恍然道：「對了，可是散手神拳范立亭和你一起來？」

君青奇道：「也沒有呀，只有我們四兄弟和媽媽。」

他忽然覺得奇怪怎麼會和這三分像人七分像鬼的怪人談了這許多話，不過此刻他不僅不再害怕這怪人，反而對他生出一種說不出的感覺。

那怪人臉色大變地道：「你們……你們進來時，對黑暗中發掌的是誰？」

君青奇道：「是我大哥，你問這幹什麼？」

那怪人陡然像是洩了氣的皮球，面如死灰地跌到地上，淒厲地叫著：「完了……完了……二十年苦練……完了……」

君青嚇了一大跳，走近一看，只見兩道淚水沿著怪人的臉滴在長鬚上。

君青摸不清是怎麼一回事，但是見那怪人模樣，心中大是同情，卻也不知該說什麼好。

那怪人似乎傷心已極，低聲哀泣著，君青心中一動，暗道：「這怪人先前覺得極是可怕，其實心地怕也不壞，必是受過什麼打擊才變得這樣，我瞧他多半是苦練二十年武功要幹什麼大事，哪知卻被大哥一掌打敗，呵，對了，方才他那內傷大約就是被大哥震傷的了，是以先前還以爲是爹爹和范叔叔才能把他打傷，一旦聽說是大哥出的手，就傷心成這個樣子啦——」

他果然聰明絕頂，這一猜，竟然猜得大致差不多。

他繼續忖道：「這種人多半脾氣古怪，心一橫什麼事都做得出，我且勸他一下——」

那怪人卻是愈哭愈傷心，君青靈機一動，拍他肩背道：「你輸給我大哥有什麼關係？我大哥功夫可厲害得緊啊，我瞧你功夫已是極強，天下沒有幾人能勝你呢。」

那怪人停止哭泣，抬頭看了看君青，又低頭大哭了起來。

君青忙道：「我知你苦練武功是要幹一樁什麼大事，其實你武功多半已經足夠了，我大哥那麼高的功力也用了十成力才能稍勝你一點兒——」

那怪人聽到「十成力」三字，陡然抬起頭來，喃喃自語：「他用了……十成力，我雖受傷……卻是因爲大意只用七成功力所致……這樣說，還有希望……」

君青聽他說「我雖受傷」，心知自己料測多半沒有錯，他聽那怪人喃喃自語到最後，嘴角漸漸露出一絲笑容，不知怎地，心中竟然替他喜悅。

那怪人仔細沉思了一會，左掌一翻，擊在地上一方青磚上，那磚「卟」的一聲完全被打入地中，他伸手一彈，一束石粉彈在空中，竟然已成細粉。

君青看得一震，暗道：「不料這人功力如此之高，方才怪不得他說只用了七成功力接大哥的全力一擊，若是他也施出全力，大哥是萬萬不及，那麼這人是誰？難道——」

他想到這裡，脫口問道：「你——前輩可是武林七奇中的——」

那怪人臉上露出喜容道：「你是說，我的功夫夠得上武林七奇的資格——至少和他們差不多？」

君青聽他口氣知他不是七奇中人，點了點頭，心中暗奇。

那怪人喜道：「你是岳多謙的兒子，看的定然不錯，那……那還有希望，嘿……」

君青忽然覺得這怪人甚是爽直，不禁生出好感，看了看窗外，只見東方已有一絲曙光，他猛然一驚，道：「我走了。」

那怪人沒有說話，但是臉上卻流露出一個友善的表情，君青揮了揮手，走了出去。

等到君青把這一夜的奇遇告訴了芷青等人，他們四兄弟跑到地下室來看時，那怪人早已不知去向。

芷青看了看地上青磚石粉，伸手摸了摸，暗道：「這怪人功力雖高，比起爹爹來，哼，可要差一點兒。」

一方忽然想起一事，向君青道：「君弟，你方才說那怪人曾說什麼『胡笠的弟子』，難道胡笠的弟子也經過這兒麼？」

君青道：「這就不知道了。」

一方道：「不知爹爹現在和胡笠動過手沒有？」

芷青道：「還有盧老伯他們不知哪裡去了？」

「咱們先往北走，總是沒錯。」

「還有爹爹的勝敗——」

一提到這，大家都沉默下來，他們誠然相信爹爹的蓋世武功，然而，劍神胡笠之名，撼震天下垂四十載，又豈是易與的？

江聲浩蕩，滔滔大水橫在前面。

芷青向那邊一條木船叫道：「喂，梢公，咱們要過河。」

那船咿呀幾聲，緩緩搖了過來，船上坐著兩個船夫，一個身高體闊，另一個卻是虯髯過腹，生就異像。

芷青見那船頗是不小，幾人一次渡過絕無問題，就準備上船。卻聽那虯髯梢公道：「敢問客倌貴姓？」

芷青脫口道：「我們姓岳。」但隨即想到哪有梢公要問船客姓名的，不禁大疑，抬眼望著那梢公。

那高大梢公忙道：「客倌莫要見怪，嘿嘿，方才有一個——客倌，托小的們說，待會有幾位姓——姓張的客人要來的話，就請他們等一會。」

芷青聽他說得有理，不便再問，一方卻隱隱覺得這梢公說話時，神色不定，心知這番話必是瞎湊的，口上不說，暗暗拉了卓方一把，叫他小心戒備。

船行到河中，忽然之間，那兩個梢公大叫一聲，「噗通」齊跳入水，芷青一瞧不對，一把抱起母親，說時遲，那時快，「克嚓」一聲大響，那木船竟然從中裂成兩半！

芷青所立之船猛然一斜，芷青大喝一聲，猛然施出「千斤錘」的下盤功夫，雙腳就如釘入船舨一般，雖然傾斜無比，但是仍穩穩立在上面。

他側目一看，只見一方手中抱著幾塊木板，一塊拋出，躍上一落足，立刻躍起，同時手中拋出第二塊，幾番起落，仗著上乘輕功，已達岸上。卓方也依樣飛渡而上。

芷青忽覺腳下開始沉下，他猛提一口真氣，抱著許氏騰身而起，落在第一塊木板上猛一提氣，但是手中抱有一人，頓時濕到膝蓋。

只見他開聲吐氣，身形陡然再度拔起，幾個起落，也飛上岸邊。

這時他們才想起君青，回頭一看，連那半截船都不見了，哪裡有君青的影子？

許氏大叫一聲，登時昏了過去，芷青一面推拿，一面瞧著水中，突然嘩啦一聲，那虯髯漢子浮了出來，抖手飛出一物，立刻又沉了下去。

那物來得雖疾，芷青一看便知是柄匕首，「拍」的一聲插在一棵樹上，上面卻繫著一塊竹片。

一方拿過來一看，只看上面用朱漆寫著：「水底宮主司徒青松恭請鐵馬岳多謙移駕一談。」

卓方道：「他們把君弟捉去，想逼爹爹赴會——」

芷青和一方沉重地點了點頭。

十一　水底之宮

君青只覺得耳邊聽見媽媽和哥哥的驚叫，接著，就什麼也聽不見了。

也不知過了多久，君青像是做了一場夢一般，他揉了揉眼睛，醒來了。

他記得自己是沉入了水中，這裡難道是水底？他抬頭看了看，卻像在一個山洞中一般。

「怎麼一回事？難道我已經死了？」

他用手捏了捏大腿，證明他既沒有死，也不是在夢中，那麼這是什麼地方？

他檢查身上，衣衫什麼都是好好的，只是有點濕，他想自己落在水中是千真萬確的了。

這時，一個異聲傳入他的耳朵，他貼在地上聽著，那聲音忽然又遠了一些，不過他可以判定那是人的腳步聲。

於是他爬起身，向周圍打量了一回，四面都是沉沉地，像是沒有通路的死坑。

「不對，沒有通路，我怎麼進來的？」

然而四周確然都是石壁，絲毫沒有出口，霎時間，他像是迷糊起來了——

這四無通路的洞中，他的確存在這洞中，那麼以前的那些都是幻夢麼？那南山的一線天、天台，那溫馨的天倫之樂，石破天驚的地岩陷落……這些都是幻夢麼？

君青真有些迷糊了，世上的一切事他都分不出真或假，生像是千千萬萬的幻影，又像是千千萬萬的面具，面具的後面仍是面具……虛假啊，那些熟悉的「真」，到哪裡去了？

這世上的事原本是那麼難以捉摸，千萬千萬的問號，卻沒有一個肯定的答覆，那些奇奇怪怪，形形色色的疑慮，在君青的腦海中愈聚愈大，最後成了一個碩大無比的大問號，把他的腦子塡得滿滿的。他不服氣地叫道：「有一件事是沒有疑問的，我仍然活著！」

是的，他仍然活著，但是他是怎樣到了這地方來的？他的記憶被一段空白強烈地分成兩部分，兩個絕對不相連的部分，於是，他更迷惘了。

也不知過了多久，他又想到這個問題：「若這地方沒有通路，那麼我是怎麼進來的？」

「呀！這裡不可能沒有通路，這裡還有光呢！」

突然他想到這一點，他像是發狂一般喜悅起來，一生中從來沒有比這更令他狂激的，也許是他方才被迷惘得太苦了。

於是他重新打量這周圍，他發現那微弱的光是從頂壁上透進來的，但是頂上至少有四五丈高，沒有輕功的他怎能上去察看？

又一次他開始後悔沒有好好跟爹爹學武——這是現實的問題逼得他如此想，一回到現實，他腦海中方才那些可笑的幻影像是一霎那間消滅了。

「什麼真？什麼假？關我什麼事？我只知道我叫岳君青，是鐵馬岳多謙的兒子，今年十七歲了——」

他無聊地笑了一下，又加上一句：「到現在還沒有學過武藝。」

他拍了拍後腦，像是清醒了一些，他把自己落入水中之前的情景仔細地思索了一遍，他驀然想到那梢公的奇異神色，他大叫出聲：「這是陰謀，是一個陰謀！」

然而這是一個什麼陰謀呢？恐怕除了那施布陰謀的人，再也沒有人知道了。

這的確是一個天大的陰謀，但是施陰謀的人絕對沒有料到這個岳鐵馬的兒子竟沒有學過武藝，更沒有料到因為他這一個陰謀，卻造成了武林空前的一位高手。

且說君青發現自己被弄到這裡來必是中了別人的陰謀，但是他苦思不出為什麼會找到自己頭上來？

驀然——

「嘩啦」一聲，光線頓時亮了不少，君青仰首一看，只見頂上一塊巨石竟被移開半尺，接著一根繩子吊了下來，繩端繫著一個竹籃兒，緩緩落在君青的腳前，君青低頭一看，只見籃中放著一些粗飯，他心想：「哼，果然把我當做囚犯了，這大概算是牢飯吧。」

他知道只要自己一拿籃中的食物，那繩子就會立刻吊上去，於是他遲疑著。

哪知他這一遲疑，上面的人似乎不耐煩了，抖手把竹籃拉了回去。

這一下，君青倒真感到一絲餓意了。

他感到一陣說不出的煩悶，於是他盤膝坐著，做起「修身養氣」的功夫來。

過了一刻，他的臉色愈來愈紅潤，頭頂上竟微微冒出絲絲蒸氣。

君青自幼厭武喜文，但是對於爸爸傳授給他的「養氣」之術卻是極感興趣，十幾年來沒有一日間斷，於是不知不覺間把鐵馬岳多謙的上乘內功練得極是純厚，若是純就內功而言，君青此時之修爲進境只怕已超過一方和卓方，而與芷青在伯仲之間。

要知天下學武之人，無不是一面修練內功，一面修練招式，上乘之資的人得遇明師，各種神妙招式能在十年之內深得其妙，若要內力修爲能完全練到配合得上神妙招式，則至少要三四十年之後，自古以來，勤練內功十多年之久而一招一式都不曾學過的，只怕僅岳君青一人耳。

以君青的資質，學的又是岳家的正宗內功，加上十多年心無旁騖的潛心苦修，他的內功造詣自然要比一方卓方一面兼習招式要純得多了。也就是說，自古以來，在君青這般年紀而具此內功的，只怕也只有他一人的了。

當日君青學那「定陽真經」最後一頁時，雖然只悟得一招，但是他卻不知這最後一頁的三招乃是松陵老人畢生功力精華，一招比一招厲害十倍，三招連施，端的神鬼莫測，松陵老人把它列在全書之後，乃是要學武之人把前面全學會之後，有了充份的內功修爲才能領悟的，豈料君青一個半招也不曾學過的少年，竟然在片刻之間悟得一招，這已是開武林從未有之奇了。

且說君青正運功完畢，忽然聽見頂上一個嬌甜的聲音道：「喂。」

君青側耳傾聽，果然又是那聲音：「喂，岳……岳公子。」

君青心中奇，應道：「誰在叫我？」

那上面似乎是個女孩子，童音未脫地道：「是我──」

君青暗暗奇道：「我怎麼知道你是誰？」

上面那人又道：「我姓司徒。」

君青想了想，自已識得的人中絕沒有姓司徒的，而且又是一個姑娘！

於是他帶著詫異地道：「司徒姑娘有什麼見教？」

上面那姑娘道：「你等一會──」

接著一陣隆隆絞盤的聲音，君青正在奇怪，忽然光線一亮，又是一根帶子吊著一個竹籃下來。

但是，這次的竹籃不是裝什物的竹筐，而是個放花的小巧籃子，而吊索也是兩根繡花緞帶相結而成的，籃中放著一大碗飯，幾個精緻小菜，君青靠近些，只覺那綁帶上依稀散出一陣陣清香，倒像是女孩子身上衣帶之類。

正詫異間，上面那姑娘的聲音又傳來：「岳公子，快些把食物拿下，待會就有人要來了。」

君青聽那姑娘聲音頗為焦急，而且他實在也有點餓了，於是伸手把籃中食物拿出。上面那姑娘飛快地把花籃提了上去，君青有很多話要問她，正要開口，那姑娘已道：「我要走啦……晚上再來……」

接著又是一陣絞盤聲，那巨石緩緩合上。

君青滿肚子的納悶，想了半天也想不出這姓司徒的姑娘是什麼人。

一低頭，瞧見地上的飯菜，他猛然想起肚子已經餓了好半天，伸手端起飯碗，卻見大碗邊上還插著一雙小巧的象牙短筷，他心中不覺一陣迷糊。

那菜餚也作得極是可口，君青已有許久沒有進食，一口氣把大碗飯全吃完了，收拾在一旁，心中開始苦思這一連串的怪事。

然而不久他就放棄了這一個企圖，因為這些全不相干的「奇遇」中，他一絲頭緒也找不出來。於是他想到了現實的問題：「怎麼樣設法逃出去？」

「一逃出去，這些疑問終可水落石出的。」

「但是，怎樣逃出去呢？」

「要是……要是我有輕功……或者——」

他下意識地摸了摸懷中的「定陽真經」，心中忖道：「不知這書上有沒有輕功的秘訣？」

一念及此，他再也忍不住，匆匆從懷中把「定陽真經」掏了出來，在地上一翻動，陡然想起一事：「我落在水中衣衫都濕透了，怎的這本書卻一點水漬也沒有？」

他仔細瞧那書卷的紙張，果然發覺那紙質十分奇怪，倒像是一種細毛編織而成的。

他暗暗自道：「我只學學這上面的輕功身法，其他什麼拳腳招式一概不看。」

自語已畢，輕輕翻開書來。

然而全書卻沒有一頁是講輕功的，他不禁大大失望。忽然眼角一瞥，瞧見那一套拳法之中有好幾個騰躍的姿式，瞧那模樣，十分美妙輕巧，君青恍然大悟，暗忖：「原來輕功身法之中，這拳法乃是叫著『萬柔拳法』。」君青看那「萬柔」兩字，再看那書中拳式，心中怦然一動。

「柔能克剛雖是千古至理，但是若是寓剛強於柔韌之中，豈非相輔相濟，威力大增？」

此念一生，再看那拳招下面的註釋，只覺一句句如行雲流水般從心中流過，君青不禁大喜。

要知君青方才所悟道理看來簡單，其實乃是松陵老人一生武學至理，這「定陽真經」中全部武功雖然琳瑯滿目，美處無窮，但總是依著這一個道理推出來的，這「定陽」兩字就含有「定陽剛之勁於陰弱之力」的意思。

這「萬柔拳法」一共十八路，君青雖然一招也沒有練，但是當他讀完口訣註釋，這拳法中的精要處已是瞭然於胸，他起身照著書上所記騰躍之法，一式一式練習了一遍，只覺身體像是陡然變輕了許多，快捷之處直令他意想不到。

其實這就全得歸功於他深厚的內功底子，所以學起來事半功倍，而且他心中早已領悟了不少武學上乘道理，只是不曾實際試用過罷了。

他又照著練了兩遍，只覺愈來愈熟，愈來愈快，到了第四遍時，他陡然想起一事，不禁呆了下來。

原來他發現這幾遍自己雖是在練習輕功身法，但是手腳也不知不覺照著在練習，只是自己全神貫注，不曾發覺，這時他那套輕功身法固然已練成，但是這「萬柔拳法」的一切招式也全學上了身，想甩都甩不脫了。

他呆了一陣，隨手一揮，不由自主地上下一抖，正是萬柔拳的第一招，而且施得精妙無比，一絲不錯。

他呼呼一連發出三招，一招力道比一招強，本來他始終配合不好力道，現在像是豁然貫通了，但他卻輕歎了一聲，臉上了無喜色。

他自言自語道：「小時候，我不肯練武，二哥笑我遲早有一天還是會練的，他說岳家的子孫沒有不會武的，這話果然給他說對了……」

他是一個極富幻想的人，小時候一提到練武，他馬上就幻想出一幅血淋淋的拚鬥景象，是以怎麼樣也不肯學武，這時他已經學上了身，卻又幻想行俠仗義的種種好處，竭力試著尋找學武的百般好處，他憧憬著仗劍的古遊俠，爲人間主持正義，除暴安良……

他猛一拍腿，叫道：「對，聖人也說過『除惡務盡』，可見除惡就是行善，對壞人正應如此！」

於是他像是找到了極佳的理由，霎時之間，他覺得習武是名正言順的了。

這一刹那間，在他胸中埋藏了十七年的豪氣陡然激發了出來，他長嘯一聲，暗道：「至少，練好武功也不至於被關在這兒一無可施了。」

這時，頂上又是一陣絞盤之聲，果然不一會，那石岩緩緩移開，那個姑娘的聲音：「喂。」

君青應道：「司徒姑娘——」

司徒姑娘道：「你沒睡嗎？」

君青怔了一怔，道：「啊，我糊塗啦，這是半夜麼？」

外面司徒姑娘輕笑道：「是啊，剛才交三鼓。」

君青忍不住問道：「司徒姑娘，這是什麼地方？你怎麼知道我姓岳？」

司徒姑娘道：「這裡呀——叫做『水底宮』。」

君青奇道：「水底宮？沒有聽過，這兒在水底下麼？」

司徒姑娘道：「自然是在水底下啊，要沒有這般奇處，我爹爹怎會選這地方來住。」

君青大奇，腦筋一轉，道：「你爹爹？你爹爹是誰？」

司徒姑娘笑道：「我爹爹是宮主。」

君青原本聰明無比，心想：「她既是這什麼『水底宮』的宮主女兒，又知我姓岳，可見這宮主是有心要把我捉來的了。」

他原想叫司徒姑娘找根繩索把自己吊出去，此時想到她乃是宮主的女兒，心中一陣不自在，就住口不言。

那司徒姑娘聽他不作聲，忙柔聲道：「你在底下一定悶極啦，我聽爹爹說他要用你把一個什麼岳鐵馬逼來，岳鐵馬是誰呀？」

君青沉聲道：「是我爸爸。」

那司徒姑娘似乎驚了一會，繼續道：「不管怎麼樣，我明天先叫爹爹放你上來再說，我爹爹最是聽我話——」

君青暗暗哼了一聲，心道：「我可不領你的情，瞧我再練幾天跳不跳得出來？」

那司徒姑娘道：「我走啦，明兒再送東西來。」

那絞盤的聲音去了好半天，君青還呆坐在那兒。他暗暗想到：「是什麼人要尋爸爸的晦氣？哼！」

他一把抓起那本「定陽真經」，用力地翻到下一頁，仔細參悟起來。

兩個時辰之後，君青又從那定陽真經中領悟出許多別人一年也無法領悟到的東西，他輕歎一聲忖道：「我要靜坐一會，仔細連貫一下了。想不到武學之奧秘，玄妙如斯。」

也不知過了多久，他試著努力往上一縱，他的身形輕飄飄地躍起兩丈之高——這個高度距離頂上還差一大截，因此使得岳君青大為失望——然而，他一夜之間，練就這等輕功，只怕已是無人能信了。

「喂，岳公子——」

君青抬頭道：「司徒姑娘，怎麼？」

司徒姑娘的聲音顯得有些憂愁，輕聲道：「平常我爹爹總是聽我的話，那曉得我叫他先放你上來，他卻是不肯，我——」

君青道：「你怎麼？」

她原是想說「我哭了兩場他仍不睬」，但隨即想到這話甚是有失面子，就住口不說。

偏偏君青沒有聽到下文，又加了一句：「你怎麼啦？」

她連忙扯開話頭，尖聲道：「喂，你叫什麼名字？」

君青怔了一怔，才答道：「我叫岳君青。」

那司徒姑娘道：「我叫司徒丹。」

君青道：「司徒姑娘，令尊名諱能不能見告？」

司徒丹道：「我爹爹叫司徒青松。」

君青默念著「司徒青松」這名字，只覺陌生地緊，從來沒有聽過。

這時那司徒丹突然驚慌地道：「喂……岳……岳君青……有人來了，我要走啦……」

君青在心裡面冷笑道：「哼，管你司徒青松是什麼人，只要我練到能跑出去，好歹叫你知道點厲害。」

於是，他又翻開了秘笈。

這怪洞中渾渾然的，分不出白天還是黑夜。

君青拿著一節枯竹，依照著「定陽真經」上唯一的劍招練習著。

這幾天他在這微弱的亮光下已習慣得能察秋毫了，他斜睨著這真經上的第九頁，上面寫著「卿雲四式」，旁邊寫著一行草字：

「天下第一劍術」

君青心想：「這位松陵老前輩口氣恁大，就算通天之神豈可妄稱『天下第一』四字？」但是他仍懷著興奮的心情看那第一招：「卿雲爛兮」。

這一招下面包含著十個變化，是以雖是四式，卻是整整四十招。

君青細心地苦練了三個時辰，才算練熟了第一式十個變化，他連接著施了一遍，只覺心與手會，神與「劍」通，許多悟於心中而表達不出的高深武學，這時都似陡然貫通，他施到最後一遍，手中竹枝一斜而下，「噗」的一聲插在山石之上，那枯脆的竹枝竟然插入三分。

君青不由驚得呆了，他心想：「這劍式看來平和，怎麼這大威力？怪道松陵老人要誇稱為『天下第一劍術』了。」

他支著竹枝，緩緩坐在地上，眼睛瞥在那精緻的碗碟上，他心想：「這司徒姑娘是個心地極善良的好姑娘，我猜想她一定長得極是好看，就像——」

就像誰？他可說不上來，他自幼住在終南山上，壓根兒也沒有瞧過標緻的姑娘是什麼模樣兒，他只能從書上描寫的字句中去想像。

他心目中那最美麗的人具有書上所形容的一切，然而究竟只是一個濛濛的輪廓。

「喂。」那個悅耳的聲音又響了。

他發覺自己對這聲音已有了期待的心理，他應了一聲，只見那小花籃又裝著幾樣飯菜吊了下來，他想說兩句感激的話，但是想了一會，卻不知該說什麼。

司徒丹道：「你晚上在這裡面怕不怕？」

君青想說「有你來陪我說話，我就不怕啦」，但是他只說了「不怕」兩字。

要是往常，司徒姑娘必是嘰嘰呱呱地和他東扯西扯，哪知這時司徒丹竟是沉默起來了。

君青覺得有一些緊張的感覺，也默默沒有說話。

忽然也像是聽到一陣低泣的聲音傳入耳中，他仔細一聽，倒像是司徒丹在暗泣呢，他不禁驚道：「司徒姑娘，你在哭什麼？」

上面沒有回答，卻停止了泣聲，過了一會兒，司徒丹的聲音輕悄悄地傳了下來：「以前我是一個不懂事的小女孩，爹爹叫我讀書，又不說意思給我聽，我又沒有兄弟姊妹，每天只有一個人坐在花園裡呆想……我以前想起好多有趣的事兒，本來要和你說，可是現在想起來呀，那當真全是胡思亂想……」

君青想著，一個小姑娘，穿著綠色的，也許是白色的裙子，獨自寂寞地坐在花叢中，她的臉像桃花一般，她那柳葉一般的細眉微微地皺著，凝視著天上的白雲，或是地上的螞蟻……他不禁想得發癡了。

那姑娘的聲音終於驚開了他的幻想：「……他們都說我是個傻姑娘，不過這幾天我像聰明了許多，真的，好些以前不通的事也懂啦。」

君青像是覺得姑娘就在對面一般，微笑道：「姑娘原來就是慧人。」

司徒丹悄聲道：「寸心萬緒，咫尺千里，好景良天，彼空有相憐意，未有相憐計。這詞句以前我總是不懂，現在我可懂啦……岳哥哥，我——」

君青心中大大震動，他從沒有料到這小姑娘會說出這番話來，一種奇異無比的情緒升上他的心田，也分不出是喜是悲，像是驚喜，又像是恐慌。

這純潔的少年，一十七年的生命歲月，還比不上平常人十年的生活經歷，他只是生活在青山白雲，松濤，翠谷之間，他的感情平均完整地分給了爸爸媽媽和三個哥哥，但是在這一剎那之間，他生像是起了極大的恐慌，又像是心花怒放，竟呆在那兒癡住了。

忽然上面傳來一聲尖銳的冷笑聲：「好，師妹，你——你——」

是司徒丹的聲音，顯然她很是憤怒：「師哥，你——偷聽我說話……」

那男子的聲音：「我跟了你好幾天，你每天送三次飯給這賤小子，嘿！」

司徒姑娘顯然大是憤怒，叫道：「我高興送給他吃，要你管麼？」

那男子似乎氣極，大喝道：「好師妹你——吃裡扒外！」司徒姑娘氣得話都說不出來，哇的一聲哭了起來。

那男子狠狠地道：「瞧我等會把這賤小子宰了！」

司徒丹似乎大驚，叫道：「你敢！」

那男子怒道：「瞧我敢不敢。」

君青在下面忽覺大怒，恨不得跳出去打那廝一頓，他想到這裡，猛然吸氣，雙腳一縱，身形如一隻大雁一般騰空而起，竟然高達三丈！

但是距離頂處仍有丈餘，他廢然輕歎一聲，聽聲音，司徒姑娘和她師哥都走遠了。

他無聊地四周望了望，最後，眼睛停在「定陽真經」上，於是一種說不出的力量促使他翻到下一頁，「卿雲四式」的第二式「糺縵縵兮」。

十二　旗鼓相當

咸陽古道平平的倘佯在兩座山峰之中，官道的盡頭乃是名震關中的胡家莊。胡家莊背山面水，依山而築，氣派甚是雄偉，關中人民沒有不知道這山莊的，盛名遠播。

這日夜晚，寒風凜凜，胡家莊竟連來勁敵。先則是鐵馬岳多謙暗中潛入，卻見和胡莊主齊名的雷公也在莊中，自量必非對手，是以立刻退走。

接著笑震天南也隻身匹馬闖胡家莊，而且和胡笠、雷公說僵動手，內力不敵，岳多謙皆因蕭一笑和自己來意同出一轍，都是為朋友尋仇，是以敵愾之心大起，百忙之中，彈出一指，解去蕭一笑之危，卻知胡笠一定會追出查看，是以立即如飛隱去。

胡笠，程暻然和蕭一笑好快的身形，幾乎不分前後呼的擊開窗戶，飛身追去，但黑暗中已是一片寂然。

三人都是一等一的身手，哪肯罷休，輕身功夫施出，簡直有如閃電，但一口氣追出十里，仍不見一個人影。

胡笠身形雖是矮胖，但行走起來，足不點地，竟是奇快，呼呼又奔得半盞茶時分，驀然心中一動，猛吸一口氣，刷地立定下來。

這可難爲他了，正在全速奔馳之際，這一個急停，在真力的換用之間，起碼也得有一甲子功力以上，而胡笠做的如此從容不迫，正顯出他極深的內力造詣。

程暻然亦步亦趨的和他並肩而馳，忽見胡笠一個急停，身形可仍在急奔之中，猛可問道：「什麼？」

胡笠沉聲道：「追不上了，當心敵人調虎離山——」

程暻然一想也覺有理，嘿然吐氣，雙足一剪，呼的一聲，身形竟在空中一彎，勁風嘶嘶然，已劃了一個優美的弧形，飄然落回原地。

這一手輕功，可真美妙極了，左方蕭一笑忍不住喝了一聲采，邊行邊道：「好俊的功夫，尊駕到底是何稱呼？」

皆因他只知這貌不驚人的老者姓程而不知其名，是以有此一問。

雷公甚是厭惡他那種驕妄之態，冷冷一哼，不理不睬。

蕭一笑怒氣上升，驀然他念頭一動，強自忍下這口怒氣，雙臂一擺，身形一傾，整個身子向右邊一橫，雙足卻不絲毫緩慢，呼地一聲，立足一頓之下，右足伸出猛掃一腳，身形卻借此一腳之力，轉了一個急切的小彎，直奔左而去，片刻間便奔入小路中。

劍神胡笠猛可運勁沉聲道：「蕭老師好走！胡某人隨時候教——」

其實這時他心中甚是矛盾，他已知道其中一切蘊密了，但他是何等人物，絕不示弱說將出來。

黑暗中立刻傳來蕭一笑爽朗的笑聲：「好說！姓胡的不愧七奇中人物！」

話聲方落，人已奔出三四十丈以外。

胡笠和程暻然相對一視，各自發出一個無可奈何的笑容，不約而同，轉身奔回山莊。

這且不表他們兩人回到山莊，卻說岳多謙用數十年無上心法潛到胡家莊，沒有讓任何人發現，彈出一指救了笑震天南後，立刻如飛而去。

他可明白這三個人都是非同小可！是以輕功已施至一十二成，自從他三十年前歸隱終南山麓以後，這等狂馳對他已是一種生疏的玩意了，但由於三十年不斷的鍛鍊，功夫施展出來，真是有若一條黑線，滾滾而去。

趕了一程，用心聽聽身後動靜，已知敵人並沒有趕上來，於是慢下身形，慢慢在山道中蹀著，心中卻不斷盤算道：「那蕭一笑昔年和立亭弟結下樑子，今日解了他下風之危，依我看來，他們絕沒有發現我是誰！」

一絲微笑浮上他的臉孔，敢情他對這一點也甚是滿意，尤其是在三個高手環立之下，仍能以無上輕功潛進胡家莊，猝然出手，這一點已是十分難能的了。

「啊——」岳多謙又繼續沉思：「啊，胡笠和程暻然已成莫逆，去找姓胡的架樑，姓程的也一定要插上一馬！哼，那可不成。」

他之所以作如此想，皆因方才曾親眼目睹蕭一笑找胡笠拚命的那一幕。

「對了，蕭一笑不也是和胡笠對立嗎！」岳多謙忽然想到了這一點，他想如若能和蕭一笑一同闖一次胡家莊，那便可以放手一搏了！

但他立即又想到一層：「蕭一笑何等性子，絕不會在自己的事情中去借力他人，哼，我岳多謙是何人，又豈能去請他？」

他頭腦中思想甚是紛亂，不能集中，腳步不由放緩了下來。

又沉吟了好一會，卻始終不能想出一個萬全辦法。

「去找姜慈航嗎？他一向是萍蹤無定的！」

岳多謙又想了好半天，猛一抬頭，卻見天空早現曙光，已是黎明時分。

信步走下山去，仍然落腳在一個客棧中，面對著的這一個大問題，卻始終不得以解決。

岳多謙沉默的度過一天，這一天他並沒有跨出客棧一步，仍在苦思拚鬥胡笠和程暻然之策。

驀然，一個念頭閃過他的腦際，忖道：「對了，昨日在胡家莊中，不是聽說那蕭一笑曾提起什麼羅信章鏢頭是以華山神拳打遍大江南北嗎？——」

這個念頭，昨日他已想過，但因蕭一笑和程嘷然已然動手，是以這個念頭被擱了下來。

「嗯，那次那個青蝠劍客和我拚鬥一場，我始終認不出他的劍式出自何門，但偶而從他輔助劍式所發的拳招上，瞧出他隱隱和——和華山有關！」

華山拳招，羅信章也是以華山神拳稱雄的！

「青蝠劍客以我推斷，八成是胡笠這老頭子，嘿，昨日所看，胡笠的兩個弟子在施展輕功時，不也有點像青蝠劍客的路數嗎？」

「不過，昨日我也曾親眼目睹胡笠和程老頭過招，那一式似乎比青蝠劍客又要高明不少。」

「總之，胡笠和青蝠劍客中有什麼關連這是不會錯的了！」岳多謙在紛亂的思維中，好不容易找出這一個結論，但是這些有若戰爭的局面一般，仍是亂糟糟的、黑茫茫的，局勢依舊沒有清朗！

岳多謙敲敲自己的腦門，忽又豪氣干雲的忖道：「不管它這許多，只要……只要和胡笠對一次陣，這一切，起碼有一大半，都會迎刃而解了！」

驀地房門外大廳中一陣喧嘩，一個粗壯的聲音叫道：「店家，店家看房！」

聽聲音分辨得出，不是那笑震天南蕭一笑是誰。

岳多謙微微一怔，暗笑道：「任你笑震天南多狂，但也有自知之明，不敢再去胡家莊來一個登門拜柬了——」

蕭一笑叫了兩聲，早有店家迎入。

岳多謙又自忖道：「和這狂生同宿一店，早晚必要朝相，嘿，那可不好看。不如仍能維持這張面皮吧！」

想著想著，整理好包袱，猛然想起昨日探莊時走失了那匹馬，沒奈何只好再拿銀子買一匹了。

從門縫中一瞥，大廳中並沒有蕭一笑的人影，情知他敢情已入房休息去了。

大踏步走出客棧，隨便揀了一匹強壯的馬，跨上去順著官道蹓蹓。

天氣仍是寒風凜凜，關中一帶遍地積雪。

岳多謙順著官道，一直蹓到盡頭，馳上山去。

眺目而望，遠方一片灰灰的，天沉沉，仍是要下雪的模樣，絲毫不見開朗。

驀然，遠方出現條人影，一閃而過。

人影出現的地方距山上甚是遙遠，但岳多謙內力極高，是以仍然能夠瞥見。

這一下岳多謙可吃了一驚，忖道：「是什麼人有如此身法！」

岳多謙何等經驗，他從這一瞥之下，已斷定這條人影的身形甚是輕靈。

沉吟半晌，實在想不出是何方高人，心想反正沒事，不如前去看看。

他想到便做，馳馬而去。

下得山來，直馳了頓飯時分，才到官道那頭，打量一下地形，卻見左側是一彎流水，上面已薄薄結了冰，右側卻是叢林榛莽，亂石磋峨！

考慮一下，縱馬向右側而去，他心中想左面是一彎流水，不大可能有人渡過，是以立刻奔向右側。

走了好一會，卻見小路愈來愈窄，叢林也愈來愈密。

當下一連沉吟，猛然聞見不遠處一種衣袂破風之聲，呼的微微響了一下。

岳多謙微微一哂，刷地落下馬來。

卻見那一聲衣袂破空之響不再傳來。

岳多謙可不管那麼多，一個起落，上得一棵樹梢。

他上樹上得很爲及時，匆匆瞥了一眼。

果然不出所料，有一條人影在右前方一掠而逝。

岳多謙不再遲疑，猛吸一口真氣，身形幾個起落，便自如飛趕去。

岳多謙心知這個人物必非胡家莊的人，皆因他知胡笠家法甚嚴，絕不允許門下弟子持技驚世駭俗。

奔了一程，前面的人影陡然一頓，岳多謙趕忙也是一收足步，急忙中匆匆一瞥——

只見前面那人頭頂上是光光的，竟是一個和尚。

岳多謙心中大奇，忖道：「和尚？」

須知當今武林除了少林一派乃是出家，其餘各派有是有的，但卻不可能有這等高手！

「難道這和尚是少林的？」

岳多謙默默自忖：「假若是少林的話，嘿，可沒聽過少林弟子在江湖上亂跑的，除非是少林發生了什麼變故！」

想到這裡，那和尚陡然停身也在沉思，好一會才搖搖頭，猛可打橫裡走出叢林。

岳多謙瞧他的模樣，判斷這和尚大約是準備出林而去，心中念頭一動，忖道：「這和尚倒像是在搜索什麼似的！」

正沉吟間，那和尚已匆匆離去。

岳多謙陡然念頭一轉，也自騰身直奔而去。

但他去的可不是出林，卻是深入林中。

他判斷這和尚可是要追什麼人，那麼那個人，必然早已打這兒離去，自己反正閒著無事，不如進林去瞧瞧，卻是他一念之微，引起了日後幾多風波！

岳多謙乃是武林七奇中人物，功夫之深，自是不問可知的了，這一闖林而入，卻差一點栽了一個觔斗。

卻說他剛行至林邊，只見林中密枝叢生，雖是在隆冬之際，綠葉已枯落，但枯枝卻仍是密麻的很。

岳多謙隨手拂出兩袖，掃落當面的幾枝枯枒，閃身入內。直行約莫有頓飯的工夫，枯林才算走完。

枯林的盡頭，卻是一片平坦。

左側有著一幢房子，房子是木板釘成的，很不成氣候，大概並非出自什麼匠人之手，乃是屋主人自己釘成的。

岳多謙目光如電，已將這一片坦地前前後後打量個夠，只見房子前面一片地上，鋪出一條小徑來，卻見這小徑上新土之印宛然呈現在目前，竟是兩三日以前才挖成功的。

房子左面平坦土地上一片積雪未化，積雪幾達盈尺，顯示房主人疏懶成性，根本不管這些雪花。

岳多謙乾咳一聲，緩緩道：「老朽無意進入此林，不知屋中有否主人——」

他說此話時，盡量抑住雄渾的中氣，是以說得很慢，但卻沒有顯露出一絲一毫有內力的樣子。

話未說完，驀地裡木屋內「咚」的傳出一聲琴聲，打斷岳多謙的話頭。

岳多謙一怔，忽地屋中「咚」，「咚」又是兩聲琴響。

這兩聲琴聲好不奇異，毫無聲調高低可言，只是低沉有力已極，就是以千斤鐵錘打在一塊鐵板上，也未必能夠放出這等音調。

岳多謙猛覺心中一震，大驚失色，身形竟隱是一個踉蹌，猛可吸一口真氣，一凝之下，穩立不動。

這一下，岳多謙可驚得說不出話來了，竟然在這枯林之後出現這等人物，方才那聲琴聲，聲調之勁，幾乎成隱形真氣，岳多謙一不注意，幾乎吃了大虧，這屋中主人的內力可真是駭人聽聞了！

「咚」又是一聲琴韻傳來。

岳多謙心中一沉，猛可大喝一聲，內力貫注之下，竟把那「咚」「咚」之聲掩蓋！

這一喝可動用了岳多謙十成真力，他可不敢再有絲毫輕視這屋內之人，喝聲方起，四周枯枝都被震得一陣之搖動，落下不少雪花來。

鐵馬岳多謙心中怒氣可大啦，哼哼忖道：「這是何等人物如此張狂，若非我岳多謙，今日就是再差一點的人物也要被你這風聲琴聲所傷——」

他對這一點最是不能釋然於懷，喝聲方畢，大踏步走向那木屋中。

木屋中的人卻不再彈動琴聲了，一片寂然！

岳多謙順著小徑走入，三四步便到門口，伸手一揮，呼的撞開房門，一步踏入。

猛然勁風之聲大作，迎面一股極強的掌力有如一張無形的鐵塊當門而立，阻著他進門，岳多謙疾哼一聲，右足動也不動，卻將方才跨入門檻的左足一收，左掌一立，盪開來襲的掌力，只覺手上一沉，一揮之下，左足又是一步重新跨出，端端正正走入屋中。

別看岳多謙這一步，卻是包含甚是深奧的玄機！

他這一進一退乃是按掌中感覺而行，原來屋中那人一掌封住木門，岳多謙左掌一立，破解他千斤之力，立足卻是一退，直等到手中感到對方舊力將盡，新力尚未發出，在這將發未發，內力不接之際，閃電一步踏入，果然絲毫沒有受到阻擋，別看這一步，可是岳多謙生平功力和經驗集中才施得出來，在對陣之時，威力可十分強大！

入得屋中一瞧，卻見一個粗布打扮的人背門而坐，右手持筆作寫字狀，左手一掌才揮出，已自收回，猛可卻是一震，順手拂了一袖橫在桌子上的一具琴弦。

「咚」一聲，岳多謙低低一哼，和那極為沉重的琴聲抗了一記，順著跨前兩步。

那人卻是不聞不問，對岳多謙的進入理也不理！

岳多謙心中一怔，弄不清對方是什麼意思，藉此打量室中，卻是除了這木桌以外是一片空蕩。

這木桌上橫著一具木琴，方才那震人心弦的琴聲即是由此而發，不由多打量那琴兒幾眼，卻見那木琴製得甚是粗糙，連琴上的繩索都沒有綳緊，心中不由忖道：「關中果是臥虎藏龍之地，此人不但沉著異人，內力造詣可也高強得緊哩！」

心念一動，又是一聲乾咳，那人仍是不理不睬，岳多謙心中一奇，又上前兩步，到了那桌邊，卻見那人正在寫書法，木桌上平展著一張大紅的柬紙，那人揮筆正往上寫。

只見他握毫沾沾墨汁，振筆而寫，岳多謙可是大行家了，一瞥之下，又是一驚。

那人寫的是魏碑體，一粗一細，上下橫直，書寫甚快，只是瞧他十分使勁，握筆之手，竟作金石刻鑄一般，在紙上一筆一劃寫著。

幾筆一下，第一個字寫的敢情是「劍」字。

筆毫一下，岳多謙此等行家也不由脫口低呼一聲「好」，原來莫小看這區區一筆，落筆卻有百斤之力，一撇一捺之間，內力疾湧，筆筆墨透紙背。

岳多謙本也是此中行家，看著心中不由技癢，默默忖道：「此人好上乘的功夫，寫字之間，竟有如對陣，一筆一劃莫不內力貫注，書寫魏碑這才夠味！」

那人運筆如飛，頃刻上首已自寫畢，岳多謙一瞧之下，不由咦出了聲！

原來上首寫的是：

「劍神胡笠

雷公程暻然　英鑒：」

這一下可真湊巧了，又有人寫拜柬給胡笠，岳多謙心中思潮起伏，不斷忖道：「瞧這人模樣，必是七奇中人物，只是不知是誰又要和胡笠有所牽擱，倒沒聽說過——」

他們武林七奇相互從未見面，是以岳多謙始終猜不出這是何等人物！

那人右手急振，揮毫一轉，開始書寫下首。

岳多謙可知道這一下他要寫出自己姓名了，這一點正是岳多謙渴望知道的，只見大筆一揮，柬紙上已出現一個「班」字！

岳多謙心中一怔，猛可失聲大喝道：「班焯！」

喝聲中，那人一個焯字已然寫出。

岳多謙可真料不到這七奇中最是急暴的霹靂神拳班焯竟是如此文縐縐的，忍不住失聲一呼。他自踏入這房中，一直是真力遍溢全身，一驚之下，這一聲大呼，內力全發，嗡的一聲，班焯冷不防吃了一驚，右臂一振，筆上一點墨汁滴了下來。

「卟」一聲，墨汁滴在木桌上，竟自發出一響，對木桌打凹下去一塊，這可見他寫字時臂上內力可是隨時貫注，是以一振之下，墨汁也因內力貫注，竟臻此境！

呼一聲，班焯陡然立起身來，閃電般一個反身，面對面的瞧著岳多謙，心中卻驚忖道：「這是何等人物？內力如此深厚！方才我以琴聲相試，出掌封門，雖可知其功力——尤其是招式的變化，不在我之下，卻不料他內力造詣竟也如此威猛！」

霹靂神拳班焯生平以爲自負的乃是自己內力修爲，純粹是走至剛至猛一路，他時常自忖：「武林七奇中，功夫我不敢說，內力這一方面，嘿，我姓班的剛猛怕是首屈一指！」

但今日方才以琴聲相試，已是驚在心頭，料不到是何方高人，功力之厚不在自己之下，卻又不料人家大喝一聲，顯示出內力的威猛，似也不在自己之下，這一下可大吃一驚，忍不住反身注視。

岳多謙豈能絲毫示弱？雙目如電，神光奕奕也盯著班焯，班焯心頭一震，半晌不語。

斗室之間，武林兩大宗師齊臨，兩人之中，岳多謙是知道班焯的，但是班焯卻不知岳多謙是何許人物！

班焯心中念頭飛轉：「這老頭氣度不凡，功力絕高，是武林七奇中人不會錯了！嗯，七奇中雷公、劍神我見過——那姜慈航是和尚，秦允——秦允絕不會是這等模樣，對——」

這一個念頭一閃而過，他猛吸一口真氣，沉聲緩緩一字一語問道：「敢問閣下姓岳或是姓艾？」

對面的老人陡然呵呵一笑，也是沉聲道：「老夫姓岳，草字多謙！」

班焯釋然的吐出那口真氣，拱身一揖。

岳多謙不遑答禮，驀然他瞥見班焯雙手一合之下，有意無意向外一翻。

岳多謙心中暗道：「久聞霹靂神拳班焯火急性兒，今日一見，果然不錯，好傢伙，倒要盤我的海底了──」

心中一動，雙掌一式一樣，一合之下，微微一分，內方一吐之下，猛然一帶。呼的一聲，班焯緩緩直起身來，岳多謙左手小指疾伸，虛空劃了一個小圈兒。班焯雙目一凝，右手食指一伸一縮，中指輕彈，和岳多謙各自退後一步。

兩個一代宗師這一試手，莫看一觸即收，但卻都是全力以赴，單說岳多謙，他不但施出了十成內力，而且那小指一圈乃是秋月拳中的精華，反觀那班焯亦是如此。

兩人一觸之下，心中有數，岳多謙驟然忖道：「這漢子好重的內力，而且招式之佳，也是妙絕人寰，方才他那食中兩指的動作，比我那式『金圈立地』是有過之而無不及！嘿，七奇盛名，果是不虛！」

他心中震驚，卻不知班焯亦是如此，班焯心中也自有數，他乃是直性子的人，一試之下，哈哈道：「岳鐵馬俠駕到臨，老夫方才冒犯之處，尚乞多多包涵。」

岳多謙豈是心胸狹窄之人，豪氣畢露，哈哈答道：「班兄哪裡的話，咱們雖是心儀已久，但緣慳一面，今日得見，何幸之有？」

兩人相視哈哈一笑。

班焯乃是直性之人，一向久聞岳多謙俠名遠播，私心很是仰慕，一見之下，果是豪氣干雲，俠風勃勃，兩人都是一等一的人物，相視一笑，甚是投機。

沉吟片刻，岳多謙開口道：「素聞班兄世居龍池，怎地今日遠入關中——」

班焯「哦」了一聲，答道：「這個，岳兄大概也能猜著，方才岳兄見兄弟書的那封拜柬，兄弟此來關中，就是特別來會一會——」

他說到這裡頓了一頓，接口道：「會一會雷公程暻然！」

岳多謙微微一怔，忖道：「瞧班霹靂的模樣，分明是要找雷公決一決拳腳上的高下，唉，『名』之一事，就是我岳多謙自己，幽隱卅年仍是一天不放下本領，那不是爲著這個『名』字！」

班焯歇了一歇，又自說道：「雷公威震關中，兄弟是知道的，是以來到關中，四處蹓蹓，想雷公聲名如此大，本料一定可以遇上，可是一連半月，卻不能成功！是以——」

他指了指木屋，不好意思的又道：「是以，自己胡亂釘了這木屋，以爲落足之地！」

岳多謙暗暗一笑，點了點頭。

班焯又道：「直到三四天前，兄弟實在耐不住了，便上劍神胡笠的胡家莊跑了一趟，想會會胡老頭兒，總算也不虛此行——」

岳多謙又是暗中一笑，忖道：「嘿！這位班兄好大威風，找不上程雷公，便準備找胡笠充個數！」

班焯可不知他在想什麼，驀然宏聲接道：「岳兄倒猜猜看，兄弟在胡家莊中竟逢一件巧事——」

岳多謙呵呵道：「我知道，程暻然這老兒住在胡家莊中，且和胡笠已成莫逆！」

班焯吃了一驚道：「不錯，兄弟這可要考慮一下了，咦，岳兄你怎麼知道？」

鐵馬岳多謙猛然仰天大笑，沉聲道：「不瞞班兄，小弟昨晚也去過一次！」

班焯恍然道：「原來如此！兄弟當時一時假若去會會程暻然，胡笠固然絕不會插手，但對方多一個人，總是有個疙瘩。」

岳多謙點點頭。

班焯又道：「是以兄弟當下便回來考慮一番，一直到今天，實在忍不住，乾脆寫帖拜莊，會一會名震關中的兩奇，也是人生一大樂事！」

他說到這裡，想是觸發豪氣，含勁而言，聲震屋頂。

岳多謙頷首忖道：「班霹靂去胡家是去定了，假若能和他一同前往，嘿，任它胡家銅牆鐵壁，非得好好鬧它一番。」

正沉吟間，班焯又問道：「聽說岳兄幽隱多年，這次怎也重入湖海？」

他這句話可問到岳多謙心底深處，岳多謙雙目一凝，沉聲說道：「這是因爲——因爲……」

一時心中甚是激憤，說不出話來。
班焯奇異的望著岳多謙，說道：「岳兄怎麼啦？」
岳多謙倒吸一口氣，定定神，說道：「范立亭，班兄聽說過嗎？」
班焯雙目一亮，高聲道：「散手神拳？兄弟仰慕得緊！」
岳多謙冷冷的插口道：「你知道，散手神拳——」
班焯心中一震，搶口道：「怎麼？」
「范立亭——死了。」
班焯猛可退後一步，大喝道：「什麼？他——他竟死了？」
隨著一掌反手打在木桌上，恰巧擊在木琴中，喀折一聲，木琴登時碎成四五片。
岳多謙負手仰天喃喃自語：「立亭弟，這位班兄，他——他對你是很敬慕的，你一生行俠仗義，公理自在人間，今日我老哥能和他一齊找到劍神挑樑，你……」
班焯陡然一聲長歎，怒火竟在片刻之間全消，滿面失望之色，抬起頭來瞧瞧岳多謙，沉聲道：「誰？誰能下手？」
「胡笠！」
班焯又是一驚，怔怔瞧著岳多謙。
岳多謙緩緩開口，說出散手神拳致死的經過，和自己重披征甲的一切情形。

班焯歎一口氣，說道：「不瞞岳兄，兄弟平生以自己拳腳上的功夫為自豪，常常想到普天之下，拳腳功夫出色的只有三人，那便是雷公程暻然，散手神拳范立亭和笑震天南蕭一笑！兄弟私心常以不能和此三人一會為憾，今日，唉，最著俠名的范立亭竟爾死去，我——」

岳多謙明白他的意思，黯然一笑。

登時，兩個蓋代奇人相視互看一眼，在他們心中，都有著同一個意念，他們覺得，他們互相已經能夠了解了。

半晌，岳多謙猛可跨前二步，走到木桌邊，拿起那隻筆，振筆一揮，在那大紅柬紙上已寫下三字。

班焯一瞧，只見一行字添寫在自己姓名之後，龍飛鳳舞，正是「岳多謙」三字。

他宏聲一笑道：「好！這樣好極了。」

岳多謙大筆一揮，在兩人姓名下加上「頓首」兩字。

寫完隨手一擲筆，反身道：「班兄可作如何打算？」

班焯爽快的答道：「從正門進去，大大方方投柬拜莊，嘿——」

岳多謙一點首，沉聲道：「現在？」

霹靂神拳用力點點頭，霍地向外走去！

岳多謙心中忖道：「瞧班霹靂約莫五十開外，頂多和程暻然年紀一般大小，雷公的造詣我是親眼看著，老班卻絕不比他稍遜哩！」

不消片刻，兩人已走出枯林。

胡家莊。

陰暗的天，襯托出這威武建築物，益發顯出一股不可深測的味道。

天空黑沉沉，雪花倒也沒有飄落，管看門房的胡家弟子用力嗅嗅這周遭沉悶的氣氛，他好像有預感這胡家將有一場震山搖岳的大風暴。

緩緩走到門邊，費力的拉開那沉重的鐵門，站在門口，門前官道上靜悄悄的，一個人影也沒有！

天上是黑的，地上是白的，在遠處天地交界之處，卻是一片灰茫茫的色彩！

看門的喚作胡千，自從昨夜那笑震天南蕭一笑拜莊以來，他沒有好好休息過，今天早上老爺子胡笠還特別關照，以後姓蕭的再來，務必要恭敬以待。

這倒奇了，胡千心中雖是不服，但口中卻不敢說出來。

驀然，一陣北風猛然迎面吹來，胡千不由打了一個寒噤，瞇瞇眼，睜開一看，猛可大吃一驚。

只見兩個人影好端端的站立在自己身前不及三尺！

這可奇怪了，眨眼間竟出現兩個人，自己卻是一概不知，胡千不由倒抽一口涼氣，後退一步。

定定神，看清楚了。

只見左首一個老人白髮白髯，配合一襲寬大的白衫，寒風中勁然而立，宛如神仙中人。右首的也有五六十歲了，卻是滿面虬髯，熊腰虎背，威猛已極。

胡千看清楚了，猛然他瞥見站在右首的那個威猛老者不斷衝著他冷笑，不由心中有點發毛。

沉吟片刻，兩個老人仍是不發一語。

胡千看管胡家莊大門可有十多年了，什麼樣子的客人，什麼樣子的場沒有見過，但像今日這般卻是從未逢上過。

猛可那老者冷冷一笑：「嘿！嘿！嘿！——」

他中氣甚足，一開口，但覺聲音有如鐘鼓齊鳴，胡千嚇了一跳，退後數步。

刷一聲，威猛老者從懷中摸出一張大紅色的拜柬，遞到胡千身前。

胡千雙眼一瞥，猛然全身一震。

老者右手驀然一翻，振臂一送，呼的一聲，那柬紙竟如一件什麼似的，箭也似的撞向那扇鐵門。

「噹」一聲。薄薄的一張紙竟比鐵塊還重，那麼沉重的門也不禁震了一震！

「嘿！」老者又是一聲冷哼道：「快拿進去給胡莊主！」

……

天空中好像有清朗的色彩了，北風也沒有方才那樣子尖刻，柔和的拂過，雪後天清——胡家莊，這蓋代奇子世居之地，抖擻似的倚山面水，傲然而立，有若君王高高在上，俯視著咸陽古都。

岳多謙和班焯緩緩在門前踱著，那胡家的弟子飛快持著一份足以令天下震驚的名刺，奔向莊內。

劍神胡笠正在靜坐，一手持著一冊《莊子》，細細品味其中意境，胡千跌跌撞撞奔來，正想舉手叩門，卻被在天井中吐納的雷公止住。

「喂，什麼事這樣緊張？」

胡千疾聲道：「程爺，您瞧這柬兒……」

說著遞上大紅的拜柬。

雷公粗粗一瞥，面色猛可一沉，暗暗道：「好啊，好啊，咱們終於會面了。」

伸手接過柬紙，大踏步走向胡笠的書室。

他輕輕伸手叩叩門，乾咳一聲，室內響起胡笠的聲音：「是程兄麼？」

程暻然推門而入，低聲道：「胡兄，熱鬧啦！」

胡笠怔了一怔，奇聲說道：「什麼？——」

程暻然寒著臉，雙指一送，那張柬紙平平穩穩飛向胡笠，口中沉聲道：「胡兄，你瞧這是誰？」

胡笠伸手一拈，霍地立起，喜聲說道：「班焯？岳多謙？是他們？」

「是他們！」程暻然低聲道。

胡笠又道：「妙啊！可怪他倆怎知程兄也在敝莊，這一來七奇中倒有四個聚會在一齊了，這確是武林間百年來的盛會哩！走！程兄，咱們迎客去！」

程暻然搖搖頭道：「我看班霹靂此行不懷好意——」

胡笠一怔，隨即會意道：「那麼——那麼岳鐵馬呢？」

程暻然仍是搖首，不過卻斬釘截鐵的道：「不管他們是什麼意思，我們可不管，硬來硬擋。啊！兄弟素聞班焯神拳無敵，兄弟卻以為……」

胡笠也似豪氣勃發，疾聲道：「那當然，碰碰也好，也總不負這幾年苦心研鑽！」

說著，和雷公一同步出房門……

十三　風雲變色

斗室中，爐火熊熊，雖是大冷天，房內還是溫暖如春。

岳多謙和班焯並步立在門限前，五步外，雷公、劍神雙雙而立！

岳多謙拱拱手長聲道：「兩位想必見到那紙束了……」

胡笠點點頭，遲遲道：「不知兩位各是怎麼稱呼？」

敢情他們七奇各都從未見過面。

班焯微微一笑，岳多謙輕聲道：「老朽岳多謙，這位是班兄。」

胡笠頷首，班焯卻接口道：「胡莊主對於咱倆之臨甚感疑惑是不？」

胡笠一驚，暗暗忖道：「怎麼他倒知道我是誰人？」

口中不言，卻道：「是啦，兩位大名震天動地，陡然駕臨敝莊，胡某有失迎迓！」

他身旁的程暻然卻不以爲然，岳多謙背後掛著的棉布包，分明包著他名震天下的「碎玉雙環」，哪有上門拜莊還帶著武器的？

正思索間，胡笠卻道：「兩位駕臨敝莊，這是請都請不到的，千萬要盤桓數日。」

班焯沒有出聲，岳多謙可真以爲胡笠在裝傻，忍耐不住，輕輕哼了一聲。

胡笠這一來面上可掛不住了，不過他乃是一代宗師，神色一變，沒有發作出來。

雷公程暻然心中一怔，暗暗想道：「素聞七奇中班焯爲人最爲急燥，但今日一見，岳鐵馬似乎比他還不知禮，哼！哼！這傢伙六七十年是白活的啦！」

心中怒火上衝，忍不住開口道：「程某斗膽請問兩位一句，兩位怎知程某居息於胡家？」

岳多謙望他一眼，默不開口，班焯猛可仰天哈哈大笑，他可是有意出聲，聲含內力，屋瓦震動。

胡笠面上又是一變。

程暻然沉聲道：「班大俠，是程某有什麼使閣下見笑嗎？」

班焯微一住聲，連聲道：「沒有！沒有！」

但說話之間，神色中可仍全是笑意。

程暻然忍不住，寒著臉道：「這就奇了，我說，班大俠——我說，兩位怎知程某居息於胡家？」

班焯故意頓了領，也是放下臉沉聲道：「我說——咱們都到過貴莊啦，親眼目睹，怎不知曉？」

程暻然一驚，胡笠可放不下臉了，暗暗忖道：「什麼？他們竟在胡家莊中來去自如，而我們一無所知？」

那邊程暻然對班焯點點頭，驚聲道：「是麼？」

胡笠猛可上前一步，盡量放平自己的聲調：「兩位在敝莊中來去自如，到底是不放胡某在眼內了。」

班焯面色一沉，岳多謙道了聲：「不敢！」

胡笠不理，一挫語勢，接口說道：「我胡笠並非什麼英雄豪傑，但是敝莊百十年來，倒也沒有人能上門發橫發威！」

班焯哼一聲，冷冷道：「是麼？」

他這乃是學方才程暻然的口氣，程暻然心中一怒，狠狠盯了班焯一眼。

胡笠理也不理，連接著說下去：「岳大俠和班大俠都是武林北斗，胡某一向是敬佩的，但是兩位要在胡某家中稱老大，胡某倒有點不能相信。」

岳多謙和班焯齊齊冷笑。

胡笠長吸一口氣，不理兩人冷笑，一字一語道：「兩位若是瞧著咱們不順眼的話，只管招呼下來就是。」

班焯氣極反笑，岳多謙卻道：「胡莊主此言差矣——」

胡笠不理，疾口又道：「昨日夜中，笑震天南駕臨敝莊，黑夜中似有人發出一指，想必係兩位之一了！」

岳多謙笑而不答。

胡笠道：「兩位好功夫，好本事，縱橫敝莊，胡某自忖一無所覺，很是慚愧。」

登時斗室戰雲密佈，一片寂靜。

岳多謙和班焯乾脆不出聲，算是默認。

半晌，岳步謙忽然上前一步，抱抱拳，朗聲道：「不瞞胡莊主，老夫此來，確有一事相求，尚請莊主能以實見告。」

胡笠點點頭，他看著這名列七奇第二的名手，白髮白鬍，氣度宏偉，有如神仙中人，心中實是甚爲折服，是以對他始終有一種好感。

岳多謙乾咳一下，緩聲道：「散手神拳范立亭，胡莊主想是知道的了！」

胡笠一怔，點點頭。

程暻然一聽范立亭，也不由得直起身來。

岳多謙心中一酸，暗暗忖道：「立亭弟，你瞧這些武林奇人，哪個不對你極是重視，可惜你先去一步，否則隻身縱橫湖海，是何等氣勢！」

這個念頭一閃而滅，岳多謙又道：「這可不是老夫捧他，范立亭的功夫可高強得緊！」

這一點，胡笠和程暻然都是衷心承認的，他們一齊點點頭。

岳多謙接口說道：「假若說，他栽在一個人的手下，那麼這人多半是『武林七奇』中之人了——」

胡笠想一想，認為的確差不多是這樣，於是又點點頭。

岳多謙緩緩接著說道：「譬如說——譬如說姓范的死在某人手中——」

說到這裡，可再也忍不住，聲調陡然加強，嗡的驟響一聲。

胡笠和程暻然像是陡然一驚，一齊脫口道：「什麼？」

班焯雖是已聞此訊，但也禁不住長歎一聲，他可奇怪怎麼岳多謙竟能忍受得住，直挺挺的身軀一絲也沒有移動，只是面容沉沉，聲冷如冰。

一個念頭電光石火般閃過胡笠的腦際……

岳多謙肯定的點點頭道：「下手者若是一個劍手，那麼——」

說到這裡，陡然一住。

胡笠和程暻然可知道他是什麼意思。

劍神忍不住尖聲道：「七奇之中，只有區區胡某慣常使劍！」

岳多謙點頭道：「岳某當然不敢有疑胡莊主，但斗膽請胡莊主見告一下——」

胡笠心中陡然明白，他像痛苦般呻吟似的哼了一聲。

兩天之間，胡家莊一連來了兩樁一模一樣的事：笑震天南在先，岳多謙在後，他們來意可說一無異處，不同的僅是岳多謙的態度比蕭一笑要稍為謙和一點。

程暻然忍不住插口道：「岳大俠，此中事情必有多重誤會，昨日笑震天南也是如此，硬說胡兄劍洗羅信章羅鏢頭全家──」

岳多謙點點頭道：「我知道，我知道！因為──」

他故意頓了一頓，然後沉聲道：「因為那發出一指的正是老朽！」

程暻然面色一變，敢情他對昨日那一指之危仍不能釋然於懷。

胡笠此時心中已然明白，卻不開口，暗忖道：「又是一樁事，哼，那傢伙……他竟能打死范立亭，難怪岳鐵馬如此傷情了。」

思索之間，口中答道：「岳大俠聽我一言，胡某人明知其中原委，可惜個中曲折太多……此事胡某人至不濟──唉不說也罷！」

岳多謙哼一聲，胡笠似乎突然強硬起來，疾叱道：「岳大俠，你把我姓胡的看作什麼人啦，胡某說一是一，若是不能見信，就請便吧！」

程暤然一旁也插口道：「程某也可證明，不知范立亭大俠何時去世？」

岳多謙一怔答道：「半月以前！」

程暤然點點頭道：「這就是了，半月以前，胡兄和我一齊在……」

胡兄疾口道：「程兄，別再提了……」

他認爲對敵人，尤其是對岳多謙和班焯解釋清楚乃是一種示弱的行動，別人不能了解他，那是別人的事，自己是何等人物，決不可稍行示弱。

程暻然疾然止口。

岳多謙雙目一凝，盯住雷公，然後緩緩把目光移向胡笠，沉聲說道：「胡莊主對這檔子事，最好能有一個交代，老朽此來就是這個意思。至於班兄，他此行目的——」

話聲戛然而止，岳多謙的目光又移到程暻然面上。

程暻然怎麼不懂他的意思？怒哼一聲，大聲說道：「班大俠是來會老朽的，那就是了！」

班焯一怔，他並不懂程暻然是什麼意思。卻聽程暻然接著又道：「班大俠號稱霹靂神拳，老實說，這個名頭，我姓程的就是瞧不入眼！」

班焯大怒，冷笑連連道：「原來如此，程大俠敢情瞧我姓班的不順眼哪！」

程暻然肯定的點點頭道：「正是如此。」

班焯強忍怒火，疾叱道：「當年咱們七人名著武林，班某時常想到，七人之中，竟有兩個是以拳腳著稱，是以心下第一願望便是要會會你程暻然！老實說，班某此次入關中，無非便是要找你較量較量！」

這句話太過露骨，雷公果然怒氣勃發，冷笑道：「姓班的可別賣狂，你的『神拳』兩字，在程某眼中還不當一回什麼事！」

班焯吼道：「那你就試著瞧——」話方出口，一步搶上，猛可打出一掌。

雷公程暻然口中雖如此說，心頭可不敢絲毫大意，右手一曲，化開一掌，同時間裡還了一腳。

兩個都是當今拳招上之泰斗，招式才出，勁風激然，一旁站著的岳多謙和胡笠都不由一怔。

程暻然猛可一封，後退兩步，沉聲道：「姓班的，這兒可是胡家客堂，咱們在這兒對拆像什麼話，有種的隨我走出去啦！」

班焯哪肯示弱，宏聲道：「好！」

雷公身形一晃，越窗而出。

胡笠猛然身形一長，緊跟出去，口中道：「程兄，班大俠，不必遠去了，就在胡某園中吧！」

程暻然回首一瞧道：「班大俠怎麼說？」

班焯冷然道：「夠大了！」

話聲一落，一拳猛打而來。

程暻然頭也不回，右手從左脅下翻出一擊，勁風一觸，兩人各自躍開兩步。

岳多謙也跟了出來，沉下臉對胡笠瞧瞧。

胡笠毫不示弱，尖聲道：「岳大俠要教訓胡某，儘管衝著來就是！」
岳多謙點點頭，雙肩一沉，抱拳一禮道：「好說！好說！」
胡笠一瞥旁邊兩位已拆掌而起，口中便道：「咱們過去點，別礙著他們——」
岳多謙一笑道：「不用！」
胡笠哼一聲，雙手一揚，左右各劃弧形，口中沉著說道：「接招——」
岳多謙長聲一嘯，雙足一凝，大袍一拂之下，便自出手，猛然旁邊一聲暴吼，兩人一怔，一齊瞥去，卻見班、程兩人已猛拆起來。
兩人不約而同對視一眼，心中都暗忖道：「這場決鬥倒不應錯過——」
兩人心意相同，一齊收回手來，須知他們雖是蓋世奇俠，但雷公和霹靂之戰，到底是百十年來少有的大戰，一生終難再見，是以各自不肯放過。
岳多謙和胡笠這一住手，那邊班、程兩人已打得猛烈異常，人影散亂之間，猛可「拍」的一響，人影驟分，敢情兩人又自凌空對了一掌。
班焯身形一翻，卻是凝立不動，程暻然何嘗不是如此，猛吸一口真氣，使勁一掌劈出。他怎不知班焯乃是平生第一大勁敵，是以一絲一毫都不放鬆，別看這一掌，可已動用了十成功力。
「轟」一聲，奔雷手名不虛傳，勁風激盪，揚起悶雷之聲。

班焯微微一退，雷公左手才揚，右手已自一劃，疾然勁推而去。

「轟」，悶雷之聲霎時又起。

班焯右足一凝，左足再跨後一步，程暻然猛可嘿然吐氣開聲，一左一右，雙臂翻飛，一連劈出十掌。

但聞悶雷之聲有若發自長空，絲絲扣人心弦，班焯似失去先機，步步後退。

一旁站著的另兩位武林名家對這一戰可看得心神俱醉，雖然他們明知班焯毫無敵意，但對雷公這一連十多掌，不由也暗暗折服。

胡笠忍不住高呼道：「程兄好威風！」

班焯猛可急吼，等到程雷公最後一掌才拍出，立刻「嘶」的一聲巨響，周遭的空氣似乎被這一聲所撕裂，塵影中但見班焯毫髮俱張，右手抖手一震。

「霹靂」一響，這一聲好不驚人，爆炸之聲包含其中，一發之際，連岳多謙和胡笠都不由一驚。

「嘿」！班焯猛可大吼，這聲雖沒有方才那一響暴聲驚人，但滿含內力，相比之下，簡直有若天崩地拆。

程暻然知道班焯全力反攻，不敢搶先，沉著以對。

班焯疾然雙臂一橫，上下交相一鬥，反臂崩出，勁風疾竄，周遭空氣吃受不住，猛然蕩開。

「霹靂」，班焯神拳一出，暴聲立響，響聲方過，吼聲又傳，一時間裡，空曠的園子裡轟然爲之變色。

班焯每發一掌，「霹靂」暴聲立響，他這和雷公悶雷之聲雖都是代表掌上深厚的內力，但卻和雷公有所不同，程暻然內力走的是穩重路子，是以悶雷之聲，重扣心弦，班焯卻處處流露出好大至剛，威猛無比的味道，轟轟之聲，有若霸王抗鼎，「力拔山兮氣蓋世」的氣勢，再加上疾吼，他這「霹靂神拳」四字可真當之無愧！

班焯每打出一拳，身形卻弧形後退，加上程暻然後退之式，不兩三招，兩人之間便隔了十步左右。

班焯短吼一聲，雙足一凝，不再後退。十步外，程暻然雙拳當胸，猛可班焯左手一圈，當胸劃個半圓，右掌分張，由下而上，急拍一掌。

掌風一出，卻是虛空之力，一股急強的氣流「嘶」然一響，破空劃過，飛到雷公身前，有若炸藥般「霹靂」一炸。

雷公雙拳交相一搓，猛可班焯一吼，左手又劃半圈，右掌自腕一振，霹靂之聲又起。

但見霹靂神拳班焯左掌不斷划動，藉以調足真氣，右拳卻左右交相有若鞭擊，一連反攻了十掌左右，登時霹靂之聲虛空亂飛，震耳欲聾。

岳多謙再也忍耐不住，大叫道：「龍池百步飛霹靂，班兄果是名不虛傳！」他此言不虛，班焯雖距雷公十步，但「飛」字確實作到令人不可置信之地步。

雷公儘自穩守，心中也覺不是味道，雙掌合抱，突的一頂，這下雙拳雖僅推出二寸，但千斤之力，疾湧而出，班焯攻勢爲之一窒。

程暻然驀地長嘯一聲，身形有若大鳥盤空，疾掠而下，班焯已知他乃是要變內力硬對而在招式上爭勝，立刻凝神以待，抱元守一，一頓之下，下盤不動，上身陡然平移半尺，左手猛可伸手一抓。

雷公一撲之式才阻，雙掌一立，橫飛而出，直撞班焯胸腹兩脅。

班焯以攻爲守，右手一沉，左掌快若閃電，猛砍一下，雷公攻勢登時瓦解。

兩人這一下近身相搏，更爲可觀，但見拳影閃閃，兩人都是一放而收，是以雖是勁風呼呼，卻不聞絲毫對掌之聲。

班焯在掌式中滲入大、小奇門擒拿，內外雲手和拳法，不時還加上「大力金剛指」用以點穴，以輔攻式。

雷公卻是純粹內家拳招，不過變化之妙，令人歎爲觀止，呼呼數聲，已和班焯拆了將近百招。

岳多謙和胡笠看得心神俱醉，對於雙方的功夫，不論是內外功力，招式演變，反應靈敏，應敵經驗都感到衷心欽佩。

又拆了半刻，雷公猛然大吼一聲，一拳擊出，掌心閃電一吐，這一式喚作「青山碧水」，乃是程暻然新近研出的一式，雖然並不狠辣，但純是內力的招式。

說時遲，那時快，雷公掌心一吐，一般陰柔內力疾湧而出，同時間裡，左拳一張，卻打出了一股剛陽的力道，一陰一陽，兩相補濟，霎時轟的大震。

班焯冷不防對方內力齊出，招式登時為之一窒。

雷公好不容易搶上先機，不再遲疑，雙足左右翻飛，一連踢出十五六腿，同時雙掌叫足真力，左右開弓，疾戰中，只聞雷聲隆隆，班焯左右閃避，一著之失，先機全無，一口氣被迫退後九九八十一步之多。

班焯鬢髮齊張，兩眼瞪大有如銅鈴，不放鬆一絲一毫可以平反敗局的機會。

驀地裡，班焯急吼一聲，左足一抬，用膝部猛端出去，怪招陡展，右足一屈，身形登時一矮，但左足高高在上，是以腰間一用力，竟自平空翻了一個觔斗。

怪招才出，功效立見，程暻然果似不虞有此，班焯雙臂筆直，長軀而入，一拳反攻過來。

雷公身形方自一頓，班焯毫不客氣右手一抖，急雷之聲陡起，霹靂一炸，跟著上前一步。

程暻然深知自己只要一退，非得和對方方才一樣，被迫退八十一步方才有望反攻，心急一定，雙足牢牢釘立，右臂猛力一掄，急促間只發出六七成功力。

這一來一個是全力以赴，一個是勉力招架，勝負立分，但程暻然早有準備，雙足凝立有若鐵鑄，班焯一推，雷公猛可一折腰，化去力道，卻不敢待身形翻起，右掌一立便自發出一式。

班焯不料雷公出此奇計，不遑伸臂一封，只這一會兒，程暻然已自挺腰直起。

班焯心急如焚，猛可一拳打出，霹靂一炸，左拳一捏，自上而下，輕輕一劃。

程暻然一瞥之下，心中驟驚，付道：「瞧這傢伙左臂一劃，難道他真不惜真力損耗，想打出『霸拳』嗎？」

這個念頭一閃而過，程暻然心中一凜，不敢絲毫大意，果然不出所料，班焯左臂一掀，上下一劃之式頓止，五指一翻，平平搗出一拳。

這一拳好生奇怪，一出之際，猛可便是一收，收式方興未艾，卻又一拳打出。

班焯這一行動，場外的岳、胡兩人可看清了，只見他面紅如醉，不由一齊疾聲叫道：「霸拳！」

須知霹靂神拳班焯昔年崛起武林，拳腳功夫中有一套最爲霸道的，那便是天下公認的「霸拳」

聽此兩字，便可知其含意，這套拳法果是天下最爲霸道者，班焯自成名以來，極少使出，

須知霸拳是三三共爲九招，但九招一出，班焯全身功力起碼也得廢去四成以上，可是一旦發出，可真是無堅不摧，是謂之拳中之霸。

雷公所料不錯，班焯在心急之餘，終於打出霸拳。只見第一式「挾山超海」才出，急雷之聲立響，一吞一吐之間，每一拳打出，卻都借有上一拳餘力作爲一衝之式，是以一拳比一拳猛烈。

程暻然情知假若讓他完完整整打出九拳，自己可真應付艱難，雖不至落敗，但總會十分狼狽。

一念方興，努力提氣，不管一切，平空推出一掌。

雷公號稱「奔雷」，內力造詣可想而知，「轟」然一聲，平空和班焯硬對一掌，心中不由一陣發熱。

但此時可是緊要關頭，不能分神一絲一毫，情急之下，停也不停，雙掌又是一頂。

「呼」一聲，班焯內力登時爲之一歇，「霸拳」終於被阻止沒有發將出來。

岳多謙和胡笠一邊相見，不由都鬆了一口氣。

霎時間，戰後中又起了變化。

班焯心中暗暗忖道：「哼，好不容易奪回先機，仍奈這傢伙不得，這麼算來，我還吃了虧——」

這個念頭一興，班焯不由大急，身形陡然間一閃而至，順手打出一掌。

程暻然冷笑一聲，舉掌相迎，哪知班焯神拳一閃，猛撤之下，竟然發出一股迴旋的力道。

「嘶」一聲，程暻然疾伸手一劃，一式「鬼箭飛磷」封出，說時遲，那時快，霹靂神拳班焯陡然內力外洩。

「呔」！班焯劇吼一聲。

緊接著，班焯衣衫飄飄然，左前右後，右進左退，上下交相而擊，各自劈下一掌。

程暻然身形一幌，一左一右，飛出一雙「肘錘」化開。

霎時裡兩人又打作一團。

岳、胡兩人似已看得心醉，驀地裡戰場中響起一連串急雷爆炸之聲，想是班焯全力搶攻。兩人都有一次經驗了，是以在拆招之時，處處無不全力以赴，班焯這一搶攻「霹靂」之聲大盛，而悶雷聲似乎漸漸被合圍困住。

本來霹靂和閃雷都是同一聲調，不分軒輊，但雷公程暻然的悶雷聲卻和班焯大相逕庭。陰柔陽剛，各擅勝場。

班焯似乎愈戰愈勇，掌出如雨，吼聲連連，急雷之聲更是大盛，而雷公程暻然卻固守中盤，是以在暴雷聲中，仍不時飄出陣陣輕雷之聲。

岳多謙心中暗歎道：「人稱武林七奇，果是個個名不虛傳，不說他人，就是在場的四個，有誰稍遜一籌？」

「轟」一聲，猛可戰場中一聲大震。

岳多謙一皺暗道：「班霹靂氣壯山河，勢吞牛斗，攻勢連連不斷，但雷公何嘗有一點敗意？別瞧班霹靂之聲似是得勢，但雷公固守有若金湯，不時還來一兩下厲害的反擊，唉，這兩人拳招上直可並稱千古——受之而無愧——」

他說的果然不錯，霹靂之聲雖驟，但急響處輕雷之聲密密接合，有若一層極為堅厚的聲波板，而且不時雷聲猛響一下，反擊自守，確是名家風度。

戰到這種境地，岳多謙和胡笠這等高手都暗自折服，尤其是岳多謙，仰首垂目，僅憑聽覺便可明瞭戰場中之情勢與變幻。

霹靂之聲愈來愈急，有若上陣沙場，戰鼓齊鳴，驚天動地，風雲變色，岳多謙傾神一聽，猛可急雷聲中輕雷之聲似乎一衰，岳多謙猛然醒悟暗道：「輕聲者以退為進，驟者力弱，輕者必隨有反擊！」

他心念未完，果然霹靂聲中猛然透出兩聲悶雷之聲，這兩聲乃是程�然連施兩記絕學所發，班焯攻勢一挫。

霎時間，悶雷之聲大作，隆隆作響，大地幾乎為之震動，敢情是雷公反守為攻。

岳多謙一歎暗道：「先賢歐陽修詞云：『平蕪盡處是春山，行人更在春山外』。不錯！高手過招，守式固然穩若盤石，攻式更是有若春蠶吐絲，綿綿不斷，高山峻谷，急湍深潭，文學大師所言，引移之於武學，亦未嘗不可！」

天色漸漸昏暗了，北風再度肆勁——
雪花，慢慢的又在飄舞著。
大園中，兩個蓋代奇俠決戰，聲動天地，風雲變色，也許真是這人爲雷聲的影響，雪花，愈飄愈大。
白濛濛的水氣中，兩條人影兔起鳶落，雷聲隆隆，吼聲嘶嘶然，在這昏暗的大地之下，生像是展開了一幕奇景。
兩人已將近對了千招，雷公反攻之勢未衰，而班焯似已忍不住這種被動，狂呼打出一掌。
此掌一出，程暻然正是一式「雙撞飛」，斜掠而上，「拍」的一聲，兩人破例對了一掌，但覺悶雷聲和霹靂之聲齊鳴，分不出孰勝孰負，竟接合成一種隱形而渾厚的氣體。
拳掌交加之際，揚起漫天雪花，但立在場邊的胡笠和岳多謙，竟連衣角也未揚起！
也許是班焯強攻，真氣運轉不順，程暻然一掌才揚，左膝一弓，頂向對方腹部。
班焯一驚，後躍一步，身形尚未立穩，雷公猛可右手暴長，一拂之下，猛然一顫，登時封住班焯胸前各大穴道。
班焯仰身一倒，左手閃電一抓，但終遲了一步。
說時遲，那時快——
「嗤」的一聲，緊接著「拍」的響了一下。

雷公盡使全身功力，終於在酣戰之下，出手快了一步，指尖勾破班焯衣襟，而班焯一抓終差了一步，僅拍著雷公的手背。

雷公手臂一收，躍後半步，一揚小指上勾上的一塊小布屑，冷冷一笑，仰面問道：「如何？」

班焯面色一沉，雙目一凝，猛可一跺腳，身形一掠似箭，左手一把劈面抓出。

程暻然一驚，忙一式「鳳點頭」，班焯出手有若閃電，右手一閃再震，真個有若長空電擊，刷的威勢立見，大有那閃電之快速。緊接著內力外吐，恰似電後雷鳴，程暭然疾忙一封，但聞嗤一聲，袍袖口上已多了兩個指孔。

班焯腳步一錯，仰天大笑反問道：「如何？」

雷公面色一變，下盤一蕩，疾奔而至。

這一下變化快極，班焯卻早有防範，一錯步，反手一封，岳多謙瞧得清切，只見他右手食指一伸一縮，中指輕彈，正是第一次和岳多謙試招時的絕妙守式。當日岳多謙以秋月拳招中的精髓：「金圈立地」仍奈彼不得，其神妙可想而知。

雷公攻式一挫，班焯笑聲不停，右手一併，猛可一點。別瞧這一點，一顫之下，卻一連跳動十餘次，指指皆向對方大穴。這招乃是班焯專為雷公所創，攻勢果然凌厲無匹。

胡笠一怔，一顆心都要跳出口來，驀地裡，雷公右手疾伸，當胸而立，掌心向內，五指外伸，卻只有小指微微顫動。
班焯一點而至，尙差五六寸，卻似遇到一層真氣般，攻勢當場一頓。
劍神胡笠看得分明，宏聲道：「妙極！」
岳多謙也認得此招，正是雷公在胡家莊中和胡笠一同相悟的那式——直可稱爲無懈可擊的守式——當時岳多謙見了，便心驚不已，此時再見，仍是讚口不絕。
「拍」的一聲，奔雷手和神拳霹靂一觸，各自躍退一步。
班焯怒哼一聲，程暻然面帶冷笑，雙目凝視！
雷公突然面色一沉，疾吼一聲，搶上便待再拚。
驀地裡人影一晃，胡笠擦地一掠而上。
岳多謙吃一驚，他不知胡笠是什麼意思，雙足一點，也是一飄而上。
胡笠一掠到雷公面前，沉聲道：「程兄，暫住手！」
程暭然一怔，岳多謙立時恍然，趕忙也止住班焯。
胡笠宏聲道：「兩位包羅萬機，學究天人，一場拚鬥，直有神鬼莫測之極，前後大約也有二千多招，若是看胡某面上，暫請停住——」
程暭然自然不好意思再打，班焯也是如此，兩人對看一眼，雖然各自狠狠一瞪，但心中卻都不得不暗暗忖道：「要想得勝恐怕未必可能！」

胡笠等程暻然靜下，才緩緩轉身沉聲道：「岳大俠既是專程來找我胡某人，方才那檔子事，姓胡的已說『不知道』，大丈夫言出如山，岳大俠要怎麼辦，衝著我來就成！」

岳多謙面色一寒，低聲答道：「老朽此來，僅望胡莊主指點一條明路，胡莊主竟是如此吝於一言麼？」

胡笠橫了心，傲然點點頭，雖然，他此時心中很是矛盾。

岳多謙面寒如冰，雙目望天，口中喃喃自語。

胡笠似是愈想愈氣，猛然尖聲道：「兩位自認是大英雄大豪傑了！竟然上門找胡某挑樑，我胡某雖是不才，但對付這等自認不朽，目中無人的人物，自覺尚有幾分把握！」

他敢情想到這兩日名震關中的胡家莊竟連來外人，強出強進，把他這作莊主的藐慘了，是以才有此等露骨之語說出。

岳多謙卻似明瞭他的意境，並不發怒，沉吟一番，點點頭說道：「胡莊主此話甚對！方才他們兩位拆了一場，現才——該輪著咱倆啦！」

胡笠冷聲叫道：「是啦，正是這樣！」

岳多謙猛可踏上一步，放下背上棉包，雙手閃電一彈，「鏗」一聲，布包飛出，兩支玉環已到了手上。

胡笠毫不示弱，反手一拔，「叮」一聲，但見虹光一閃，吞吞吐吐繞身一匝，當胸微點三劍，果然精光閃爍，氣勢宏偉。

單看他拔劍之勢，足有一代宗師之風，出手之快，防範之密，氣派之大，已足稱「劍神」之名！

岳多謙一笑，左右一掄，兩支大玉環猛可一擊，「鏗」，發出碎玉摧冰之聲，白乳色的光瑩一閃，岳多謙已躬身一禮。

他這一禮乃是還那劍神方才抽劍時三點之式而發，皆因那三點之式乃是劍術上施禮的招數。

兩人一禮施還，岳多謙沉聲說道：「方才程大俠、班兄在拳腳上已施盡天下招式，老朽就在兵刃上向胡莊主討教一二！」

胡笠一笑道：「好說，好說！」

岳多謙猛吸一口氣，佈滿全身，雙環一立，向左跨出半步。

胡笠情知此乃重要關頭，不敢大意，緊跟著向左一跨，手中長劍尖一移，凌空劃出一道寒光。

兩人僵持不下，繞圈疾行，雖未動手相搏，但頭頂上都冒出絲絲蒸氣。

一旁觀看的程暻然和班焯情知他們不出手則已，一出手非得是石破天驚，不由也緊張萬分。

正在這吃緊的當兒，驀然圍牆邊大樹上一陣疾響，岳多謙和胡笠乃是全神貫注，這一聲疾響好不突然，兩人都是一驚。

岳多謙身形一傾，探手之下，已折下一斷枯枝。

班焯身形一幌，想要上前查看，哪知雷公誤會他乃是想上前助拳，一急之下，大叱道：「住手！」

同時間打出一拳。班焯冷不防身側勁風大作，猛可一封，落下地來，狠狠對雷公道：「什麼？」

雷公一怔，也轉過意來，不由臉上一紅。

說時遲，那時快，岳多謙右手一震，那截枯枝如飛打出，變成一道淡灰的影子，直奔大樹。

他打出枯枝後，可不敢注意它的效果，心神一點也不敢分亂，緊緊注視著胡笠。

「嘶」一聲，岳鐵馬好強的內力，那枯枝破空竟是銳響一聲，果然不出所料，那樹上藏的人哈哈一笑，飄身下來，凌空一把抓住枯枝。

但聞「吧」一聲，那枯枝尚未入手，離奇的炸開，登時碎片四下激射。

那人不料如此，一時手忙腳亂，好不容易才避過，落下地來。

岳多謙這一下用的可是岳家獨步天下的「飛雷」手法，操縱暗器，簡直有如兵刃，比之

「摘葉飛花」的上乘功夫又要高出一等，來人不慮有此，果然差點吃虧。

那人落下地來，怒哼一聲，宏聲道：「岳鐵馬好俊的工夫！」

岳多謙可不敢還嘴，倒是胡笠疾退一步叫道：「什麼人？」

在場四人八道眼神齊齊一掃，除了班焯外，盡皆識得，正是笑震天南蕭一笑。

岳多謙一怔，笑震天南已大笑道：「好啊！七奇之三齊臨關中，這一位恕蕭一笑眼拙——」

班焯正奇是何人駕臨，一聽蕭一笑三字，雄心不由一奮，大聲道：「老夫班焯。」

蕭一笑驚呼一聲，來不及出言，胡笠已叫道：「蕭老師衝著胡某，我可決不含糊——」

蕭一笑應聲反身，看了胡笠一眼道：「好呀——」

在場五個人此時個個心中大亂，岳多謙暗暗忖道：「蕭一笑這一插足，形勢急轉而下，胡笠立站下風，可是我岳多謙是何人，豈可以眾凌寡？」

心念一動，踏上一步道：「蕭老師大名久仰，如雷貫耳——」

蕭一笑哼一聲道：「咱們朝過相啦——」

岳多謙心中暗笑，知他不能將那日在酒店對掌之事放下，口中卻問道：「蕭老師是衝劍神胡老爺子來的了？」

蕭一笑點點頭。

岳多謙雙目一凝，大聲道：「老夫不管你和胡莊主有何樑子，但今日之事，乃是老夫和班兄先架手的，你且等一下，老夫可不領你情。」

蕭一笑面色一變，答道：「岳鐵馬好大口氣，在下插不插手，尚未決定，憑什麼要聽你姓岳的教訓——」

岳多謙身旁班焯冷冷道：「蕭一笑，你別賣狂，要打先衝著班某來！」敢情他牢牢不忘要和蕭一笑過招。

蕭一笑何等性子，大叫道：「妙極，妙極！」說著便上前兩步。

驀地胡笠平身一掠，攔住蕭一笑，沉聲說道：「蕭老師來找我姓胡的，這兩位也是如此，我胡家莊何等榮幸，竟有如此多位大英雄上門，足使寒門生輝，少說幾句話，你們三人一齊來吧！」

班焯冷嗤一笑，岳多謙驀然大聲道：「慢著——」

十四　卿雲四式

陽光漸漸從石壁孔縫中透了進來，雖然這支日光可能是穿過深水才射入水底之宮的，但是在幽暗終日的石室中，仍然顯得那麼明亮可愛。

岳君青抬頭看了看那一小方日光，正在緩緩地移動，這些日來，他已習慣地熟知，當日光透入時，那已是將近正午的時分了。

他輕輕歎了一口氣，眼光又收回，落在地上的「定陽真經」上，頁首仍是那號稱天下第一劍的「卿雲四式」中的第二式：「糺縵縵兮」。

「這一招真不好施。」君青想道：「這一招的要訣只怕就在『糺』和『縵』兩字上，只是如何『糺』變為『縵』，就令人費解了。」

他認真地把前後覆想了兩遍，仍然不明其所以，於是他像是廢然地閉上了眼。

他自己都不知道有多久沒有睡過覺了，不過自從他苦思這招「糺縵縵兮」以來，至少已是三天三夜了。

他的後腦枕在堅硬的石壁上，但是在他看來彷彿枕著鵝絨軟枕，他眼前現出一個迷濛的倩影，那眼睛、鼻子，全都是迷迷糊糊的，但是可以辨出那出塵的美麗，於是他揉了揉眼，努力睜開眼來一看，那個女孩子卻更模糊了，終於像仙女一般消失了。

他敲了敲腦袋，暗道：「這司徒姑娘我從未見過，但是我卻……我卻老是想著她，甚至她的面容我都似乎想像得出，不過怎的那麼模糊不清呵？」

他倦極了，攏了攏蓬散的頭髮，昏昏睡著了。

這一覺，帶給了他一個綺麗的夢。

月光從小縫中鑽入，斜斜地灑在君青的臉上，照著他挺直的鼻樑和廣闊的前額。地上斜斜地躺著那本武林奇書，翻開的頁面上，仍是那「糺縵縵兮」。

岳君青翻了一個身，睜開了眼，忽然他覺得一個思想一閃而過，他身形一躍而起，拾起地上的竹枝，左右劃了兩下，從中一圈而落，竹枝所過，發出呼呼勁風之響。

但是君青的手臂卻緩緩垂了下來，他暗忖：「難，難，這招的真正妙處只怕我還沒有摸著邊兒。」

於是他又呆望著那「糺縵縵兮」四個字。

「喂，岳哥哥，晚餐來啦。」是司徒丹的聲音。

君青心不在焉地漫聲應道：「司徒姑娘，『糺縵縵兮』是什麼意思？」

上面的司徒丹怔了一怔，奇怪地道：「糺縵縵兮？好像是說卿雲糾合紆卷的樣子對不對？

咦——你問這幹麼？」

君青聽到「糾合紆卷」四字，心中陡然一驚，叫道：「是啦，是啦——」

他再看那「定陽真經」上，「糺縵縵兮」的十個圖形，莫不是從那「糾合紆卷」之態著手，君青心中不禁狂喜，暗叫道：「這回大約成了——」

司徒姑娘驚詫地叫道：「喂，你到底在幹什麼？」

君青漫道：「等一下。」

說著揮動那「竹劍」一招一式的演練，練到第三遍上，真力破嘯之聲從那破竹尖上發出，嗚嗚充滿全室，君青身隨「劍」走翻騰之中，隱約宛如祥雲四布，舒捲盤曲之態！

他大叫一聲：「成啦！」

身形刷地落了下來，仔細把劍招又想了一遍。

這時他才想起：「呀，她到哪裡去啦？」

抬頭一看，那石板關起，卻留下好大一個空口，正納悶間，忽聞一個聲音傳了進來！

「哼，自從這臭小子被抓進來之後，你處處向著他，見著我就不高興，你……你……難道還不知道我的……我的心麼？」

君青立刻發覺正是司徒丹師哥的聲音，他連忙側耳傾聽，卻聽得司徒丹道：「師哥，你胡說八道——」

那人搶著道：「師妹，你不用瞞我，我哪一點比不上這臭小子？再說這小子是岳多謙的兒子，你怎能——」

司徒丹高叫道：「你快走，我不要聽你胡說八道。」

那傢伙怒吼了一聲：「這姓岳的小子，遲早是死定了，我——」

君青愈聽愈怒，喃喃罵道：「你才是死定了的。」

忽聞一個陌生的聲音：「祁爺，宮主喚你去。」

接著便是一陣腳步聲遠去了。

君青恨恨地把右掌擊在左掌心上，坐了下來，司徒丹那甜美的聲音一直在耳鼓中繚繞不絕，那神秘的倩影又出現在眼前。

這模糊的幻影在君青眼前不知出現了多少次，每一次都像是更清晰，都像是更美麗，事實上，君青連她的容貌都沒有見過。

「哼，我一定要縱出去！」

於是他拿起地上的「定陽真經」，又翻過一頁，上面該是第三式了：「日月光華」。

一股渾厚的真氣在君青周體圓滿地運行了一周，最後回到丹田，君青掀開了眼，兩道精光從瞳仁中射出。

他的雙眼凝視在手中書卷上，這一招「日月光華」令他苦思了一天一夜，仍然無法領悟。

他看了看圖中所繪的姿勢，那最後三式，持劍人鬚髮歙然，劍上放出一圈弧形的光華。

「這道光芒不知道是什麼東西？難道畫中人所執的是一柄寶劍？」

「不，不會，因爲前面幾幅圖中並沒有這圈光芒呵。」

他把自己所知道的武學道理全部想了一遍，也無法解釋這困惑，他想到那天夜裡，大哥芷青和他拆招的情形，那些招式一一流過胸中。

「唉，大哥他們現在不知在哪裡？他們必然以爲我已葬身波底的了……媽媽不知會傷心成什麼樣子。」

於是他又想到了隻身赴敵的爸爸，突然他異常擔憂父親和劍神之戰的勝敗。

「爸爸大約會勝的……不，他一定會勝！」他手中的「竹劍」一刺，「奪」一聲在石壁上留了一個痕跡。

「不過，如果……」他不敢想下去了。

於是他連忙換一個口氣想：「爸爸大約會勝的……不，一定會勝！」

「奪」一聲，竹枝在石壁上又留下一痕。

他看了看兩個並排的淺痕，想起自己重三覆四的思想，不禁啞然欲笑，但是，他沒有笑出來，因爲他更覺煩悶了。

這大概是午夜了，君青覺得黑暗中有一點冷意，於是他站起身來，用竹劍舞了兩路。

忽然，君青被一種奇異的聲音所震驚，那聲音像巨鐘一般，在君青的胸腹之間沉沉打了一擊，君青不禁陡然大駭，連忙仔細傾聽。

只覺那聲音似從左方傳來，聲是極小，但是卻令人聽了產生一種重重被擊的感覺，君青專心聽了一會，只覺心中有說不出的難受，就像跌在萬丈瀑布下，受那千軍萬馬般的大水沖擊一般，他連忙心神守一，運氣凝神，霎時一股純和之氣遍達四肢，那古怪的聲音雖然仍然在耳旁不住響著，但是那等難受的感覺爲之大減。

君青此時功力已極深厚，他猜想這種聲音必是伴同著一種厲害的內功所發生的，他曾聽爸爸說過，西方佛門各種支教中，有好幾種高深內功，運功之際，嘯聲如虎如龍，可化聲爲有形之物，傷人內腑於百步之外。昔年西方阿禪布達掌教米丘真人，在白駝峰上一笑而退百虎，傳爲佛家降魔大法之美談。

君青一念及此，不禁暗暗奇怪，何等人竟具有這種功夫？

漸漸，那聲音愈來愈響，像是雷鳴之聲，又像是置身海濤之中，隆隆中具有一種攝人心神的神秘力量，君青暗暗運功，心中雖不受影響，但是覺到周圍空氣似乎都在跟著震動，而且愈蕩愈厲害，就如在海底一般。

忽然那聲音又是一變，像是一浪濤才過，後面一個浪濤又到，藉著上一個浪濤的餘力，愈打愈勁，愈激愈高，嘯聲也愈來愈是震人心神。

那一個一個震盪高到極處，聲音又自一變，宛如急湍深潭，嗚咽流水，那渾然聲響中夾著一種令人哀傷的情感，似乎是歷盡滄桑的老人在向世人訴說他的不平。

君青聽得又奇又敬，心想這發聲人功力實在太深，也不知究竟是什麼人物。

那聲音愈來愈奇，君青在不知不覺間，運功也愈來愈深，忽然他感到那聲音漸趨律調，宛如千萬人在齊聲高唱，那曲調漸漸明晰，竟是「水調」之聲。

君青飽讀經書，精識音律，知道這「水調」原是極悲之曲，果然不久，那聲音愈來愈是悲沉，好比嫠婦夜哭，巫山猿啼。

漸漸那一水調中飛出百般寒意，而且音調飄蕩之間，竟帶陣陣濕氣，直如身坐水底。

想到「水底」兩字，一個念頭陡然閃過君青心田：「這水調之聲令人如置水底，難道那什麼『水底之宮』與這有關？」

那聲音漸漸低弱下去，但是精通內功之道的君青知道這一陣子低弱，必然會引起另一番驚人之聲。

果然那聲響一轉，宛如千丈水柱直捲青雲，但是，就在這一剎那間——

驀然，一個聲音從右面升起，頓時壓在原聲之上，君青猛覺心中一震，連忙大吸一口真氣，努力定住心神，細聽之下，只覺那聲音好像森林大火，烈焰騰空，火上風主之音，猛烈無比。

然而那聲音卻短促無比，一響而止，原來左邊那聲響也跟著停住。

君青心中被兩種聲音一和，險些把持不住，這時聽嘯聲已止，不禁長吁一口氣。

這時左面傳來人聲：「我道是誰，原來是于兄到了。」

這人聲音好生陰森，令人聞而生寒，偏又功力深厚之極，聲音在空中凝而不散，蕩曳不已。

君青暗道：「這大概就是原先發聲的人了，這人功力深厚之極，只怕是那司徒青松本人——」

右面極遠處傳來一個童音：「司徒老鬼，咱們幾年不見啦？」

君青不禁大奇，暗道：「這小孩怎地如此口氣？嗯，左面那人看來必是司徒青松本人了。」

那人乾笑了一聲，冷冷道：「于兄，咱們是足足三十年未見啦，什麼風把你吹來的？」

君青奇道：「怎麼司徒青松稱這小孩『于兄』？」

那童音道：「我最近聽說這水底下出了鬼，哈哈，我一猜就猜中必是你這隻老水鬼在興風作浪了，哈哈。」

這童子似乎因猜中了而高興無比，哈哈大笑。

「咱們兄弟情同手足，心意早通，于兄自然知道是我司徒青松的了，嘿。」

那童音大笑道：「誰和你老水怪是兄弟，也不知是哪一個首先發起喚咱們『嶗山二怪』的，我老兒豈能和你水鬼並論，哼，我若找著這胡說八道的人，定然好好打他一頓屁股。」

他愈說愈是忿怒，到最後竟是咬牙切齒起來了。

君青暗笑道：「怎麼這孩子自稱起『老兒』來著？」

司徒青松道：「于兄多年不見，功力精進，端的令小弟愧怍。」

君青吃了一驚，暗想：「難道方才嘯聲如烈焰騰空的竟是這小孩？」

那童音道：「司徒水鬼，你再虛僞做作，我就要走了。」

司徒青松道：「不是兄弟口是心非，于兄三十年不見，功力精進之快，著實令人讚佩。」

那童子似乎信以爲真，樂道：「老水鬼不必客氣，哈哈。」

這兩人相距雖遠，但是各以內力灌注，君青不僅一字一語聽得清清楚楚，而且耳膜震得隱隱作痛。

司徒青松又道：「憑良心說，方才于兄那手『烈焰飛煙』的氣功，已到了登峰造極的地步，只怕，嘿嘿，那什麼武林七奇也未必是于兄對手了。」

童子喜道：「哪裡，哪裡，人家武林七奇何等威名，豈是我所能望其項背。」

口中雖如此說，但從他語氣中自可聽出他說得極不誠懇。

司徒青松聲調不變地道：「恭喜于兄終於練成天下第一的奇功啦——」

那童子聽到「天下第一」四字，似乎十分痛苦地呼了一聲，大叫道：「老水怪不要捧我，須知……人外有人……天外有天……」

司徒青松故意道：「我看儘管天下之大，奇人異士車載斗量，但如于兄這等功力的，只怕再無第二人的了。」

那童子再也忍不住，大叫道：「去你的，前三天……我在嵩山……栽在一個……手中。」

司徒青松驚道：「有這等事？是武林七奇中人？」

那童子暗道：「哼，這老鬼方才說我比武林七奇強，可是這會兒聽說我栽了，就立刻想到武林七奇，哼，他豈會安著什麼真心眼？」但口中忍不住道：「不是！」

接著又解釋道：「我在黑暗中和那人對了一掌，栽了一個觔斗，連那人臉孔也沒瞧見。哼，雷公劍神在關中，班焯在龍池，岳鐵馬大約在終南山，秦允和姜慈航絕不會在嵩山上，那人可也不是少林和尚，你說說看，怎會是七奇中人？」

司徒青松盤算一會，正色道：「于兄忘了一人——那是七奇之首！」

童子道：「呵——你說『金戈』艾長一？」

一陣沉默。

又是那童子音道：「老水怪，我去了。」

司徒青松道：「不急，于兄請在舍下盤桓幾日。」

那童音道：「不高興。」

司徒青松冷笑道：「那麼請便罷！」

那童子道：「你別神氣，你這水底怪洞別人不知底細，在我『風火哪吒』眼下，還不是要出就出，要進就進。」

司徒青松一陣冷笑。

又恢復了沉靜，也不知過了多久，君青突然聽到司徒丹的聲音：「師哥！你幹什麼？」是那姓祁的聲音，帶著無限恐慌：「呵！師妹，是你！我……師妹，你別阻我，我……要殺了這……姓岳的臭小子！」

君青大怒，暗道：「你才是臭小子。」

司徒丹低聲道：「師哥你不要——」

那人叫道：「我要！」

司徒丹柔聲道：「師哥，你醉啦。」

那人似乎神智不清，怒道：「胡說，我要殺他。」

接著一陣拉扯之聲，忽然「拍」一聲，司徒丹驚叫了一聲。

君青聽得勃然大怒，拾起地上竹枝，忘卻一切地往上一縱——

君青這一躍乃是急怒之行，情急之下，一躍才起，已達兩丈許，當他身在半空，才想起自己輕功不成，這一念才興，心神微亂，身子立刻墜了下來。

「噗」一聲，君青立足不穩，一跤跌坐在地下。

石室外叫罵之聲又隱隱傳來，君青心中怒火上升，也顧不得許多，爬起身來，身形用力往上一拔。

總算他自幼學習的是「岳家正宗心法」，是以在輕身功夫方面雖無太多鍛鍊，但由於內功已深，這百忙中一跳，本能的已自提了一口真氣。

其實以他此時的功力，就是不會躍騰之法，但好好用心，一樣也可躍上二、三丈的。

他這一次可有準備，身在空中，心神不亂，閃目一瞪，估計距那半掩的石洞口尚有一丈左右，雙臂再長也夠不上地位。

驀然他瞥見洞門口有一件事物垂下來，大約有半丈左右，急切間一看，卻是那司徒丹姑娘昨天夜裡送來的食籃，竟自懸在半空，自己急於練功，沒有發覺。

這一耽擱，身形再也支持不住，再次跌下來。

君青暗自歎一口氣忖道：「最少也還相差大半丈，唉！我的輕身功夫怎的這等不濟——」其實他已算是超人一等的了。

石室中，森森然……

抬頭望望那垂下的食籃，君青悶悶忖道：「對了，聽大哥說有一種什麼『壁虎游牆』功，可是沿陡壁而上，我卻也是一概不知，這卻爲何是好——」

「嘩啦」，一聲暴響隱隱傳來。

君青焦急的搖搖頭，不斷用拳擊掌心，忖道：「看情形，分明上頭司徒姑娘已和她師兄動手了——」

驀然，石洞口中似乎人影一閃，君青心中一動，定神看去，果然是一人背洞而立。

一個念頭一閃而過，君青嘿然一呼，伸手四下摸索，觸手一片光禿，竟是一物不得。

心中焦急，忽然觸手到那一冊厚厚的「定陽真經」，君青心中一沉，驀地那洞口人影一動，君青大急，不暇思索，抓起那本真經，就想擲出。

驀然一個念頭一閃而過，君青忖道：「不行，不行，失去此書，我就算逃出石室，但仍打不過宮中人馬——」

這個念頭一閃而過，君青急忙縮回即將作暗器打出的真經。

洞中光線一弱，敢情那當口而立的人移動身軀，靠近洞口一些。

君青失望的再度四下一陣摸索，想要拾得一兩塊石子卻是一無所得。

「嘩啦」，又是一聲暴響傳來。

那站在洞旁的人似乎吃一驚，俯身一躬，便想移開。

君青大吼一聲，靈機一動，右足急踢出，只見一道黑線疾飛而出。

這一下君青可用了十成內力，但聞「拍」一下，那黑忽忽的東西嘶的一聲，劃破空間，端端正正打在上面那人背心上，「卟」一響跌下來，卻是一隻黑色的布鞋。

那人吃這一擊，但覺有爲千斤之重，背上一麻，知覺頓失，一頭跌下，正好跌入石洞中。

君青全神貫注，目不斜視，估計時刻將至，一頓足如飛而起，竟迎著那人下跌直衝而上。

君青估計一分不差，身形升到最高的地方，那人正好打面前落下，君青右臂疾伸有若閃電，撐在那人身上，用勁一撥，身形卻借之一力，直線上升大半丈。

這一計好妙，君青身在空中，雙手一探，已自抓住那一隻食籃。

他急切間不暇思索，須知那食籃雖一端繫在石絞盤上，很是牢固，但繫籃的小索卻是最普通的小繩，豈能吃住君青這麼大一個人還加上一衝一吊之力，「嗤」一聲，立刻從中而斷。

說時遲，那時快，君青大吼一聲，身形一墜，左臂探出，僥倖竟給他又撈著那半截小索。

但聞「卟」一聲，小繩又斷。

君青身子向前一衝，雙手牢牢已自插入厚木樑上，輕一揮手，身形便自翻上石室外。

但他這一帶，力道不知不覺間已用出內力，那細索登時寸寸而斷，「砰」一聲，食籃落下，打在石室地底，菜湯四處流溢。

君青噓一口氣，望望自己衣衫不整，鞋子也只剩下一隻，雙手急切間觸著那厚厚木門，沾滿灰塵，黑污污的，直感到有一些兒狼狽。

情不自禁探頭往下一望，但見黑漆漆的，三、四丈的距離看下去直是心驚，不由暗自道了聲：「好險！」

回頭一望，觸目不由一驚，只見左前方司徒丹果然正和她的師兄逞戰，那師兄似乎功力頗高，但卻不敢對司徒丹怎樣，倒是司徒丹攻勢連連，那師兄不住倒退。

君青打心底哼一聲，跨上數步，自覺自己只有一足著鞋，走路甚是不慣，但急切間也管不了這許多，朝那司徒姑娘的師兄冷冷道：「喂，那位壯士有什麼事嗎？竟自會欺侮這姑娘——」

那司徒丹的師兄聞聲似是一驚，瞥見竟是君青，不由急怒叱道：「師妹你好大膽子，竟……竟放這小子上來……」

他想是大怒，言語都有些不清。

司徒丹有如不聞，雙掌一分，忽左忽右，齊飛而出，那師兄怒火上衝，再也顧不了這多，大吼道：「好！你看——」

說時遲，那時快，司徒丹雙掌才遞出，她師兄猛可一吼，雙拳並立，內力一吐，司徒丹嬌呼一聲，身形已自不穩。

君青疾哼一聲，身形有若行雲流水一掠而至，左手虛虛一托，一股力道扶正司徒丹身子，右手卻是向外一劃。

他這式乃是定陽真經上的一招，名喚「天羅逃刑」，使用時須左右齊動，一劃一擊，攻守相濟，但君青到底聰明無比，這時改左手一擊之式為虛托，右手仍疾劃而去。

但他經驗究竟太少，是以這一改變，右手劃雖劃出，但力道卻配合不佳，心中一怔，不由大驚失色。

那司徒丹的師兄似乎一驚，暗暗忖道：「岳鐵馬的兒子到底不凡，這一式雖簡單一劃，但攻式可銳利的緊，我可不能強攻——」

想著一躍而退。

君青急得滿頭冒汗，見對手後退，不由吁口氣暗暗忖道：「我真該死，只稍稍不注意，連力道都忘記發出，好不危險——」

那漢子一躍後退，抱拳當胸道：「姓岳的請了，在下姓祁，賤字若寒。」

君青雖對這人甚具惡感，但人家這等說法，也不好太過失禮，慌忙答禮，吶吶道：「……哪裡！哪裡……祁……祁……」

他一忙之下，不知當稱呼祁若寒為何。

祁若寒尷尬一笑，那司徒丹卻恨恨道：「笑著什麼？」

祁若寒面色一沉，正想發話，君青卻搶著說道：「祁……祁大哥，這不關令師妹的事，是岳某自個出來的！」

祁若寒一驚，詫聲道：「什麼？你縱得上來？」

岳君青用力點點頭，按不住心中暗暗得意。

祁若寒哼一聲道：「岳家世傳功夫，兄弟本就十分欽佩的，岳兄是岳老爺子之後，自然如此——」

他故意一頓，等君青方待開口，他卻又搶先說道：「可是——嘿嘿——可是——」

君青對江湖伎倆可是一竅不通，怔怔不知其意。

祁若寒咳一聲道：「但既已移駕到敝宮，好歹也得多盤桓幾日！」

君青此時再笨也懂其意，尖聲道：「小可已在貴地留了五天啦！承蒙款待，不敢再留下去，就此告別。」

祁若寒乾笑一聲道：「好說！」

岳君青望他一眼，祁若寒猛可一沉聲道：「咱們的水底宮雖非什麼龍潭虎穴，但也不是姓岳的你說走就走的場面，嘿，既來之則安之——」

君青兩眉一皺道：「是這般說，那麼——那麼小可請教一句，閣下囚禁小可在此，不知有何見教？」

他見祁若寒態度不善，說話的聲音也自冷淡下來，連稱呼也更變了！

祁若寒一搖手道：「這個你不用管。」

岳君青心頭火起道：「你們留下小可作人質是嗎？」

祁若寒嘿嘿一笑，算是默認。

君青一瞪俊目，大聲道：「老實說，憑這一些可困不住小可，貴宮雖是戒備森嚴，但岳某自命尚不放這些在眼內！」

他是盛怒而言，語鋒尖刻，話一出口，不由暢快許多，暗暗奇道：「怎麼今日我竟如此刻薄？」

須知他平日專心致文，對這一套交代的場面話聞所未聞，但此時說將出來，倒也很像模樣！

祁若寒大怒道：「如此說，姓岳的你可要走啦？」

岳君青用力點點頭。

祁若寒神色又是一變道：「好大口氣，岳鐵馬雖是名滿天下，但水底宮中容不得你姓岳的撒野！」

君青直覺怒火上升，大聲道：「那你就試試瞧！」

此話一出，君青心中不由又有些後悔，自忖功夫不夠，雖然卿雲四式已學其二，但經驗太少，見對方氣定若閒，分明是內家好手，自己實無一分把握，但話已出口，只得咬牙提氣戒備。

祁若寒長笑一聲，一揚手便待進攻。

驀然一旁立著的司徒丹大聲叫道：「師兄，等一會——」

祁若寒面色一沉，大嘿一聲，一拳打出。

司徒丹驚呼一聲，岳君青身形一幌，右掌撫左拳，「颼」的一拳搗將出去。

這一式好神奇，祁若寒一驚，連退三步。

君青陡然忖道：「不行，我用招太不熟悉，不要又和方才一樣，招式中施不出內力那就危險——不如用兵刃，尚可仗招式精奇取勝——」

這個念頭一閃而過，君青朗聲道：「且慢！」

祁若寒一怔住手。

君青吸口氣緩緩道：「咱們拳腳相向，扯扯打打，這可沒有個完啦，岳某想先行一走，是以提議在兵刃上分分上下，這樣也許快一點是嗎？」

祁若寒被這一篇歪理激得氣極反笑，大聲道：「這麼說吧！喂！師妹，你的佩劍借給他。」

司徒丹瞪他一眼，緩緩解劍，君青暗暗道謝一聲，眼角卻瞥見司徒丹滿面焦急惶恐之色，一怔之下，恍然大悟，暗暗忖道：「想是她知姓祁的功力極高，恐怕我有所不敵——」

驀地祁若寒一振手臂，「噹」一聲，敢情他使的是一柄單刀。

岳君青定定神，輕輕抽出長劍，正沉吟間，祁若寒已宏聲道：「看招！」

岳君青但覺刀風大作，本能單劍一翻，斜磕而上，「噹」一聲，撩個正著，君青手一麻，幾乎抓不住兵刃。

大驚之餘，劍式一蕩，猛可往下一劃，「嘶」一聲，壓腕已自創出兩劍，急切間不暇細思，卻正是卿雲四式的首招——「卿雲爛兮」。

劍光繞體而生，密密連連，祁若寒兩刀攻不進去，不由一陣氣餒。

「卿雲劍式」號稱「天下第一劍術」，變幻莫測，豈是祁若寒所能預料，他身形正退，岳君青長劍首尾相顧，銜綿而震，一直一橫又自創出兩劍。

形勢直轉而下，簡直有如破竹，祁若寒單刀連擋兩刀，身形仍不住後退。

君青心神已和劍式相通，全神貫注，劍式如吞，嘶嘶勁風之聲大作，一連攻出十劍，一共十個變化，點點寒星中構成這一式「卿雲爛兮」。

第十劍遞出，劍式登時一挫，君青怔了一怔，再也料不到對敵時如此稱心順手，竟不知追擊，竟自呆呆微笑，此刻他心神完全沉醉在這高深武學中，真是心神俱醉。

祁若寒滿面通紅，大叱一聲，一刀劈來。

君青有若神助，靈機陡動，定陽真經中的字句剎時完全出現在腦海，不知不覺間一式「萬柔拳法」中的「柔能克剛」夾在劍中用去，「嚓」一聲，柔力克剛乃是千古至理，松陵老人這一式好生怪異，祁若寒只覺心中一震，手上單刀竟收不回來。

君青輕嘯一聲，左手如電，一點而出。

百忙中祁若寒想勉力一擋，但無奈力不從心，只得一鬆手，「噹」一聲，單刀脫手墜地。說時遲，那時快，祁若寒才棄刀而退，君青一指已點上身軀。

這一指倘若點上，就是銅牆鐵壁也得點破，君青雖對祁若寒惡感甚濃，但卻不願傷他，大驚之餘，急忙變指爲掌，撤回八成力道。

但見掌式如風，「拍」的一聲，已打在祁若寒的脅下。

祁若寒悶哼一聲，微感氣阻，跌坐在地上。

君青想不到擊敗敵人竟如此輕易，不由呆一呆，司徒丹突道：「岳公子，你……你……」

君青一驚，回頭一瞧，驀然瞥見左前方人影一閃，一個念頭一閃，大吼一聲，長劍脫手而飛。

「鏗」一聲，黑暗處果是有人用兵刃把長劍磕飛，岳君青用最快的身法向那司徒丹一揖，輕聲道：「姑娘之恩，小可永不相忘——」

話方出口，身形一掠便向右方奔去。

司徒丹一呆，急道：「你——你——」

但岳君青已自渺去。

司徒丹怔了片刻，一跺腳如飛追去。

她身形方渺，左方刷的又跟出一條人影。

且說君青向右邊逸去，水底之宮似乎規模甚大，左折右彎，足足走了頓飯工夫，仍在小甬道中左右穿走。

君青漸感心煩，身形逐漸加快，幾個起落便自穿過那一條長長的甬道。

驀然通道口邊人影一恍，君青吃了一驚，一挫身形，貼身隱在道角邊，屏住呼吸，不敢出聲。

果然道口邊出現一個大漢。

那大漢左右一陣子張望，喃喃道：「岳鐵馬的兒子是神仙不成，好好的竟逃出地牢來，這一下可麻煩啦——」

說著搖搖首，歎口氣。

君青暗中不敢分神，半晌那大漢才離去。君青閃出身來，暗自尋思道：「這漢子分明是奉派巡邏的，看來祁若寒已報上去了，這樣行動可得處處受阻，而且一旦被發現，三刻被傳出聲，那麼我可受不了這許多人的圍攻。」

他暗想確是正確，不由猶豫起來。

半晌，靈機忽然一動，急切間也顧不了這許多，一把撕了一幅衣襟，匆匆掩住面目，同時故意把身上衣衫拉得東歪西偏，好叫人識之不出。

他心中暗思如此模樣就算陡逢宮中之人，一時必因驚詫而不會傳訊出去，那便可騰下手來，逃走或是下手，也可寬些手腳。他打算的不錯，但料不到卻鬧出一樁大事來。

且說他佈置完畢，悄悄繼續前進。

他完全不識宮中路途，隨意走動，只想碰巧逃去，但這希望究竟太過渺茫，走著走著，不由止下步來。

四周張望一下，只見兩邊石牆甚高，灰綠色的，益發顯得這一條條甬道的狹窄。

君青不由歎口氣，暗思自己從那什麼「地牢」中逃出，來來去去已不知經過多少條這一式一樣的甬道了，急切間逢彎便轉，路徑也一點不知，說不定有好些路是已走過兩三遍的，真是有如走馬燈般，來回繞圈。

沉吟間細細尋思對策，卻始終不得要領。

驀地裡身形冷風驟起，君青吃了一驚，一個顛步，霍地反身，只見三丈之外一個人影綽然而立。

君青嚇了一跳，暗暗忖道：「此人好深的功夫，來到我身後我還沒有感覺出來——」

其實這乃是由於他沉於心事，再加上毫無經驗的原故！

君青來不及說話，本能的連退三步。

定下身來，仔細一看，原來立在身後的乃是一個年約五旬的老者，只見他面若寒霜，面貌清癯，精神矍鑠，一身青布衣裳，益發顯得仙風俠骨。

君青打量了兩眼，不由衷心暗暗佩服面前的老者，生出一點敬畏之心。

那老者呆立半晌，乾咳一聲，悄聲道：「這位壯士請了，閣下闖入水底之宮，不知有何見教——」

君青聽他雖然輕聲細語，但言語中自有一股威儀，連忙還了一禮，口中卻對他的問題吶吶不知所答。

那老者輕哼一聲，不再發言。

又過了半刻，那老者突道：「水底宮今日即有大變故，這位壯士假若無事，便請離開，否則——」

君青陡然心生一計，忙開口道：「這個小可原本不知，但老前輩既如此說，小可自當從命——」

他見這老者氣度不凡，是以稱之前輩，含有尊敬之意。

那老者點點首，君青又道：「小可方才就是急欲出宮，但卻不識途徑——」

他心想這麼說，老者多半會派人領他出宮，他原本想逃出此宮，那倒正好，此計實在大妙。

哪知那老者陡然面色一沉，雙目如電，緊緊盯住君青。

君青只覺那目光好不淩厲，心中不由發毛，好在面上張有布巾，老者瞧不出來。

好半天那老者突然一聲輕笑道：「罷了。喂，這位壯士有何隱衷，能否以真面目示之於人？」

君青心頭一震，口中含糊應一聲。

那老者哼一聲道：「壯士是不肯麼？」

君青見形勢已僵，忙答道：「敢問老前輩大名——」

老者一怔，隨即沉聲一笑，緩緩道：「老夫司徒青松！」

君青心頭一震，暗暗忖道：「什麼？他就是司徒青松？那他便是水底宮主了！」

這突來的事件使君青半晌說不出話來，心中思潮起伏，想到就是此人把自己囚禁來要脅爸爸，不由敵意大生。

司徒青松冷冷站在一邊，猛可疾聲道：「壯士仍不肯以面示人嗎？」

言下大有立即動手相強之意。

君青大生反感，怒火上升，一步跨出轉角暗處，大聲說道：「正是這樣！」

司徒青松疾哼一聲，身形一動，君青大吼一聲，先發制人，迎面推出一掌。

他乃是情急之下，掌力兇猛無比，司徒青松咦了一聲，雙手一閃，退了一步，但覺手上一震，暗暗驚疑對方內力之深厚。

君青一拳打出，也挫下手來。

司徒青松想是方才君青處於暗處，沒有看實，一掌對後，輕敵之心大減，此時君青已站在當光地方，不由細細打量一番。

驀然他瞥見君青雙足，不由臉色大變，忍不住脫口呼道：「鐵腳仙！」

君青一怔，不知所措……

請續看《鐵騎令》(二)

上官鼎武俠經典復刻版5
鐵騎令（一）

作者：上官鼎
發行人：陳曉林
出版所：風雲時代出版股份有限公司
地址：10576台北市民生東路五段178號7樓之3
電話：(02) 2756-0949
傳真：(02) 2765-3799
執行主編：劉宇青
美術設計：吳宗潔
業務總監：張瑋鳳

出版日期：2023年7月 新版一刷
ISBN：978-626-7303-46-7
風雲書網：http://www.eastbooks.com.tw
官方部落格：http://eastbooks.pixnet.net/blog
Facebook：http://www.facebook.com/h7560949
E-mail：h7560949@ms15.hinet.net
劃撥帳號：12043291
戶名：風雲時代出版股份有限公司

風雲發行所：33373桃園市龜山區公西村2鄰復興街304巷96號
電話：(03) 318-1378
傳真：(03) 318-1378
法律顧問：永然法律事務所 李永然律師
北辰著作權事務所 蕭雄淋律師

行政院新聞局局版台業字第3595號 營利事業統一編號22759935

定價：320元

國家圖書館出版品預行編目資料

鐵騎令 / 上官鼎著. -- 二版. -- 臺北市：風雲時代出版股份有限公司, 2023.05 冊； 公分

上官鼎精品集復刻版
ISBN 978-626-7303-46-7(第1冊：平裝). --
ISBN 978-626-7303-47-4(第2冊：平裝). --
ISBN 978-626-7303-48-1(第3冊：平裝). --

863.57 112003683